U1047519

——想象，比知识更重要

幻 象 文 库

战斗妖精

雪风

UNBROKEN ARROW YUKIKAZE

神林长平

戦闘妖精・雪風

不破之矢

CHŌHEI KAMBAYASHI

[日]神林长平
——————著
黄素琴 唐钰
————译

< 我不是人类，
而是雪风 >

< 我，就是我 >

新 星 出 版 社 NEW STAR PRESS

目录

I 成为迦姆的男人

因为外出采访，我很长时间不在家，回来后发现有大量信件等着我。

如今，在世界上的任何地方，都可以用手机来接收电子邮件，信件数量不像以前那么多了。可即便如此，我还是收到了这么多信，不禁感到厌烦。

申请书、各种官方通知、DM广告、捐赠邀请，还有出版代理公司发来的与工作相关的报告文件。

我从旅行地回来后最先做的工作，就是迅速将这些邮件整理分类。官方的还是私人的，重要的还是没用的，危险的还是无害的，这种二项分类可以表现为各种形式，但归根结底，我的分类标准是："敌人"还是"同伴"。

这里当然应该有"中立"这一选项，但我的做法是：需要在短时间内迅速分类的时候，当前非敌非友的对象就归类为"敌人"。以我多年的经验来看，这种做法万无一失。

我还收到了由出版社转寄的读者来信，其中大部分寄信人都以为我是虚构小说作家，比如"亲爱的琳，如何才能像您一样写出畅销的小说呢？"，等等。不然就是诽谤中伤和威胁性的内容："琳·杰克逊，老子不喜欢你的名字，你就像你这懦弱的名字一样隐退吧！”几乎都是这种粗俗的话。我不能理解的是从“琳”这个名字里感受到了“懦弱”这一点。我估计这个人是在和我完全不同的成长环境中长大的。对于这些家伙，认真反驳只会助长他们的气焰，因此我选择无视。尽管如此，还是忍不住在心里反骂一句“白痴”。我也是人，被骂当然会生气。

“琳”就是我的本名，不是笔名。19 世纪，美国很多男人都起这个名字。进入 20 世纪以后，开始被用作女性的名字，这大概是因为它会让人联想到 Caroline、Catherine 等名字的词尾吧。可是“琳”本来就是男名，我的父母知道这一点还为我取了这个名字，所以，即使我出生的时候是个男孩儿，也有可能取名为“琳”。或许因为我是听着这些长大的吧，我听到“琳”这个名字的时候，比起婀娜的女人味，感受到的反而是勇敢的男子气概。我想，我的父母那时大概是想生一个男孩儿。因此，我的名字不管是在史实上，还是在父母的期望或自己的意识中，“懦弱”这种批评都是荒谬且无理的。

这些诽谤中伤暴露出了攻击者的无知、缺乏教养，最好置之不理。但有时放置不管也会产生实际危害，比如，邮件里偶尔会夹杂着真正的恐吓信，所以也不能总是一笑了之。但不管怎样，这些内容都不是在正确理解我的工作后对我的信念发出的攻击。虽然我会感到不开心，会害怕自己身为善良市民却被卷入犯罪或某种疯狂之中，但这和我作为记者，因灵魂受到威胁而产生的恐惧是不一样的。

对于我的工作来说，真正的威胁并不是单纯地对我的作品、主张表达反对或厌恶的人，而是要让我承认自己的工作和信念不好的人。这其中还存在一种势力，他们在充分了解新闻工作的基础上敌视我的工作。这类对手不会写什么恐吓信，而是直接行动。来自政府机构有形无形的压力等也是如此。屈服于此就等于杀死自己的灵魂，所以要顽强抗争。不过，要想克服这种困难，最可靠的还是朋友。其次是通过采访积累的人脉。

人们常说，我们人类最大的痛苦是由人际关系带来的。从我的亲身经历来看，确实如此。而且，从这种痛苦中解救我们的也是人类。

我盼望从分好类的邮件中找到熟人寄来的纯私人信件，这是多么的令人感动呀。这一刻我无疑是开心的，并从中感受到了鼓励。但最近很少有这种经历了。于是不知不觉地，我也不再期待邮件中会夹杂着宝物般的信件了。

是从何时开始的呢？父母健在的时候会定期给我寄信，我也把这当成是一种鼓励，期待从一堆信件中找到它们。但如今却只是麻木地、机械地活动双手而已。我甚至觉得，要是一封邮件也没有的话，该多么神清气爽。时代变了，我也变了。

小时候，就连父母收到的信件、DM 广告和申请书都令我感到羡慕。仅仅是想到今天或许会有人寄信给我，就激动得心怦怦直跳，哪怕信上完全没有收件人信息。

记忆中我收到的第一封信是三岁时加斯舅舅寄给我的圣诞贺卡。虽然那时还不怎么识字，但我清楚地记得，收到专门寄给我的贺卡真的特别开心。长大后和母亲说起这些，母亲说从我出生那年起，舅舅就开始给我寄圣诞贺卡了，三岁那年收到的并不是第一张，而且我也收到过外公外婆的。然后母亲说道："你真的非常喜欢加斯舅舅啊，所以才对他的信印象深刻吧。"

确实，我非常喜欢比母亲大十岁的舅舅加斯和他的妻子 HANA，他们夫妇膝下无子，把我当亲生女儿一样疼爱。因此，于我而言，舅舅的死不是与我无关的闲事，而是神给我的、必须经受的磨难之一。除了哀伤以外，他的死也是我对新闻世界产生兴趣的契机。那是我上高中时候的事了。

舅舅是一名陆军士兵，他没有从事过其他工作，年轻时往返于世界各地的驻地，那时他在横滨遇到了现在的妻子——HANA 舅母。HANA 有一双黑亮的眼睛和一头黑色的秀发，令人印象深刻。她身材小巧，但性格活泼，充满活力，至今仍然健在。舅舅去世后她也没有回国，在一幢独户住宅里过着悠然自得的生活，那里有森林和湖泊，舅舅也很喜欢。舅舅生前喜欢在家附近的湖中开摩托艇，以钓鱼为乐。每次开着豪华的房车去全国旅行时，他都会给我带明信片。

当时的我没觉得舅舅这种生活有多奢侈，但也意识到他作为一个小士兵，在经济上好像太富裕了。因为一提到舅舅夫妇的生活情况，我的父母就会说过得和退役军官一样。可之后父母还一定会补上一句：他有这样生活的权利。这种物质上的富裕是用一场事故换来的，而那场事故使舅舅不得不过着轮椅上的生活。

夺走舅舅下半身自由的是在调查陆军基地内发生的一起事故时发生的二次事故。最初的事故发生在废弃高射炮的拆卸作业中。强劲出奇的螺旋弹簧支撑着重重的长炮筒，负责拆卸的操作兵不小心在弹簧压缩的状态下切断了其支撑部分，结果弹簧高速飞出，直接命中操作兵的头部，其身体被弹飞了二十多米，当场死亡。听说那人的头部就像是直接被炮弹命中一样不见了踪影。

那枚一瞬间将操作兵头颅弹飞的可怕弹簧在前方 1.6 公里左右的基地外被找到。在搜索弹簧的过程中，舅舅驾驶吉普车发生了翻车事故，伤到了脊椎，导致半身不遂。

陆军给了舅舅丰厚的补偿，不仅包含治疗费，还包括一次性抚恤金和终身伤残补偿年金。虽然这笔钱是舅舅应得的，但其实里面有不得不隐瞒的真相。也就是说，按照原本的补偿规定，舅舅的这起事故不在这类补偿的范围内，可后来却被当成执行军务时受到的工伤处理了，舅舅这才得到了高额的一次性抚恤金和终身补偿的承诺。

这是怎么回事呢？实际上舅舅当时并没有作为搜索人员驾驶吉普车，也不在搜索现场附近，据说他因为不值班而外出了。事故确实发生了，不过是因为私事。舅舅在驾驶吉普车时打错了方向盘，翻车后被抛出车外，弄伤了脊椎。这好像才是事实。这样的话，陆军自然就没有补偿的义务了。但是，在舅舅所属基地的上司和相关人员的安排处理下，事情却变成了：舅舅是在接到回收任务后，在搜索飞出的螺旋弹簧的过程中发生了翻车事故，是在执行军务时负了伤。舅舅自己也没有告诉舅母存在这样的隐情。他这样做不是要保密，而是因为感觉不到内疚，觉得自己再也不能走路了，为了渡过难关，接受陆军的援助是理所应当的，而且他肯定也不想让妻子再操心，不想让“丈夫再也不能用自己的脚走路了”这一事实变得更加残酷，所以才没有细说，只是告诉她可以拿到终身补偿，不用担心。

然而，舅母知道丈夫的翻车事故发生在基地外，而且是在非上班时间。尽管如此，从异国他乡嫁过来的她还是觉得能领到如此丰厚的补偿真好，这个国家真富裕，毫不掩饰自己的感激，还向我的父母表露了这种心情，于是我们家的人也知道了真相。

真是不幸中的万幸。当时我的父母是这样说的，而现在我也这么想。虽然事故本身是不幸的，但能获得补偿却是幸运的。舅舅并不是靠不正当手段得到了补偿，在这件事中，包括他在内的所有人都没有做不正当的事……但真相却不能明说，这是年幼的我充满童心的想法。至于为什么，我一直没弄明白。

现在我明白了，如果说舅舅在这件事中存在不正当的行为，那也不是某个特定个人的行为，而是陆军这个组织的所作所为。而且，陆军之所以如此保护舅舅，是因为陆军组织认为：对于陆军来说，舅舅不是“敌人”而是“伙伴”。换言之，即使是发生了相同事故，如果陆军判定当事人是“敌人”，那别说是补偿，被攻击的案例应该也是有的。

一般来说，不只是陆军，重视纪律且拥有强大约束力的组织集团在做出这种判断时都不存在“中立”，只有敌我。否则，就不能守护和维持组织。士兵在外面惹事引起警察介入，或是在部队内部被宪兵逮捕等，这些事件大概都只是家常便饭，但也确实存在和这些问题层次不同、外人难以理解、只在其组织内通用的常识，以及必须遵守且不能触犯的伦理道德和禁忌。如果不能理解这些，就很有可能在组织内变成“敌人”。这就是组织、军队、企业、国家和社会。

在舅舅获得事故补偿这件事中，当时年幼的我感受到了这种社会组织集团所拥有力量的冰山一角。但我真正感受到那并不是虚幻，却是在事故发生后的第七年——舅舅去世的时候。

舅舅死在心脏病的手术台上，和前述的事故应该没有直接联系，而且那也不是问题所在。手术是在陆军医院进行的，明明不是高风险的手术，但是却失败了。舅母觉得很奇怪，于是开始着手调查。然而，有人得知并强行制止了她的行动。这个人就是我的父亲，他听到舅母说“我正在做准备，要起诉陆军医院的主刀医生”，就当即告诉她最好放弃这个想法。因为他太清楚军队的力量了。

父亲是一名学者，基本上凭兴趣做一些国际政治学方面的研究。虽然他闷在大学这个小社会中过完了一生，但也切身体会过军队的力量，甚至是来自国家权力的压力。这并不是因为他专门研究政治学这门学科，而是因为以他的家世和血统，做总统也不是梦。事实上，我的祖父曾是上议院议员，那边的亲戚中也有几位做过州长。

因为是所谓的政治世家，所以祖父当然也希望他的儿子能走这条路。然而，比起做总统，父亲还是选择了母亲。因为母亲的家世配不上父亲——这在外国人中或许很少见，但这种社会阶级的差距也是实际存在的——所以最后他们私奔了。祖父因父亲的这种行为而勃然大怒，并且和父亲断绝了关系。所以，别说是祖父的来信了，就连圣诞贺卡我也从没收到过。不过，倒是收到过祖母寄来的东西。

父亲就是通过祖父切身感受到了权力这种东西的可怕之处，因此，他真诚地劝告舅母不要做这种不聪明的事。他说：千万不能与陆军为敌，如果你做出恩将仇报的举动，陆军会让你在这个社会上活不下去。

我想，舅舅的手术应该确实存在一些问题，毕竟无风不起浪。当时的我可以理解舅母的不甘，我自己就是最不甘心的。但舅母听从了父母的劝说。她这么做大概是因为母亲说的一句话：“加斯是战死的啊，HANNA（母亲称呼HANA舅母为HANNA）。”

但是我不能接受。我问父亲，难道就没有什么办法吗？然后父亲是这样回答我的——我永远都不会忘记，这个回答也决定了我未来的路——

“琳，能对抗权力的只有新闻界的力量。能够实现绝对中立的，不是大学，不是法院，也不是教会，只有记者的笔，笔尖那小小的一点而已。”

确实如父亲所言。而且，现在我也清楚地知道实现它有多难。父亲所说的“笔尖一点”的确是一种理想，只有那里才存在中立点，只要动笔就必然会偏离。也就是说，新闻工作者要时刻注意这一点，只有这样才能和权力斗争。直到真正工作后经历了几次挫折，我才认识到父亲这后半句话的深意。能和权力对抗，等等，父亲的前半句话鼓励了年幼的我，然而，不久后我就感到这不过是幼稚的理想而已，我弄丢了理想。但这也是笔尖常有的事。

多亏了父母，我才勉强能够独当一面。父亲为我选择这条路而开心，母亲则是担心，他们会定期寄信过来鼓励我。笔尖，也是能产生爱的地方。

可是，父母因飞机失事双双遇难，已经不在世了。我一直盼望的信再也不会来了。和朋友、恋人的信相比，父母的来信到底还是不一样的。

一旦伤感起来，分类的效率就会降低。一直都是如此。即使明白再也不会收到父母的信了，可承认这一点心里还是空落落的。不过，我的手还是自然而然地分好了类，我拿起了要最先打开的信。

这次，是这一封。

我拿起常用的裁纸刀拆开了信。邮戳是FAF中央邮局。这是从菲雅利空军邮局寄来的，是从人类目前正在经历的最大战争的第一线送来的信。曾为陆军士兵的舅舅又鲜活地浮现在我眼前，大概也是因为这封信的缘故。

寄信人是安塞尔·伦巴德。安塞尔这个名字在美国不常见，他大概是位英国人吧。我并不认识他。

从信封中取出叠好的信，将其展开。信上的字是手写的，字迹娟秀。我看向信的开头部分，不由得眯起了眼。开头这样写道：

“亲爱的地球的女士们先生们，我是迦姆，你们好吗？”

这是英式幽默，还是脑子有点糊涂了……

不，应该读完之后再做判断，抱有先入之见太危险了。

在开头的问候之后空了一行写着正文。我坐下来，开始读信。

* * *

敬启　琳·杰克逊女士：

我视你为地球人的代表，于是写信给你。

我是FAF情报军上校，安塞尔·伦巴德。现阶段是人类。或许以后就不是人类了，又或许还没写完这封信就变成了一具尸体。现在，我是在战斗条件下写这封信的。

如果你认识我的话，大概是通过FAF特殊战的詹姆斯·布克少校得知的吧。不过据我所知，少校并没有和你说起过我，所以你应该不认识我。

我想说的是，虽然你不认识我，但我却对你的人际关系和所掌握的情报了如指掌。

你的身世履历我也一清二楚。我知道你居住兼办公的公寓的地址，也知道你在悉尼的常住酒店的专属房间号。再透露一点，我还有你父母和亲戚的履历信息，也掌握着证明你双亲遇难的那场坠机事故是一场阴谋的证据。如果你想要的话，我可以提供给你。虽然现在不在手边，但可以立刻提供大致情报。

不过，包括你在内的地球人，也不在乎过去人们互相争夺地盘的那些真相吧。这和常见的争风吃醋并没有本质上的不同。纵使知道真相，争风吃醋也不会从这个世界上消失，有预谋的破坏活动亦是如此。如果真相有用的话，那也是作为一个启示，为了今后能做得更好。这是当事者们的自我满足，绝不是面向下一个时代的教训。人类绝对不会从历史中学习。这也是理所当然的，因为对于一个人来说，不管是什么样的历史教训，在其亲身经历之前都是虚构的。人类只能从亲身经历中学习。生物本来就是如此。

你现在读的这封信也一样，尤其是希望你可以理解：这封信并不是来自人类，不会成为有助于在人际关系和纷争中取得优势的王牌，也不会成为人生中的教训。我想说的是，虽然我是人类，但我并不是地球人，而且现在也不是作为FAF的军人，而是站在加入迦姆的立场上来写这封信的。当然，异星体迦姆不是人类。

这封信的第一个目的就是向你们地球人宣战。战书来自我和迦姆。迦姆自己无法做到这一步，所以它把这个任务拜托给了我。我是代替迦姆传达消息的。

“我在这里向人类宣战。”

这是正式的宣战书，是异星体迦姆在第三十三个年头发给地球人的宣战书。而你，作为地球人的代表收下它。

为什么我没有选择联合国代表，没有选择大国首脑或君主们，而是选择了你呢？大概你自己也清楚原因，就不用我说明了吧。你相信我非常了解你的工作、性格和生活方式，这就足够了。

不过，你和地球人会怎么理解这份宣战书？你究竟会如何判断它？是公布，还是不公布？会做出什么样的反应？这些对我来说都无所谓。

我之所以写下这封信，并不是为了向你们地球人诉说迦姆的威胁，而是想要告诉人类我迄今为止得到的情报和我在这里的战略等，告诉人类我的存在。我希望通过这些说明，你们能够理解刚才提到的这封信的根本目的，理解我和迦姆对地球人的宣战并不是危言耸听。

冒着被误解的危险，简单概括一下我的宣言：

我现在宣布：我安塞尔·伦巴德和迦姆合谋，要将FAF据为己有。我统治的FAF没有守护地球人的义务。地球人对于我们FAF来说是敌人。我，要成为迦姆。

没错，我是第一个倒向迦姆一方的人类叛徒。在这种意义上我已经是迦姆了。就是因为想告诉你们地球人这个事实，所以我才写了这封信。

现在我所处的情况很严峻，不知道能写到哪里，姑且先写下去吧。可能会因词不达意，或是你并不熟悉FAF的内部情况而产生误解，但我相信你能读懂我的意思。

你大概想立刻问我：篡夺FAF打算做什么？目的是什么？

回答你吧。我的最终目的不是统治FAF，也不是用其战斗力来统治地球人。我的目的是统治迦姆。这会把我变成真正意义上的迦姆吧。如今我已不再是“人类”了，世界观和宇宙观完全不同于“人”的身体所产生的对世界的认识。

总而言之，我想成为除人类以外的东西。大概就是这种意识将迦姆吸引了过来，我能听到迦姆的声音——说起这些，我知道我会被怀疑成精神病，但迦姆不仅仅存在于我的脑中，对于你来说也是存在的，不是吗？

如果我的目的不能实现，那么不是“统治”，而是“一体化”也可以。如果我能继续作为人类在身体上占有迦姆的话，或许就可以用自己的身体冒充迦姆，操纵迦姆。

现在我还不知道能做到何种地步。我一直在研究这些，目前也在尝试中。虽然这原本就是情报军上校的工作，但我近来才知道，迦姆好像没有人类那样的生身肉体。

迦姆的战斗机上没有类似外星人的生物。虽然知道战斗机本身就是迦姆的身体，它的思考则借助于控制战斗机的计算机部分，但是我不清楚战斗机是如何产生的，因此不能肯定迦姆没有本体这种说法。战斗机分裂吗？产卵吗？迄今为止还没有发现这样的机制。如果一定要按照这个方向考虑的话，迦姆战斗机就像是我们的指甲或头发一样，是从本体中长出来的，是迦姆的一部分，这样说比较妥当。这是“迦姆＝机械”说的一种变形。出现了这种说法，就可能在此基础上产生各种各样的变形，其归根结底还是一种极其虚幻的想法：迦姆战斗机是从地下出现的，这是指它从菲雅利星球长出来，即“菲雅利星球本身就是迦姆”。

总之，身为地球人的你也熟悉这些吧？但你知道“迦姆本身就没有实体”这种说法吗？与“迦姆是神”这种形而上学的巷议不同，这种看法认为：根据基于身体实际情况的物理理论，我们的感觉捕捉不到迦姆。

迦姆的确有可能没有外形这种东西，这是现阶段FAF所掌握的最新“迦姆观”。特殊战的战术战斗电子侦察机“雪风”带回来的情报应该证实了这一点，但实际上我并没有得到这个情报。这是因为特殊战……

不，现在是在说迦姆。

就算没有实体，迦姆也能发挥实际的力量。战斗机的攻击就是它在发挥力量。这个事实意味着，即使迦姆的实体就像人类的感觉器官无法捕捉到的幽灵一样，迦姆也能在必要的时候拥有实体。这个实体并不是迦姆本身，它或许是迦姆为了在物理空间中发挥实际力量而造出的自主武器，或许迦姆其实存在于异次元，而它本体的影子被投到了我们的感觉空间中，我们将其看作迦姆战斗机。

因为不清楚迦姆的本体，所以这种“实体”的解释也不得不变得模棱两可。但是至少知道了以下事实。

“只要迦姆想做，它就可以制造出战斗机以外的实体。”

实际上它已经做好了。那就是人类的身体，人类的复制品——迦姆人。迦姆将其用作对人武器投入到了这场战争中。这意味着迦姆战略的转变。

在迄今为止的三十三年里，迦姆并未把人类当作战斗对象。这是因为，就像我们看不到、感受不到迦姆的实体一样，迦姆也不能直接感知到我们人类的存在。

一直吃败仗的迦姆分析了战斗情报，终于发现了人类的存在，它意识到需要攻击这一点。

然而，暂且不谈迦姆把人类当作攻击目标，如果迦姆自己认识不到人类的存在该怎么办呢？这就需要和人类一样的感觉器官和感应装置。要是能造出来这些，就可以完美复制人类，把他们用作对人武器。这不是合理地解决问题的方法吗？很冷静吧？

其实这个战略是我想到的。我向迦姆提议“这样做吧”，复制人类，让这些复制人潜入FAF进行破坏，这样一来就能一下子削弱FAF的抵抗能力。迦姆采用了我的计划。

从最初向迦姆提议到计划最后实现，花了一年以上的时间。这对我来说太长了。

迦姆和我联系是不是自己的幻想？在我几乎开始怀疑自己精神异常的时候，迦姆做好了至少4个复制人：特殊战3号机“雪风”的驾驶员深井零中尉和同机的副驾驶员巴格迪什少尉，还有为了和这两名机组人员联系的两个人——谷泽少尉和自称是玛妮的护士。迦姆好像原本计划要确保雪风的两名机组人员，让他们的复制人返回特殊战基地进行间谍活动，但回去的却只有真正的深井零中尉一人。对于迦姆来说这是一次失败，但多亏了这件事，我才知道迦姆开始按照我的计划行动了。

至于在战斗中失踪的士兵们、从被击落的战斗机中逃出的机组人员等，迦姆告诉我它要复制他们，再把复制人派进FAF内部。我回答它：“我帮你吧。”

我把这些迦姆人编成再教育部队，引导他们去FAF中枢部，同时筹划了用政变的方法将FAF的核心人物一网打尽，再利用迦姆的力量将FAF据为已有的作战方案。这些在不久前都已经付诸实行。

目前还没有结果。“我的野心会不会实现？”如今我正享受着这种兴奋般的感觉。

我为什么会向迦姆提议制作复制人呢？因为我希望能把他们用作我和迦姆本体间的联络人。说不定还能从这些复制人那里刺探出迦姆的真实想法。就连迦姆的本体，大概也能通过他们侦察到。

但结果却没有那么顺利。迦姆丝毫不给可乘之机。

自己是在原型人类的基础上创造出的复制品，现在自己的意识是原型的延长，是和其相连接的，迦姆制作的迦姆人就是这样认识自己和世界的。也就是说，他们知道自己如同僵尸一样，再也不能做回人类、起死回生了，因此他们为了泄愤而战斗。可以说，他们被灌输了“活人全部杀死”的杀人冲动。总而言之，他们虽然自知是迦姆的兵器，但对于“迦姆是什么”却一无所知，就这样行动着。作为兵器，这样已经足够了。就像“手枪作为人类的武器，没有必要认识人为何物”一样。

而且迦姆还在这些迦姆人的体内设置了限制，比如只能在一定时间内活动，等等。即使吃了正常人的食物，他们的身体也不能消化吸收。就算在战斗中幸存，也逃不过饿死的命运。这或许是为了确保他们即使倒戈到人类阵营也构不成威胁，也或许是因为还处于试制阶段。不管怎样，他们肯定是在准备周全的计划下被派进了FAF。由迦姆人来刺探迦姆的本质是不可能的。即便清楚这一点，我也没有灰心丧气。

为了能够成为迦姆，我计划让迦姆“处于我的统治之下”。这次的事证实了我可以“控制”迦姆的行动，虽然只是一部分。你能理解吧？这是三十三年来人类求而不得的、划时代的事件。

不过，你大概能立刻想出好几种反论来反驳我，比如：这不过是单纯的偶然，或是你自己的臆想、病态的幻想等。其实我也想过这些。于是我研究了能想到的所有反论，但是没能找到线索或理由证明迦姆的这次行动是独立进行、和我的想法完全无关的。

即便这只是我的一厢情愿，我也因最大限度地利用了这一“偶然”而感到满足。这是将FAF据为己有的机会。如果我能活得再久一点，就会实现它。用我手中的FAF和迦姆交涉就行了。比如，我解除FAF的武装，相应地它们要把我变成迦姆等，有很多方法。如果迦姆不满足于FAF这个贡品的话，我也可以献出全部的地球人。我也想过由FAF替他们和地球人战斗的方案，或者把地球交给他们，等等。我能做到这些，这就是我的立场。

即便如此，我想还是会听到“你还是人吗？”之类的非难。

我在最初已经表明了，我是人类但不是地球人，是以加入迦姆的立场来写这封信的。读到这些的时候，你也当真谴责我了吧？

大概你会感到糊涂困惑、不知所措，难以判断“这家伙精神是否正常”。但读到这里，你总该能切实感受到这封信的分量了吧？

想象你的反应是件有趣的事，不过就像我刚才所写的一样，我不在乎你和地球人对这封信作何反应，因为我关心的是迦姆。

迦姆肯定知道我的目的。我自认为我的存在对于迦姆来说是种危险，但不知道迦姆是怎么想的。不过，至少它认为我的提案在对人战略上是有用的，这一点毋庸置疑，而且它想要趁着可以利用的时候加以利用。或许你会想“迦姆大概觉得，如果碍事的话随时都可以干掉你”，但我并不这样认为。迦姆不能通过锁定精确位置而对我进行直接攻击，因为迦姆看不见人类。虽然它能依靠迦姆人的视觉和战斗机的光学电磁探测器发现人类，但迦姆自己没有办法，对此是无能为力的。迦姆的焦躁可想而知。

没错，我认为迦姆正在焦躁不安。我不知道它是否有感情，所以这个描述有可能不正确，但也不是完全离题。可以想象，如果迦姆从物种的生存竞争中脱颖而出，得到进化，那么它至少具备区分是否愉快的能力。愉快还是不愉快，这是感情的起源。其本质是对世界的事物现象进行分类的能力。所有生物都具备这种能力。是诱饵，不是诱饵？追还是逃？明还是暗？美还是丑？喜欢还是厌恶？事故还是阴谋？悲喜剧还是严肃剧？

不管是哲学、高等数学，还是最先进的科学理念，人类这些高度抽象的思维是从什么样的神经回路和能力中产生的呢？这些全部可以还原成区分是否愉快的分类能力，还原为ON或OFF的二进制转换回路。我猜迦姆恐怕也是如此。但迦姆连外形都没有，它会怎么做呢？对于说这一点，我还完全没有头绪。

而且，迦姆的思考方法也可以这样进行还原。这是事实，但这个事实本身没有任何价值。因为迦姆的想法不是凭此就能预测的。与还原相反，信息流经过无数愉快或不愉快的回路组合，这些信息流的组合是无限的，而且我们自己的身体中原本就不具备识别这种信息传播过程的装置，所以我们不知道自己是用怎样的思路、如何思考的，甚至不知道自己真正在思考什么。总而言之，我们自己并不知道思考的内容和总体情况。我们的身体构造就是这样的，这是由物理结构决定的理论上的限制，不是只要努力、只要训练就能够克服的问题。做不到就是做不到。

写文章或是用语言思考，不过是要模拟再现我们意识不到的思想流，可是，依托语言的思考不是真正的思考。我们的思考是不知不觉进行的。只要人活着，无论是睡觉还是醒着，庞大的思考计算都在不知不觉中不停地形成，而我们意识到的只是其中的一小部分结果而已。我们意识到的是无数瞬间的“结果”的罗列，而不是思考本身。

尽管如此，身为人类的我们好像还在有意识地追踪无意识的思考流。这是因为我们拥有模拟性的思考体系，也就是语言能力。虽然依托语言的思考不过是原有思考的模仿而已，但是能做到和不能做到这点存在很大差别。语言是一种强有力的工具，可以像聚光灯一样照亮一部分无意识的思考。人们可以用它探究自己和世界在思考什么。将无意识的思考内容提取到意识域的时候，我们会使用语言和应用语言能力。这就像竹篮打水一样，非常没有效率。因为无意识的思考非常庞大，说不定还有不能正确提取或模仿后的东西和原有思考内容无关的危险。尽管如此，我们还是可以通过这种方式得到很多。

您是以语言为武器的作家，杰克逊女士。语言的这种威力、语言能力的重要性、写作的意义和效果，这些不用我说，想必您也十二分清楚。

迦姆也意识到了这一点，女士。它意识到了人类拥有的这种能力有多重要。

可以想象，迦姆发现人类的存在后，为了分析、理解我们的“语言能力”，即“模拟性地追踪无意识的能力”而倾尽了全力——恐怕对于迦姆来说，比起学习人类的语言，直接观察我们大脑和身体内的信息传递与生物活动更简单。然而，虽说它已经做到了这点，但也无法从中理解我们的思考。迦姆想知道我们在思考什么——而且，它成功做到了。否则我就不会感受到迦姆的存在。迦姆没有用意象或是气味之类的方式，而是用语言来和我接触的。

迦姆和我们不同，或许它能够意识到自己的全部思考。我们无法设想它的信息处理装置的复杂程度。如果迦姆能够在自己身体里构建起我们脑中“语言装置”的模拟装置，那就很好地表明了迦姆本体的复杂性。

总之，即使对于迦姆，要想驱动和维持自己原本没有的这种装置也是很大的负担，也许它早晚会放弃这个尝试。但是在此之前，我们可以把语言变成接口，探究迦姆的本体。不过，即使我们这样做了，最终也触及不到迦姆的真心和本质，相反还有被迦姆放出的语言洗脑的危险。不过，被洗脑就被洗脑吧，至少由此可以知道迦姆希望人类做什么。一切都不会白费。

现在我是离迦姆本体最近的人，但我知道的也就这些，大部分还都是臆测。反复臆测也没有意义，之后如果时间允许，就写写我是个什么样的人吧，也有助于你判断这封信是不是精心策划的恶作剧。

据说我的家族是过去统治过意大利的日耳曼民族的一支，属于伦巴德人。我是迁徙到大不列颠岛那个部族的后裔。说起伦巴德人，或许你会联想到放贷人或银行家。在注意细节这一点上，我倒是有符合你这种联想的特质。

我出生于伦敦，是家里的长男，曾有个妹妹，但她年幼就病死了。祖父是真正的银行家，而父亲却反其道而行之，是一名充满冒险心的贸易商。父亲就算不工作也不会为经济发愁，所以他做这些好像是为了消遣解闷。母亲是一家知名陶瓷器制造商的社长千金，这家制造商你也知道。

我从小就不顾及他人，做事随心所欲，做不到静静待着，是一个不合群、静不下来的孩子。之所以会这样，好像是因为我出生时脑中留下了极小的伤疤，具体我也不清楚。也有医生诊断说是大脑的器质性先天异常。没有自愈的可能，也没办法治愈，在这一点上是一致的。

和别人一起做事什么的，想想就觉得讨厌，父母也觉得为难，就打消了送我去公立学校的念头，派了一位家庭教师跟着我。这位老师是位年轻的生物学者，研究植物生态学。我觉得他不是学生，而是有课程的老师，反正他后来成为教授了。这位家庭教师从他的兴趣出发，让我读了很多推理小说。而且因为他本职工作的关系，我被他带着去了世界各地，研究植物及其所处的环境。

因此，我变得非常了解植物。不过，因为这位老师专攻生态学，所以我感兴趣的不是植物本身，而是植物和利用它生存的昆虫；或者反过来。总之，我感兴趣的是这两者之间的关联性。

一种植物只依赖特定的昆虫进行授粉。为什么会这样呢？我们只能认为这种植物和昆虫是以组合的方式，同时来到这个世界上的，不是吗？或者，可以拟态成枯叶、花朵和细枝的昆虫是如何变成那个样子的？是神的手笔，还是出于昆虫自己的期望？这是一个谜。

老师说这是达尔文创造的。当然，他指的是进化论。没错，就是这样，没必要搬出神灵那一套，而是用科学来说明。至今仍有外行误以为进化论是“碰巧的偶然论”，但进化论并非如他们所言，而是把“必然会、不得不变成这样”的现象理论化的产物。但这具体是一种什么样的机制呢？在学习分子生物学的时候，我灵光一闪，得到了这个问题的答案。

答案很简单。兰花螳螂与兰花极其相似，是因为它拥有决定兰花外形的基因，所以可以变成兰花的样子。换言之，兰花和兰花螳螂的 DNA 肯定有共同的部分。两者依靠 DNA 这一分子语言进行交流。

这个结论并没有经过实际考证，只是一种假说。但我直接把它称作伦巴德假说，写在了论文里。我记得那时我十六岁，论文题目是“螳螂体内的兰花”。

搜索这个题目的话，应该还能在一所大学的热带植物生态研究所发行的期刊中找到这篇论文。我的家庭教师在四月一日这一天把论文送交给了期刊编辑委员，然后就这样被采用了。无论是提交方还是刊登方都表现出了英式的愚人天分，当时我非常气愤，觉得“如此愚人般的对待，到底想干什么”！不过论文的内容本身并不是恶作剧，我认认真真地写了。顺便一提，这个假说在细节处是可以反证的，比如：决定花和昆虫的样子的不仅仅是基因的作用，还与周围的环境有关，等等。但昆虫和植物以病毒为媒介，在 DNA 层面上进行交流和杂交，这种观点至今未被反证。

我自己也没考证过这个观点的真伪，因为没有干劲。即便它被证明是正确的，我也只会觉得那又怎样？这不是理所当然的吗？同时，自己想出了这种观点的事实又让我感到满足，不管其内容会不会在客观上被否定，我都无所谓。我曾鄙视地想，本来这种费工夫的确认工作就是由自己想不出观点的人来做的。我并不是看不起做这种基础工作的人，如果要说的话，我反而认为这样卓越的人对我是有帮助的。希望由此你能了解我的性格。敌人很多，基本上还都是没有一点用的蠢货，真是麻烦至极。

不好意思，中途停笔。感觉要忙起来了，我就先写到这里。

此致。

我察觉到监控战斗情况的画面中有活动的迹象，朝那边一看，发现屏幕中我背后的门打开了。有人进来了。

我在信上签好安塞尔 · 伦巴德的名字，然后回头看去。那里站着一个我认识的男人，是桂城彰少尉，我派进特殊战的部下。我知道第五飞行队的 3 号机“雪风”出现了副驾驶员的空缺，正在寻找继任者，于是我向特殊战的指挥官库里准将推荐了桂城彰少尉。我命少尉进去收集特殊战内部的情报，尤其想知道迦姆为什么会对这个 3 号机感兴趣。

桂城彰少尉毫不介意自己的行动会给别人添麻烦，这种冷淡的性格与我相似，适合做间谍。而且他还拥有战斗机电子战操作员的资格，恰好可以胜任。

但是，他现在可能是敌人，也有可能是迦姆人。

迦姆人正如僵尸一般向基地的人们袭来，进行着杀戮，但是他们看不到我。其中一人想要杀我，刚把武器对准我就变成了那样。大概是迦姆干的。它肯定觉得还有让我活下去的价值。

所以，就算桂城彰少尉是迦姆人也不要紧，他看不见我。

“上校，”少尉说道，“竟然躲在这种地方，没逃跑吗？”

看来他不是迦姆人。

“逃跑又怎么样？”我叠着信回答道。

“好不容易得到了FAF却不逃跑吗？”

是硝烟的味道。少尉手上拿着自动步枪不停射击。他穿着战斗服，但没有戴头盔。

我问他：“你脱离特殊战了吗？”

少尉沉默着点了点头。特殊战的战队区好像离这里非常远。汗珠顺着少尉的两颊流下，从他的下巴尖滴了下来。

滑动门自动关闭的响声吓了少尉一跳，他用枪指向那里，待门关上后又放下，向我问道：

“这是什么房间？没想到竟然还有这种地方，这就是间密室啊。您就是在这里和迦姆联络的吗，上校？”

“回到我手下吧，少尉。你是这么想的，所以才来的吧……”

“您是真上校的复制人——迦姆人吗？”

“我是本人。”我说着拿出信，“读了这封信你会知道你想知道的。”

在少尉读信的时候，我查了杰克逊女士的地址，准备好信封，并写上收件人信息。希望寄到她那边的时候不是四月一日。

“竟然要与全人类开战，到现在我还是无法相信。”少尉一边将信还给我一边说道。

“林内伯格少将说过等着您背叛到迦姆那边，没想到您还真这么做了。”

“你相信迦姆在我脑中直接和我对话吗？这封信里可没写得这么详细。”

“我相信啊。因为深井零上尉也经历过。就在雪风上。”

“你也听过迦姆的声音吗？”

“我听过雪风的通信设备发出的信息，但是在脑中的直接交流，很遗憾，只有深井零上尉经历过。”

“发生了什么？迦姆对你们说了什么？你们分析了雪风收集来的电子情报吧，怎么样？我还没听你的报告，因为我联络不上特殊战了。之后把报告书交给我，少尉……”

“不，我并不是为了重回你手下才来的。我接到了林内伯格少将的任免令，从特殊战转隶到了情报军 AA6。”

解析第六科？少将也想得到桂城少尉在雪风上获得的情报。

“在去那边的途中，被卷入了你所指挥的迦姆人幽灵部队和情报军扫荡部队的战斗中，差点死了。”

“确实是我筹划了迦姆人再教育部队的叛乱，但我并没有直接指挥他们。不要恨我。所以，你是怎么知道这里的？”

“我被追得一直跑，想着已经逃不掉了，结果一转过走廊，眼前就是一个入口，我不认识的入口。”

“这是因为我们基地的地下通路错综复杂吧。”

“不，我可不会迷路。这里本来就没有入口。”

“大概是迦姆允许你进来的，少尉。这是空间操作，也就是通向异次元的入口——你不惊讶吗？”

“雪风也曾一时被关在异次元般的空间里。啊，我这是又被抓了吗？”

“异次元什么的都是玩笑话。这里是我专用的战斗情报室，入口被很好地伪装起来了。不过它绝不会偶然打开，因为门锁非常牢固。应该是迦姆通过某些手段认可了你，于是调节门的开闭控制结构，把门打开了。我只能这样认为：你被迦姆邀请加入了。”

“那好啊。”

“你看起来很开心啊，不害怕吗？”

“正合我意，上校。我想更加了解迦姆。”

“那么，首先给我写封报告书？”

“我已经说过了，我没打算再回到你手下。”

“那你要去林内伯格少将那里吗？”

“不，少将目前还在特殊战。是被库里准将邀请的，或许更准确地说，是被带去的。”

“我不知道这件事。特殊战把少将当成人质软禁了吧。他们要从 FAF 独立出来，打独立战吗？”

“不，库里准将已经事先安排好了，以避免特殊战内部被你和迦姆人污染。准将判断能压制你的只有情报军自己。我想，她也怀疑过全体情报军说不定都已经处在你的统治之下。不管怎样，特殊战的敌人终归是迦姆。库里准将派出了全队战机，正式向迦姆宣战。准将做了特殊战全军覆灭后的最坏打算，于是让我出来了。她把特殊战收集到的情报内容托付给了我。这是准将给全人类的遗言。”

“哼嗯。莉迪亚 · 库里，真令人害怕啊。你要怎么做？”

“既然在这里遇到你了，军务什么的就无所谓了。”

“你不打算抓我吗？或者打死我？”

“怎么会？你可是全人类唯一的迦姆使者，要是让你死了就麻烦了。”

“不过我倒是能打死你。”

“你不要特殊战的作战计划和雪风获得的情报了吗？”

“如果你不给的话，就不需要了。即使没有你，我也不会为难的。”

“是吗？这样的话就没有交易的砝码了。在处境上绝对是对我不利啊。那么，不做交易，可以让我参观学习，或是作为中立的战斗记录员一同出席吗？我不会妨碍你的。”

“你想干什么？你在想什么？”

“正如我所说的那样，既然都找到你了，就想参观学习一下。林内伯格少将知道这个情况的话也不会干涉你，大概只会命令我追查你并向他汇报情况。虽然要做的事是一样的，但以我的心情来说，想不受军队纪律、命令的束缚，站在个人的立场上，观看你和迦姆的共同战线与特殊战之间的游戏。”

“参观学习，还有观战啊。想不到这是身处战场的人说出的话。你所说的不适合现在的情况。你不觉得这不合常理吗？”

“要说不合常理的话，”桂城少尉说道，“你才不合常理，不是吗？对于你来说，这场战争就像是闲得发慌的贵族所进行的决斗，是一种游戏。”

“确实如此。你很敏锐。”

“业余活动就是观战。这样做有害身体健康哦，上校。做过头了就会自取灭亡。”

“有意思。”我不禁笑了，“你去特殊战之后变了一个人啊。”

我把给杰克逊女士的信装进信封，封好口。

这期间桂城少尉换了手中自动步枪的弹匣。之前的子弹大概所剩无几了。少尉的这把枪里装满了实弹，要说他会用这把枪打谁，不用问，就是来打我的。

但他却要保护我。这样做不是因为他是我的部下或手下，而是为了满足他自己的兴趣。如果我被杀了，他的乐趣也就没了。虽然这个动机是自私自利的，但我并不讨厌。我讨厌的利己主义者是把自己的价值观强加于人的家伙。奥斯卡 · 王尔德也曾用押韵且更优美的措辞表达过类似的内容。

“好吧，”我说道，“只要你不做对我不利的事，就随你便。”

“谢谢。”

“不用谢。我认为你还有用，仅此而已。”

“说得直截了当，真不像你啊。一点幽默感都没有。”

“我就开门见山了，这个，”我拿出给杰克逊女士的信说道，“能去 FAF 中央邮局帮我寄出去吗？”

“我收回之前的话。开玩笑吧，上校。我一出去就会被僵尸们吃了脑子的。”

“现在不去也行，不着急。迦姆人也不是不死之身，事情迟早会解决的。”

“你从最初就打算用一次便抛弃他们吗？”

“从结果上来说是这样的。但是，认为凭借这么点人就能占领基地才不正常。”

“可是，如果迦姆这么想呢？”

“那……”

刚要说“那又怎样呢”，墙上的那排监视器就全部黑屏了。然后，所有的监视器上都出现了同样一行消息：

<JAMMY’s 全军覆没。这是为什么？伦巴德上校，回答我。>

这个 JAMMY’s 应该就是迦姆人中的叛乱部队。

“哼嗯。”我应道，“事情好像结束了。”

“是迦姆发来的吧。欺骗他的事暴露了，怎么办？”

“并不是欺骗，从一开始这就……”

突然，感觉地板脱落了。毫无征兆，也没有碰撞。只是心理受到了冲击。超广角的视野非常开阔，天空黑漆漆的，上方有两个太阳，下方则是地表。那是菲雅利星球。这里是平流层。

“上校。”

“你也感觉到了吗？”

“这是战斗机的视野。大概是从迦姆机上看到的。这家伙真厉害。——前方，BOGEY（不明飞行物）！路线冲突，来了！”

不用找就看到了少尉所说的不明飞行物，它瞬间变大，擦过我的右太阳穴，刹那间向我背后飞去了。咚！发出了冲击波。

“是梅芙，上校！”

“什么？”少尉的动态视力真是惊人，“你确定吗？”

“没错。梅芙只有一架，就是雪风。”

“可以通信吗？”

我看不见自己的身体，感觉像是戴着VR眼镜一样。虽然迦姆机的机上视野很好，但它连飞行员驾驶舱都没有。不过少尉对此并不介意，他呼叫道：

“我是桂城少尉，雪风、深井上尉，请回答。听得见吗？”

我听到了沙沙的白噪声，紧接着是难以听清的声音，呼吸沉重。

——这是从哪里来的？是迦姆发出的吗？雪风是真的吗？少尉在哪里？

“这里是菲雅利基地情报军区域、伦巴德上校的秘密房间。上尉，请击落这家伙。”

“慢着！少尉，你别多嘴。”

——是伦巴德上校啊。你的计划总算落空了。

“怎么回事？”

我听到了回答。语言本身是明确的，但是却不清楚它的含义。

——FAF 覆灭了。

“你说什么？”

视野急剧旋转，我感觉到了强烈的眩晕，不由得寻找支撑身体的东西。四周一片漆黑。我单手扶着桌子，看着监视器的画面，自己的身体感觉又回来了。

——JAMMY’s 全军覆没。这是为什么？伦巴德上校，回答我。

“刚才说什么？FAF 覆灭了？”

“也就是说，”桂城少尉说道，“这间小房间果然是异次元的通道，门的另一边，现在是废墟。”

“不！”我确信不是这样的，但要说明为什么，就必须把自己无意识的思考转化为语言。可惜人的身体结构存在极限。“这里并不是你说的那样，迦姆是特意让那个世界里的雪风和我们接触的。”

“什么意思？”

“总而言之，迦姆曾向我表示它随时都能摧毁 FAF。而且，它还问了现在最在意的事。如你所说，迦姆大概相信凭借 JAMMY’s 可以占领这基地。”

“刚刚是幻觉吗？”

“它不会这样敷衍行事。迦姆把特殊战扔到了一个与我们的现实完全不同的世界。我们无法和特殊战取得联系也是这个原因。”

“请你问问迦姆刚刚做了什么时空操作，上校。刚才雪风所在的世界说不定就是未来。或许在未来，FAF 覆灭了。”

“不管是时间还是空间，对于我们来说，都只能用基于身体感觉的隐喻去理解、去表现。迦姆没有人类的身体，所以不能用我们能理解的隐喻去传达。是无法翻译的，少尉。”

“但不管怎样，你说特殊战整体……如果被扔到异世界的是我们这方的话……”

“不会的，”我挥了挥一直拿着没放下的、给杰克逊女士的信，“这是迦姆给地球人的宣战书，必须送到。因为这是迦姆请我代劳的。”

这好像要发展为长期战了，有意思。如果不能给出迦姆满意的回答，我们就会毁灭。这才是应该深思熟虑的地方吧。

桂城少尉表情顺从，沉默不语。我微笑着对他说：

“先去把这封信寄了。”

一切，从这里开始。

Ⅱ 雪风未归

读完伦巴德上校的信，我愣了片刻，因受到心理冲击而陷入了什么都无法判断的状态。

迦姆、宣战书、FAF、政变。

这些关键词都刺激着我——琳·杰克逊身为记者的职业意识，哪怕上校这封信的内容全都是假的。

不过，一时夺走我思考能力的并不是这些单词，而是上校提到的双亲之死带给我的冲击。双亲之死并不是单纯的事故，而是一场阴谋——如果这是真的，那么其他的内容都不重要了，迦姆与FAF都与我无关——我意识到自己现在的想法，然后清醒过来。人类意识不到自己平时在想什么；要想意识到这些就必须把思考内容转化为语言；真正的思考是意识不到的，因为人类的大脑里没有能意识到自己脑中信息流路线的系统。我认同上校的这些观点，职业意识也开始起作用了。我想，虽然我一直在宣传迦姆的威胁，但对我来说最重要、最实际的问题还是父母的事。

恐怕一直以来我在下意识中都是这么认为的，一定是这样。那么，承认这一点会损害我迄今为止的工作价值，让我失去信用吗？

不，不是的，不会的，应该说恰恰相反。这一点无须自问。用伦巴德上校的话来说就是：这才是下意识的思考。

把它转化成语言就是：我爱我的家族和父母，正因为如此，迦姆的威胁才不是与我无关的闲事。这是肯定的，但并不等同于“对我来说，担心自己的家人比向世人宣传迦姆的威胁更重要”。迦姆是一种来历不明的威胁，我想保护我的家人及自己不受迦姆的伤害，这是我从事这份工作的动机。因此，我一心一意地工作，从未掉以轻心。

我没有忘记过我是一个凡人，没有忘记过我也是人的孩子。我的担心、不安、恐惧和对我来说的威胁，同样也是你的，因为我们都是一个“人”——我相信，正因为我在写作的时候时刻牢记这一点，我的报道才拥有力量。这是我作为记者的信念。

人们总是会下意识地想：对自己来说什么是最重要的？人类可以依靠这种力量，有意识地支撑认识不到的自己。这种力量叫作信念。

我恢复冷静。写这封信的FAF上校安塞尔·伦巴德大概是为了测试我的信念才提及我双亲的死。阴谋论也许是真的，也许只是危言耸听。他说要给我的证据和情报也是如此，它们也许是原物，也许根本就不存在。

不管怎样，这些都说明了我的父母事实上并不是被迦姆杀害的。不论是阴谋还是事故，就算是人祸也一样，上校说可以提供给我的物证或情报，并不能证明“我父母的死由迦姆造成”。

那么，最好无视这件事。我以这种方式通过上校的测试。如果我是上校信得过的人，就一定是这样的。

如果我是上校，就不会相信对我说想要这些证据的人。伦巴德上校相信我，写了这封信，所以他肯定相信我不会提出这样的请求，也没有期待我会回信。如果我辜负了上校的这些期望，那么他应该早就忘记我的存在了，更不会把他说的证据发给我，而且再也不会给我寄信了。换句话说，只要我还是上校信赖的人，就迟早会再次收到上校的信，或者他还会用别的方法联系我——我这样想着，把信放在桌子上。

我有很多事要做，而且要立刻做。不知不觉中，我把要做的事情列出来，下意识完成了一个列表。我通过一种“知道该做什么”的感觉明白了这一点。

要把想法付诸实行，就必须有顺序地把它们捞取到意识域上来。正如伦巴德上校所言，“人类不能即时知道自己在思考什么”，这是事实。可我也觉得这是理所当然的。

刚才关于“现在该做什么”的思维是在专业训练中养成的。在那种思考过程中，多项逻辑计算并列进行，瞬间就能得出结果。然而，如果人们总能意识到并列思考的全过程，就会导致头脑越发混乱，无法调动身体。为了避免这种情况，人类的大脑出现了。人们之所以不能即时知道自己的思考，并不是因为大脑有缺陷，而是必须如此。

不过，上校想说的应该是另一个层次的事。虽然我很清楚这一点，但我要告诉想成为迦姆的上校，人类的大脑比他认为的更好。人类还有希望。

伦巴德上校坦言自己的大脑中好像有微小的器质性损伤，他肯定怀有一种情结——觉得自己不能像其他人一样生活，但同时又有点得意。对大众心理学感兴趣的精神分析爱好者们大概会说：上校在下意识中想要克服这一点，成为完美的人，于是他向迦姆求救了。读了这封信后，谁都能感受到上校的这种情结。

我认为，安塞尔·伦巴德在想要成为迦姆或是超人之前，首先应该成为一个普通人，或许他自己下意识里也是这样期望的。所谓普通人，就是有缺陷也能被社会接纳的人。“我也想成为这样的人”，上校就是为了说出这一点才写了这封信吧。

没错，这个笔迹、措辞和内容，还有我下意识感觉到的事情，都让我确信安塞尔·伦巴德这个人是实际存在的。首先，我要用客观的方法确认这一点。

谁去了 FAF？谁回国了？谁战死了？这些情报最近都不公开了，因此，事情的原委目前还在调查中。现在必须从伦巴德这个人实际是否为 FAF 的一员开始调查。然后需要确认这封信确实是伦巴德上校亲笔所写，还要确认信中的内容不是他的幻想，而是根据事实写成的。

这和刑事侦查的步骤基本相同。我自然而然地想起我在匡提科的朋友——丹尼。

他叫丹尼尔·卡特，隶属于美国 FBI 国家学院科学搜查训练中心的 DNA 分析部门。这个部门分为 Unit1、2、3，而他是统管这三个单位的主任。该机构在中心内开展最先进的科学搜查研究和培训，同时一手负责 FBI 科学搜查的实际业务，听说还会从全国各地送来大量的送检样本。有时丹尼也会和我抱怨，抱怨的都是辉煌成绩的背后，绝不会被报道出来的生动日常。比如前几天，有一个房间内堆满了内衣，这些内衣疑似和犯罪嫌疑人有关，丹尼他们不得不帮着挨个检查内衣上是否有精液的痕迹，他因此感到十分厌烦。

丹尼在匡提科因这种工作忙得不可开交。在劳烦他帮忙之前，有一件事我自己也能做到。那就是确认这封信是否真的从 FAF 中央邮局寄出。而线索，就在信封上。

信封上贴着的不是过去用的邮票，而是一枚类似邮票的贴纸。这是Live贴纸，上面印刷着微小的电子电路。平常的邮票也未被废止，二者都在使用中，不过现在贴纸正渐渐成为世界标准。和邮票一样，它的设计也是五花八门。这个信封上用的就是FAF发行的贴纸——这种贴纸并不是只有FAF的人才能获得，所以没那么珍贵，但由于其本身数量很少，说不定也很受集邮爱好者欢迎——贴纸图案是FAF主力战斗机希露芙的编队。

与邮票不同，这枚贴纸上既没有费用金额，也没盖着表示受理邮局和日期的邮戳。因此，只看贴纸是无法知道这些信息的。不过，贴纸上印刷着电子电路，其存储器中写入了包括这些在内的各种信息，比如这个贴纸固有的受理号码、受理邮局和日期、经转局、配送路线，等等，这些信息都可以用能与其进行通信的阅读器或手机读取。寄件人在手机上用电子邮件把受理号码等信息发给收件人，收件方就能确认这封信或这个包裹当前送到哪里了。而且寄件人也能和对方确认邮件是否已经送到。但是，菲雅利星球的FAF和地球之间不能直接发送电子邮件，所以这种方法行不通。不过，我还可以确认存储器里记录的配送路线等。

我立刻开始行动。我的手机内置Live信息分析天线，我一将手机前端靠近贴纸，就看见画面上的信息栏中显示着“这是邮件包裹”。这看上去像是一句废话，不过，现在这种Live信息被应用于各行各业，比如宠物狗或宠物猫的皮下就植入了写有主人资料和疫苗接种信息的芯片，所有食品和商品的价签和商标上都记录着生产者、制造者、流通路径及其他各种Live信息，所以这封信肯定是被当作邮件包裹处理了。即使只知道这一个信息，也是有价值的。至少，根据信息栏可以确认这个贴纸没有损坏，功能正常。我几乎是下意识地弄清了这一点，然后开始浏览里面记录的信息。

根据这里面的信息得知，这封信确实是从FAF中央邮局寄出的，但它的受理日期却很奇怪，1904年1月1日零点整，那是一百多年前了。而送达日期是前天，实际也很可能是这样，所以投递完成的时间才是正确的。

为什么受理日期是那样一串数字呢？如果1904年1月1日是这个Live信息的系统设定或默认的时间设置，那有可能是因为忘记盖邮戳了，也就是没有写入受理日期。或者是因为穿过那条连接菲雅利星球和地球的超空间“通道”时，只有贴纸中的时间记录被初始化了。本来，在写入信息的同时，贴纸上的存储电路也会经ROM化而被固定下来，理论上之后是不能再进行篡改的。不过，我也不知道在“通道”中会发生什么，所以不能否定数据被初始化的可能性。但我收到过几封FAF特殊战布克少校的来信，并没有发现这种错误，也不记得少校的信上是否贴着普通邮票了。这都怪布克少校，他总在信中好好地写上年月日，我就没必要再次确认邮戳信息了。这些等以后再查明吧。说不定伦巴德上校宣战后，出于某些原因不想让人知道日期，于是费尽心机地让贴纸中不再写入受理时间。这也不是不可能。

如果这封信是伪造的，贴纸中的信息也全是伪装的话，那么他应该会把邮戳信息，即受理日期，也弄成一串逼真的数字，用不着安排这样一处明显的错误。不，正是因为这个错误，我才觉得这封信应该是从FAF寄来的。说不定写这封信的人也是这样想的，所以才做了这种精心安排。从信的内容来看，即使这个自称是伦巴德上校的人预想到了我会做出这种判断，那也不足为奇。正如信中所写的一样，他对我的性格和想法了如指掌。

还是给在匡提科的丹尼打电话，寻求他的帮助吧。

我用左手在手机上拨号，打给丹尼尔·卡特；右手打开电脑，开机后连上新闻网络，进入新闻网站自动抓取模式。我在这间办公室的时候都不关闭电脑电源，可是现在却感觉开机时间很长。而电话这边，铃声响了五次对方才接听。

“嗨，琳，你现在在哪里？”

“在家呢。我刚从悉尼回来。现在方便吗？”

“当然。要是你在附近的话就邀你出来喝一杯了，真遗憾，距离有点远。”

“你是休假了吗？”

“差不多吧。我正在波尔多参观葡萄酒庄园呢。刚刚试饮了葡萄酒，非常开心。我来参加国际法医 DNA 学术会议了，这是学术会议的自选行程。如果有你喜欢的波尔多红酒，就买给你吧？”

“谢谢。你的好意我心领了。我现在也想喝点波旁威士忌振作一下，但是没有这个时间。可以和我谈谈吗？”

“当然，我还没醉呢。没关系，可以的。”

“FAF 寄来了一封信，我想通过这上面的指纹或者 DNA 之类的来判定寄信人。名字是安塞尔·伦巴德，情报军上校。我想确认是不是真的有这个人，如果有，那么这封信是否真的出自他手。信中的内容令人难以相信，如果那是真的，迦姆和我们地球人之间的战争就要面临严重局面了。”

“厉害了。这很可能是个独家大新闻，你要尽快啊。如果是大事件，当你还在费工夫确认的时候，说不定全世界都知道了，那就不是独家新闻了。”

“现阶段还没有发现什么迹象，说不定只是这个人的幻想而已。不过我觉得是真的。可 FAF 和联合国并没有采取什么行动，这太奇怪了。在信寄到我这里之前，这些内容也可以成为新闻。这些内容让人觉得，如果这是事实，那这封信大概都不可能被送到地球。”

“FAF 基地遭到迦姆大规模入侵，岌岌可危。是这种内容吗？”

“对，差不多。你果然很厉害，直觉非常准。或许，留给我们的时间也不多了。”

电脑已经启动完毕，我一边和丹尼通话，一边看着电脑画面。新闻网站上，别说是 FAF 发生变故的新闻热点，就连疑似发生变故的迹象也没有。

“不会吧。今年的葡萄收成好像是最好的，酿出的葡萄酒肯定很好喝。这点时间还是有的。”

“要是那样就好了，所以我才想确认啊。FAF 的人为了鉴别身份，除指纹之外还录入了 DNA 数据，如果你能帮忙查对一下的话就能知道了，可以吗？”

“FAF 啊。从地球上无法连接 FAF 的电子数据系统，肯定不行。你很清楚这一点啊……”

“联合国的地球防卫机构总部有 FAF 的个人信息数据库，内容完全一样。”

“是吗？这样的话，客观上应该可行。但是，我们不可能直接访问联合国的数据库。即使能采集到指纹、血液或 DNA 也无济于事。不过，总会有办法的。很多 FAF 的人在地球上犯过罪，他很有可能恰好存在于我们的数据库里。我试一下吧。”

“他是英国人哦。”

“那请伦敦警察厅来协助我们吧。我有方法省去麻烦的手续，那边的身份鉴别系统使用了DNA，比我们的系统更有年头。现在使用的是全球统一的序列格式，而我提倡准确率更高的组合，简单、方便、更准确。不过，这成为新标准只是时间问题吧。”

“你真棒！丹尼。”

“那是自然。送检标本怎么办？我后天回国，先让我的助手莱斯特知道这件事？”

丹尼的意思是，把这封信邮寄到莱斯特那里，还是想别的办法？

我一瞬间不知如何是好。肯定是越快越好，但我不想让其他人看到这封信的内容。迄今为止，我多次麻烦丹尼调查恐吓信，但这次的目的和以往不一样。而且，我无法预料别人看到信中内容后的反应和行动。我也想过只把内容相对无关紧要的几页和信封寄过去，但是多年的经验告诉我，这种敷衍的做法很可能会导致无法挽回的失败。

“等你回国，我拿到匡提科去。还是想拜托你来分析，因为我想慎重行事。”

“OK，知道了。可是，要是我回去后来不及分析就麻烦了。说不定那时迦姆真来侵略地球了，那样的话，分析也没用了——我最好还是在迦姆打过来之前尽快回国吧？”

“你是认真的吗？没醉吧？”

“有点。不过，我觉得你的工作很厉害，不是开玩笑，真的，琳。我来帮你，一起拿到普利策奖吧。”

“谢谢，你不用更改游览葡萄酒庄园的计划。没事的，别担心。玩得开心。我们匡提科见。”

“好的，保重。”

我挂断电话。

从新闻网站上来看，FAF 和地球防卫机构的动态和平时完全一样，这就意味着平安无事。即使菲雅利星球上正在进行着激烈的战争。

如果上校真的发动了政变，地球防卫机构当局有可能隐瞒了情报或采取了严格的报道管制。但这样一来，这封信又怎么会送到我手上？按理说应该会被查阅和没收吧。

那这封信是不是恶作剧呢？我认为它是真的，里面的内容既不是谎言也不是幻想。

该如何理解这种二律背反的情况？

伦巴德上校目前还没有发动政变，大概会在将来发动政变——这种想法突然涌上心头。

不，与其说是刚刚想到的，倒不如说在潜意识里，我已经这样判断、理解和接受了。我能对丹尼说“没事的，别担心”，也是出于这个原因。只是我还不能用语言向丹尼说明理由。

将来会发动政变，而现在还未发动。所以，丹尼应该能平安无事地回国吧。

伦巴德上校是在向过去寄信，所以受理时间比配送完成时间更晚。这个信息被正确地写入存储器，或许现在还留在存储器里。因为目前这个时点无法读取未来的情报，所以只能识别到 1904 年 1 月 1 日这个系统默认值——无法读取未来情报的话，也就读不了写于未来的信，那该怎么办——不要紧，信上的字并没有消失。

信是从未来寄来的，我重新考虑后还是觉得这个想法是偏离现实的空想。可我也想不出其他想法能合理地说明现在的情况。

另外，我觉得身为人类的上校没有向过去寄信的能力，这应该是迦姆干的——而且，我还想到了更现实一点的可能，比如，FAF 和地球之间的时间或许发生了错位。超空间“通道”能让菲雅利星球与地球的时空实现完美同步，但现在它说不定已经开始错乱了。

我意识到自己觉得人类的大脑很有意思。我从椅子上站起来，一边找着不知道扔到哪里的一次性薄手套一边想，我的大脑无论如何也要想出必要的理论来让我接受自己的想法，可是一旦理论抢先了，人就会跌进陷阱。我们应该排除过于离奇的想法。

我确信自己得到了正确答案，但又出现了离奇且虚幻的解释。这是因为我不能把下意识掌握的那个正确答案转化为语言，并且让它出现在意识域里……不，正确答案肯定是简单的，所以把它转化为语言也不难，难的是摸索出正确答案之前的复杂过程，这部分很难转化为语言。数学的证明过程亦是如此。

如果知道那是正确答案的话，就不用去强行证明了。在日常生活中没有必要做这些事，本来生物需要的就只有正确答案这个结果，如果它们去认识思考过程之类的东西，期间就会被天敌吃掉。只有人类，渴望知道得出正确答案前的过程。而且，不明白这个过程的话就会感到焦躁、自己放弃好不容易掌握的正确答案，这将导致致命的失败。我也曾数次经历这些，有着痛苦的回忆。无论是我的记者生涯还是实际的生命，都曾经历危难，但好在我并没有丧命。

我关上鞋柜，在一个壁橱里发现了装着百副手套的盒子，手套使用了一部分，还有剩余。我从中拿出一副手套，一边双手戴上，一边走回桌旁，复印上校的信和信封，把图像存进电脑。然后把信放回信封，再将其放入厚塑料袋中密封好。这期间我整理了一下思路。

这是迦姆在开战后首次向人类宣战，也就是说迦姆的攻击目标变成了人类，同时，在FAF发生了由伦巴德上校主导的政变，或是今后将要发生政变，而在地球上，这些情报目前只送到了我这里。这才是妥当的解释，没有什么不合逻辑的奇怪之处。至于更详细的情况，比如，为什么只告诉我一个人，迦姆真正的侵略目的是什么，目前都还不清楚。我知道的就只有这些。

如果想知道现在FAF发生了什么，去现场看看就行了，除此之外别无他法。虽然这样做能消除疑问，但是，如果我因此再也无法回到地球的话，就无法告诉地球人我在那里得知的真相了。

对我来说，去FAF是不得已时的最后一招。虽然我一直以来都是这么想的，但从没有像现在这样强烈地意识到这一点。那条“通道”突然出现了。就算它突然消失了也不奇怪。人们把“抗迦姆战争”交给FAF后就不管了，大部分人现在都没有意识到那条通路的存在。因此，对于人类来说，也许它就如同已经消失了一样。但是，我作为一个地球人，没有忘记异星体迦姆突然出现，明确表示它要入侵地球，也没有忘记那条“通道”的存在。因为不想忘记，所以我从事了现在的工作。

检索新闻网站是种被动的搜索，再继续下去也只是扰乱注意力、徒增自己的幻想而已。我要开始进行主动的调查行动。

在电脑上打开我的联系人列表，选定抗迦姆战争的相关人员。在这一长串的列表中，也有联合国高级专员秘书等高官，但我认为现在无法从这些和FAF有直接关系的人那里得到情报，以判断伦巴德上校信中内容的真假。那应该怎么办呢？

我意识到，要想察觉迦姆战略的异常变动，关键就在于“通道”。如果FAF遭遇了某些从未有过的重大威胁，比起联合国地球防卫机构宣传部等部门，我猜他们的情况肯定会由研究和监视“通道”的人或组织来传达给人们。

符合这一点的人或组织非常多。说到正在研究“通道”的，大概会涉及独自进行时空研究的物理学家、民间的学术研究机构、各国的军事技术开发组织和NASA这种宇宙开发机构等庞大组织。按规定，官方有关“通道”的调查研究由设置在联合国地球防卫机构内的专门课题研究小组进行，研究得到的结果将传达给各国。不过，由于没有预算，现在这个小组已经形同虚设了。因为没有预算所以没能取得成果，因为没取得成果所以预算进一步被削减，结果陷入了这种恶性循环中。总而言之，他们在开始调查后的那几年取得了一些成果，但之后数年都没能在此基础上取得新进展，因此造成了现在这种局面。以全球霸权为目标的大国，从一开始就对联合国主导的调查不感兴趣，所以把资金优先投给了本国的项目，而不是那个课题小组。从全球来看，现在为了弄清楚那条超空间“通道”的真面目而投入的人员、预算和精力，远不如开战后的那十年。

另外，监视“通道”主要是联合国军，即由各国军队编成的联合军的任务。不过，能够望到“通道”的南极观测队也正在进行观测，有时，民间的南极旅游从业者还会在当地进行视频直播，所以天气好的时候人人都能看到“通道”。

对了，我最近想起来，曾经看到过“通道”耸立的南极罗斯冰棚的异常视频。视频中看不见“通道”也没有人进行直播，但是镜头捕捉到了海岸线的冰大规模崩塌的画面。新闻说这引起了海啸，正在附近航行的观光船也险些倾覆，当时，包括我在内的所有人都把这归咎于全球变暖，恐怕没有人会把这和“通道”的异变联系起来。

或许，“通道”消失，或者反过来说，“通道”膨胀，是时空同步出现错位，或者再打入一条新的“通道”等异变的前兆……

我的心不由得怦怦直跳。突然，手机铃声响起，我的心跳得更厉害了。我屏住呼吸拿起手机，上面显示着“Danny Boy”，是丹尼尔·卡特打来的。

“丹尼，怎么了？”

“据说安塞尔·伦巴德上校这个人确实属于FAF。有没有给你写信暂且不说。我正在和从英国过来的老朋友约翰·霍尔谈话，谈到了你的采访活动和FAF，约翰说他的朋友接受过FAF特殊战的咨询。”

“特殊战？是布克少校吗？”

“不，是一位叫福斯的上尉女军医，据说她联系了心理分析工具MAcProⅡ的研发团队中的一员。我们也在使用MAcProⅡ，它是一种电脑心理分析工具，还可以用来侧写画像，非常方便，但要想熟练使用还得有非常好的技术。与福斯上尉商谈的女人和上尉是莫逆之交，从前就关系亲密。嗯，相当于私人的女性朋友。上尉的商谈内容是定制MAcProⅡ所需要的相关技术信息，听说上尉要用它来侧写迦姆的画像。这些暂且不论，她们还说了点私事。因为不能用电话或邮件联系，所以她们就用书信往来。除了要办的事以外，还互通书信交流了彼此的近况。”

“然后呢？”

“FAF中确实发生了异变。据说福斯上尉曾透露：情报军的伦巴德上校说特殊战或许会发动独立战争，于是派间谍进入我们特殊战进行调查。总觉得 FAF 好像要开始内部分裂、内部抗争了。如果你收到的信的内容与此有关，那么不用我调查，那封信很可能是真的。我打电话就是想告诉你这些，这样你就能早点写出独家新闻了。”

“明白了，谢谢。”

“帮上忙了吗？”

“当然了。但是，我想得到确切的答案，所以还是要拜托你调查这封信。还有，你知道那名军医上尉的全名吗？”

“稍等，我问一下……说是伊迪斯·福斯上尉。”

“谢了，丹尼。等你回来了，普利策奖分你一半，你有获奖的权利。”

“好啊，这不错。我期待那一天，晚安，琳。”

晚安？是啊，法国现在是晚上了。我也回道“晚安”，挂断电话，瞬间忘记伦巴德上校。

伊迪斯·福斯上尉。她竟然要给迦姆侧写画像，对此我半钦佩半吃惊，世上还有如此敢想的人。难道他们认为这种人类用的分析工具也能用在一切未知的异星体上面吗？然后我又重新考虑了一下，伊迪斯是不是得到了一些有关迦姆的情报？这些情报能用来定制适用于迦姆的 MAcProⅡ，实现对迦姆的侧写。

不，用电脑给迦姆画像本就不是上尉个人的想法，这肯定是特殊战的作战行动。他们拥有 FAF 的最新战机、可以称为攻击型电子侦察机的梅芙“雪风”，虽然其性能还未披露，但它肯定是性能最好且价格最贵的战机。

特殊战到底打算做什么？

* * *

库里准将站在特殊战司令部中央，抱着胳膊，注视着大屏幕里的战况，一动不动。这是何等的体力与意志力啊！莉迪亚·库里，她无疑是这里的主人。

和惊人的意志力一同感受到的，还有她冷静、威严又沉稳的气场，这到底是从哪里散发出来的呢？是什么让她如此沉着？是天生如此，还是后天培养的？又或许来自于自身的经历？

准将的这种气场包围着整个司令部，人们看上去没有不安或焦躁等负面情绪，全都集中在任务上。这种气质不是经过训练就能模仿来的。

虽然我——伊迪斯·福斯与她相去甚远，但我们是亲戚，如果我有和她一样的地位，肯定也能展现出同样的气场，我身上就流着这种血。虽然我很想这样认为，但这只是一种幻想。无论我历练多少年，积累多少经验，肯定也展现不出她的这种威严。

虽然我们算是亲戚，但是关系很远，远到即使委托调查公司调查，说不定也会被忽略掉。我当时想凭借有利条件来 FAF 工作，于是彻底调查了是否有 FAF 高官可以依靠，在调查过程中发现了我们的关系。我只记得追溯到三代以上，我们的家族才有了一点交集。确实，我祖父的母亲，也就是我曾祖母，她的兄嫂有几个孩子，其中一位和库里的家族有些关系，不过也只是非常淡的血缘关系罢了。所以，被我当成亲戚，库里准将也觉得很困扰吧。我来 FAF 之前并没有见过准将，但第一次见到她的时候就感觉很亲切，令人安心。和现在这种沉着的气场是一样的。

莉迪亚·库里的这种感觉或许是东部人世代相传的气质，也就是从旧大陆的历史和传统中继承的威严。我的父亲也有相似的气场。说起来，小时候的我怎么也适应不了这一点，总觉得他很阴郁、不知道他在想什么、很难相处，都是些不好的回忆。但现在却能用正面的词汇来形容他：不轻浮、深思熟虑、重视传统价值观、不随波逐流、坚持真正的自己。这就是我的父亲。试想一下，这难道不是乡土培养出来的气质吗？一个地方确实存在其特有的气质。至少，它的影响要比谈到像是外人的血缘关系大得多。我父亲和莉迪亚一样，都来自新泽西州，而我和母亲都是土生土长的加利福尼亚人。

我之所以选择当医生，并且对航空生理学感兴趣，大概是因为在不知不觉中，从身边的例子知道了环境确实会培养人的气质、影响人的思维方式。一直以来人们都说：当地固有的文化传统会影响人的气质，风土和气候也形成了当地人独特的世界观。那么，航空器和宇宙飞船这种人工环境会形成特有的人格吗？还是说和人格没有关系？这仍是一个比较新的研究领域，毕竟在没有飞机的年代，没办法研究，也没必要研究。

我本来就喜欢飞机，而且还有轻型飞机的驾照。选择航空生理学仅仅是因为在当时的情况下，选这个似乎最容易取得学位。不过，我本身就不反感这些，在研究过程中也取得了一些成果，所以渐渐开始觉得有意思了。最终我来到了菲雅利星球。当时，我关心和研究的课题是 FAF 的战机如何改变人类。于是，我决定来到这里。

但是，我来到特殊战之后才意识到自己真正想做的并不是这些。我来到 FAF 后乘坐了实战机、FAF 最新战斗电子侦察机“雪风”，在上面我体验到了“我想把它当作研究对象”“我要一直研究这个题目”“终于找到了我该做的事”的感觉。在那个任务返航的时候，我的人生观发生了改变，正如“雪风”的驾驶员深井上尉所预言的一样。不过，原因却和深井上尉所想的不同。

这是何等令人震撼的力量！人类能造出如此厉害的东西吗？我目瞪口呆，同时也因首次遭遇迦姆而感到战栗。但让我发生改变的却不是这一点。在击落迦姆后的返航途中，“雪风”为了避开迦姆的新型攻击爬升到了最大高度，从其驾驶室可以看到下方广阔世界和超高空视野、漆黑的宇宙以及从二连太阳的其中一端喷出的、红得不祥的旋涡状“血之道路（Bloody Road）”、薄薄的蓝色带状大气层，还有像是一条五光十色的绒毯式地表。改变我的，正是这些从超高空用肉眼同时看到的景色。

我真实地感受到这本不是人类该看到的景色，是不能看的东西。这是神，同时也是恶魔的视角。

在FAF的战机中，除去无人机公爵，就只有梅芙“雪风”能爬升到超高空，并且能够主动进行战斗机动。

那个高度对于宇宙飞船来说太低，对于飞机来说又太高，是存在于特定高度的有限空间。

地球上的景色也能给人带来同样的感觉，不是因为在菲雅利星球才神秘，而是因为那个高度、那个位置的视觉会产生神奇的感觉。自己仿佛正处于生与死两个世界的缝隙之间，或许可以将这比喻成一种濒死体验，确实是一场难得的亲身经历。这段经历彻底改变了我。

从高空俯瞰的视角会给作为生物的人类带来哪些影响？高空的视角竟能改变了人的世界观，这在生理上又是何种现象？

在人体上发生了什么？现在我想运用人体生理物理学的知识来研究它们。

但是，在特殊战里完全没有时间研究这些。我刚调动到特殊战的时候，布克少校曾对我说过：这里不是你的游乐场。库里准将也用更委婉的措辞表达过同样的意思，以此来劝诫我。那么，我就要成为一名有能力的医生、心理学家、航空生理学家、心理咨询专家，让他们认可我。我立志成为一名大家都认可的好军医。但现在回想起来却不得不承认，我当时那种样子看上去就是在玩。

这里曾是战场。不仅是特殊战司令部，就连分配给我的房间也在战斗范围内，我处在战争的正中央。而我当时却没有这份自觉，一直到现在才明白。

用 MAcProⅡ给迦姆画像的结果是：在当前的情况下，迦姆一旦做好准备，就会立刻发动总体战，引出雪风也是其目的之一。在我预想到这些的一瞬间，脑中就已经意识到危险了。虽然我确信这个预想没有错，但还是没有自己身处战争最前线的真实感。

没错，我对 MAcProⅡ得出的预测有信心。

迦姆不是人类，我们甚至都不知道它是不是活物。因此，从常识来看，使用 MAcProⅡ是不可能的。我输入到 MAcProⅡ中的 PAX 代码也不是以迦姆为模板做成的。但是，这在某种意义上是可行的。

我对特殊战战机驾驶员，还有布克少校、库里准将的 PAX 代码进行了合成，然后与深井上尉的 PAX 代码作对比，找出上尉的代码中迦姆感兴趣的部分，并对合成代码中的对应部分进行了突出处理——或许应该表述为加强了深井上尉那样的排列或对比——按照这种方法，我做出了一串 PAX 代码。

总而言之，这串代码显示了迦姆眼中特殊战的性质，将其输入到 MAcProⅡ中进行计算，也就是预测迦姆是特殊战的话会怎么做？换句话说，特殊战是迦姆的话会怎么做？不外乎是通过计算寻求结果。

雪风接触过迦姆，我们从它带回来的情报中得知，迦姆对雪风、深井上尉，还有特殊战的存在和行动表现出了极大的兴趣。迦姆一直以来都在模仿 FAF 战斗机的功能和战术。我猜，迦姆自己会先预想雪风和深井上尉在拒绝它的要求后会怎么做、特殊战又会采取怎样的战术行动，进而采取行动。这是谁都能想到的事，不必使用 MAcProⅡ进行预测。但问题是迦姆看到的特殊战是什么样的呢？

我立刻想到，合成特殊战驾驶员们的 PAX 代码应该可以解决这个问题。可是，该怎么合成代码呢？究竟能不能做到？如果理论上是可以的，那么有这样的应用实例吗？技术上该怎么做？必须要知道这些。我曾经和 MAcProⅡ开发团队的一员，同时也是我在英国留学时认识的朋友伊莱恩·贝利聊过，虽说是偶然，但世上是有这种事的，对此我吓了一跳。而且伊莱恩当时研究的正是我想问的东西，这也出乎我的预料。

也就是说，利用集团内每个人的 PAX 代码，生成一串能把该集团看作一个人格的 PAX 代码，再用它来分析该集团会如何行动。能使用 MAcProⅡ进行这种预测吗？它具体会在哪种场景下发挥作用呢？伊莱恩举了这样的例子：面向某个集体播放广告后，可以预测到其整体的购买欲有多大。

用个人的 PAX 代码可以预测到每个人的购买欲强弱。购买欲不仅可以用概率数字来表示，还可以更具体地评为“积极购买”“可能会买”“不感兴趣”“感到反感不会买”“白给也不要”等五个等级。不过，集体的反应未必与个人预测的综合结果一致，基本上都会得到不同的结果。没错，当个人组成集体后，就容易出现当场煽动的人，有的人虽然在自己一个人的时候不会买，但受到煽动后便会不由自主地购买。因此，合成PAX代码也没那么简单。

从伊莱恩那里听到这些后，我觉得要从各个人的PAX代码中抽出会相互影响的部分，例如：易受到他人影响的、性情乖戾的、被人干涉就反抗的，等等，把它们全部都排成矩阵。但这一定是个费力的活儿。正当我不知该如何做的时候，伊莱恩应用情报统计工学领域中关于熵的理论，设计了巧妙的分析方法，并且正在制作成解析软件。对我来说，这无疑是求之不得的幸运。

我也在收尾阶段的工作中尽了一点力。面向MAcProⅡ、用于预测集团行动的程序包完成后，伊莱恩将其测试版本发给了我，这距离最初我交给她请求信只过了不到一个月。

当把软件下载到我的电脑Doctor · Lecter[①]上时，我想，它肯定会在商业广告和政治宣传方面大显身手，果然还是得在“地球”上使用这种方法啊。然后我发现自己就好像是一个不同于地球人的外星人，刚刚是从外星人的视角来看地球的。这让我的内心产生了轻微的动摇。不过，这种轻微程度也就和我意识到“再过不到两年，自己就要三十岁了”的心理动摇程度差不多。

伊莱恩是我在英国留学时的同学，是和我一同度过青春时

①伊迪斯 · 福斯上尉的个人电脑。

代的好朋友，而好朋友的优点就在于即便平时久疏问候，再见面、再联系时也不用有所顾虑。感谢父亲为我创造了遇见她的机会。当时的我非常讨厌去英国留学。在我看来，车肯定要有座椅罩，即使我穿着湿透的泳衣也能坦然坐下去，而且还得是敞篷车。父亲在我十六岁生日时买给我的二手敞篷车好像就没有车篷，说不定在买之前它就已经破破烂烂，被人扔掉了，至少我不记得车篷曾关上过。同样都是带有车篷的车，有些车的车篷就不是用来打开的，比如英国的劳斯莱斯或是宾利这种设计非常没品位的车。父亲想让我去英国见识一下，期待我成为淑女，而我却不愿意。但到达当地后，我发现哪里都没有那种陈腐的气息，得以使我在英国度过了美好的青春年华。

我和伊莱恩相互竞争地埋头于恋爱游戏和勤学苦读，这已经是十年前的事了。或许库里准将会说“才十年而已”，但是对我来说，十年比我人生的三分之一还要多。

当时，莉迪亚·库里已经在FAF特殊战就任，迦姆当然也存在。记载中，迦姆是在我出生前五年左右出现的。但无论是迦姆还是FAF，当时的我都完全没有意识到。

布克少校肯定会说：没有认识不到的对象，所以，不是“它出现了”而是“记载它出现过”，你的这一感觉是正确的。

我来到特殊战后也曾真的认为，不能否定迦姆是人类创造出的“假想性存在”这种可能性。但是，当我在雪风上看到迦姆的二机编队急速爬升、接近我们的时候，便不再坚持认为迦姆是一种假想了。正如深井上尉所言，所有经历过实战的人都会如此。而布克少校身处和迦姆战斗的第一线，还能保持着敏锐的感觉，认为“有那种可能”，真是令人惊讶。

不知道自己的战斗对象是谁，不知道为何而战，因这种情况导致精神异常的人并不少见，即使在特殊战也不例外。深井上尉的症状大致也归咎于此。不关心他人、不管他人死活，特殊战就是这种类型的人的集团。根据我的调查分析结果，即使是特殊战的战士，他们的精神坚韧度也和其他部队的人没什么差别。

但是，布克少校却不一样。他会说，即使迦姆是一个假想敌，实际并不存在，我们也必须要战胜它，只有我们想赢，一定会有制胜的方法。

如何战胜也许本就不存在的对手呢？

少校的答案是：通过创造出前所未有的哲学概念来战胜。

在之前那个问答中我曾问过少校："你的意思像是在说，迦姆就像是神一样，我们必须要考虑它是否实际存在？"

然后少校说："确实是这样啊。不管有没有神，我们都能活下去。迦姆也一样。"

这番话让我很震惊。

简言之，布克少校是说："像杀神一样杀了迦姆，以此战胜迦姆。"

我不自觉地在心中画起十字，同时意识到自己被这种恶魔般的话吸引了，这又让我很震惊。但是，人类没能和首次遭遇的异星体进行交流，完全不清楚它们在思考什么，也无法感知到它的本体。我承认，要想不输给迦姆，就必须要有这种顽强的精神。布克少校的那番话里充满肯定，让我觉得只要相信他所说的就肯定能实现。

所以，对于迦姆来说，特殊战中的最大威胁就是他。因为就算迦姆不存在，他也知道制胜方法。

布克少校从早期就开始怀疑，迦姆或许是以人类为对象发动战争的。从这点来看，他是一个深思熟虑的人。但即使是他，也不是从一开始就认为“哲学思考在抗迦姆战争中是有效的”，他只不过是认识到了“哲学”在稳定其自身精神状态时所具有的价值。而少校现在却说：“哲学概念”可以用作杀死迦姆的武器，这并不是什么花言巧语，而是和导弹一个性质的直接武器。

甚至连战斗在一线的FAF人员也会觉得少校的这种想法不合常理。但是，我们掌握了与迦姆实际接触过的雪风、深井上尉和桂城少尉带回来的情报，对于特殊战来说，少校的话并不是单纯的花言巧语，说不定真的有用。

那些情报中最令我们震惊的是，迦姆好像还没有掌握便于理解人类的概念，目前正在进行构建。之所以感到震惊是因为这可以预示出一种看法，即“迦姆发动这场战争，或许从一开始就是为了这个概念而已”，并且还可以预测到迦姆完成这些后就会计划一举消灭地球人。

实际上，现在对FAF的总攻可能就是这个计划的序章。迦姆曾告诉我们，它唯独理解不了特殊战。从这一点来看，它一旦了解特殊战，就再也用不到FAF了。MAcProⅡ的预测结果亦是如此。

这样一来，为了不输掉这场战争，我们人类一方也只能通过构建全新的概念来理解迦姆，同时阻止迦姆理解我们，并进行反击。而且，布克少校认为，“前所未有的概念”会杀掉迦姆、让它消亡，也就是说有可能终结这场战争。这种新概念对迦姆来说是致命的，对于人类来说则要作为特效药向全世界扩散渗透。这样一想，感觉它确实能发挥作用。

迦姆是神一般的存在吗？少校为了结束我的这个问题而断言道：即便迦姆是神一般的存在，“对于迦姆来说，人类也是一样的。彼此彼此，不用畏怯”。

布克少校刚到 FAF 那会儿，对于迦姆来说还不是如此危险的存在。如今的他思考能力如匕首一般锐利，我分析是深井上尉的天真让他变得如此敏锐。

这个天真指的是精神上的不成熟。迦姆不了解深井上尉。因为 FAF 中没有孩子，所以上尉这种不成熟的心理对于迦姆来说是罕见的，无法理解。我在听雪风带回来的迦姆和上尉的通话记录时，突然想到了这一点。这么想并不是因为深井上尉那时的态度，而是因为我之前给上尉做诊断时的记忆又复苏了。当然，我没有把这种想法告诉布克上校或其他任何人，也没有写到病历中。这不过是不能说的、和身为医生的我无关的、没有客观根据的、极其私人的感想而已。但我可以说，是上尉的这份天真磨炼了布克上校。

在诊断深井上尉的精神状态时，布克上校问了我很多有关上尉的情况，其中有这样一件事。

“零来到 FAF 后一直不明白人类存在有没有意义。如果有的话，意义是什么？如果没有的话，人为什么能没有意义地活着？这不是你的心理疗法能治好的问题，而是哲学的问题。”

要我说，这是信仰问题。为什么能没有意义地活着？产生这种疑问，是没有信仰的人都会陷入的一个不幸的难关。少校应该也知道这一点，但他却说这是哲学问题。因为他相信关于信仰的所有问题都能用哲学思考来解决。可以说，这是他的信仰。或许少校从还在地球的时候起，就一直用这个信仰支撑自己。

人类存在有没有意义？这看上去也是詹姆斯·布克的疑问。虽然我并没有深入了解，但他肯定有信仰被背叛的经历。所以，对于深井上尉只相信自己这一点，少校深有同感，觉得“这家伙也不信神，和我一样”。

不过，深井上尉是不是就完全没有类似信仰的东西？答案是否定的。对于深井零来说，雪风就是神，因为他曾经被它抛弃过。“我的神啊，你为什么要抛弃我？”可以想象，深井零大概就是这种心情。但是，这根本不能称为信仰。

布克少校一定注意到了这一点。零竟然如此天真？这是怎么回事？少校肯定非常苦恼，于是得出了这样的答案。

之前连他自己也没有意识到，自己拥有没有神也能活下去的哲学。但深井零并不是这样。这家伙的天真心理肯定产生了错觉，误认为相信雪风就是真正的信仰。要想打破这种伪信仰，就得有能够清除一切的坚韧哲学，除此之外别无他法。

而且，还需要布克少校自觉锤炼自己的思想。结果，从中产生的哲学如今给迦姆带来了威胁。

“要想对抗迦姆，就必须改变迄今为止的人生观。”布克少校曾这样说道，“深井上尉就是这样做的。零反复说过这些话。伊迪斯，你身为他的主管医生也知道吧？改变了零的人生观的不是迦姆，而是雪风……”

不，少校。改变了零的人生观的是你，既不是迦姆也不是雪风，“是你啊，杰克。”

“什么？”布克少校从控制台回过头。

我无意中小声说出了自己的想法。

“伊迪斯，是你吗？”

“抱歉，少校。”我拿出上尉向少校借的手表，这是上尉在驾驶雪风出击时交由我保管的，“深井说，帮我还给杰克。”

我知道只有深井上尉称呼詹姆斯 · 布克少校为杰克，但不知道为什么叫他杰克。名字是詹姆斯的话，应该称他为吉姆吧。但少校看上去却没有特别在意。

“他还说什么了吗？”

“没有，少校。只有这句话。”

“唉，”少校叹了一口气，然后自言自语道，“那家伙，不打算回来了。”

“放心。”我不自觉地说道，“迦姆的实际战斗机比预想的少。现在特殊战战机正在破除迦姆的欺骗方法，雪风自己也在进行确认。而且，深井上尉说过一定会回来……”

布克少校抬起手制止了我，又转向控制台。

“这里是雪风。杰克，听得到吗？”

“当然。怎么了？零。”

“我找到上次引诱雪风的迦姆机了。”

“雪风前方约二百千米的低空，不明飞行物（BOGEY）。”正在监控雪风的埃科中尉说道，“雪风识别出那是已知的迦姆机TYPE7。好像是由一击即离型的大型战斗攻击机 TYPE6 改造而来的电子索敌机，就是之前那个家伙。肯定是它让附近的 FAF 战机看到幻觉。它的空战机动能力很差，想要击落它的话，一枚中距离导弹就足够了。雪风搭载了六枚中距离对空导弹……”

“零，同时发射两枚中距离导弹，彻底干掉它。”

“雪风已进入攻击瞄准模式，自动锁定……可是……”

“可是什么？有什么问题吗？”

“手动解除了锁定。”埃科中尉说道，“深井上尉解除了攻击模式，还关闭了武器管制。”

“零，你想干什么？”

“卡米拉、春燕、舞者，这里是雪风，开始以密集型钻石编队飞行。别落下，跟上我！接近目标了就把飞行控制交给雪风，由我来把握时机。”

“深井上尉，你要做什么？回答我。”埃科中尉说道。

“少校，库里准将，错过这个攻击机会的话，就会再一次回到原点。现在开始发出攻击指令……”

“等等，埃科中尉！”少校说道，“看看怎么回事？这家伙……”

司令部正面的大屏幕上出现了雪风和三架超级希露芙的路线，它们正以密集编队急速冲向敌机。

“是要抓住它吗？”布克少校喊道，“在想什么啊，疯了吗！”

“这里是雪风。”深井上尉说道，“是的，我要尝试捕获目标迦姆机。听得到吗？空出滑行跑道，空出菲雅利基地的所有滑行跑道。试着让迦姆机迫降。不要攻击！重复，绝对不要攻击目标迦姆机！雪风，不，我来抓住它。”

司令部喧哗起来。

库里准将立刻行动。她放下胳膊，大声呵斥埃科中尉。

“埃科中尉，专心监控雪风的系统！没有我的允许，不能向包括雪风在内的战机发出任何指示！重复！”

“专心监控雪风的系统，没有准将的允许，不能向战机发出任何指示，重复完毕。对不起，我不小心多嘴了……”

“中尉，雪风和目标迦姆机有可能用紫外线，或是我们人类不能直接察觉到的一些方法来取得联系。注意监控，别错过一丝一毫，全部记录下来。”

“是，长官！”

“福斯上尉，”库里准将没有停顿，“这架迦姆机是否会听从深井上尉的归顺命令？用 MAcProⅡ可以预测到吗？你的预想也行。”

我几乎是下意识地预想到了会被问到这些，所以没有因准将突然的点名而慌神。这架迦姆机会乖乖听从雪风的命令吗？我已经想好了。

即使被迫着陆了，这架迦姆机也未必会归顺于我们。它说不定正在谋划着假意归顺，然后在特殊战内部自爆，毁灭我们。

现在迦姆在想什么？接下来会怎么做？能用目前的方法来预测吗？

我答不上来。虽然知道答案，但却不知该如何回答。我屏住呼吸，整理思路。不能沉默太久，最多也就是喘口气的时间。

目前，装有MAcProⅡ的Doctor · Lecter正处于从FAF网络中断开的单机状态，输入这个情况就能进行预测计算。根据“迦姆要用某些方法和特殊战进行交流”的观察得知，迦姆会模仿深井上尉和特殊战其他驾驶员，即特殊战的“人”的思考方式。基于这一前提我制作了PAX代码，而现在的计算就依靠PAX代码进行。虽然这不过是我随便想出的假设而已，但在“最近”这一限定时间内几乎没错。这是我们特殊战赌上部队存亡的推测，远比无条件的臆测更有现实感。

也就是说，当迦姆要在大致确切的时间内和特殊战进行交流时，使用MAcProⅡ是有效的，现在恰好是这个情况。而且，只有满足“迦姆像人类一样行动”这一适用条件时，从中得出的预测才是有效的。

“像人类一样行动”，是总结了迦姆模仿特殊战的“人”、想和特殊战进行交流等行为的一种表达方式。

从现在的战况来看，MAcProⅡ的预测基本正确。可以说，迦姆“正在像人类一样行动”这件事被反向证实了。

但是，迦姆也可以“像非人类一样”行动。这并不是说，迦姆不是人类就一定会“像非人类一样”行动。因为我们完全不清楚迦姆的本体，所以无法肯定地说出哪种行动才是像迦姆的。“像非人类一样”的意思是，像“雪风”所代表的机器智能一样。对于迦姆来说，这种“像非人类一样”的行动大概比“像人类一样行动”更容易，可它目前却没有做出那种举动。这是因为特殊战的机器智能正在像人类一样行动，即现在特殊战人机一体化，人和机器互相合作，特殊战的机器目前完全处于人类的控制之下，没有表现出它的独特性，迦姆感觉没必要进行“像非人类一样”的应对行动。

总而言之，迦姆把特殊战的“人”当作对象，想和“人类”进行交流。

没错，这非常重要，我要说的就是这一点。如果这三者的关系，即人类、机器和迦姆三者的意图可以保持平衡，迦姆或许会为了进行交流而听从深井上尉的命令。至少，迦姆理解深井上尉在寻求什么，并且想把它所理解的东西告诉我们，即使它没有着陆，也会让我们看到这种人类般的举动。

我吸了一口气，回答库里准将。

“只有在迦姆和特殊战的‘人’进行交流，或者要进行交流的情况下，MAcProⅡ做出的行为预测才是有效的。现在我们和迦姆就是这种关系，要想预测迦姆的行动就不能破坏它。包括雪风的中央计算机在内，特殊战的计算机群无视深井上尉的意志，单独向迦姆发起行动则会破坏这个关系。也就是说，如果迦姆判定要让这架迦姆机归顺的不是特殊战的全体意志，而是机器智能‘雪风’自己单独的行为，那么这个关系就会破裂，导致MAcProⅡ的预测结果不可靠。所以……”

“要这样做的是深井上尉，不是雪风。”布克少校一边戴上我交给他的手表，一边快速说道，“重要的是，要让迦姆知道我们也同意深井上尉的想法……零，你在听吗？”

“听到了。最重要的是控制雪风，以防我被它弹射出去，少校。雪风坚决要攻击迦姆。如果控制不好的话，我会被雪风……”

是雪风发出的警报声。

“这本来是提示武器控制故障的警报声，但现在似乎不太一样……”监控雪风全系统的埃科中尉压低声音说道，“中央计算机正在寻找方法来强行启动由深井上尉切断的武器保险开关。这是雪风自身发出的警告。我还没见过这种情况。”

不好了，这种情况在各种意义上都很危险！

“深井上尉，我是福斯上尉。”我向雪风的驾驶员说道，“无论如何也要控制住雪风。只要你的想法不被雪风干扰，那架迦姆机说不定就会归顺我们。我预测它至少会不做抵抗地来到菲雅利基地上空。”

“如果能安抚好雪风，迦姆就会听我的话对吧，上尉？”

“没错，必须让雪风理解你的想法，你需要和雪风融为一体，这样迦姆才会和雪风进行交流。首先，你用自己的声音向迦姆机发出归顺命令。即使不理解其中的意思和内容，雪风和迦姆也会把你的声音理解为你想要进行交流。而意思和内容只能通过雪风的飞行姿态来表达，也就是身体语言，懂吗？”

“明白，我试试看。”

“福斯上尉，”库里准将说道，“你是说，让这架迦姆机迫降是可行的，对吗？”

“是的，准将。即便用 MAcProⅡ预测，大概也是这个结果。但是，如果智能机器‘雪风’干涉深井上尉和迦姆机的交流，企图独自和迦姆机接触的话，我就无法预测迦姆会作何反应了，而且MAcPro Ⅱ的预测结果也会失去意义。也就是说，这种情况下的预测是不可靠的，很可能不准确。总之，如果能捕获这架迦姆机的话，也就只有现在了，迦姆正在像人类一样行动。”

“谢谢。——深井上尉，我是库里准将，允许你捕获迦姆机。”

“明白。以特殊战的全体意志捕获迦姆机，对吧？那么，支援我吧。能把副驾驶的工作交给埃科中尉吗？谁都可以，人手不够。”

“接受支援请求。——埃科中尉，从现在起支援深井上尉，不能让雪风的中央计算机失控。”

“是，长官。指示雪风用光线给目标迦姆机发送‘跟我来’的信号后，对武器保险的干涉就消失了……或许雪风也注意到了这是上次迦姆引诱自己的手段，正在期待它继续……”

“继续。卡米拉、春燕、舞者，听得到吗？你们三架飞机以后也听从雪风的机长深井上尉的指示。布克少校，通知全队战机雪风的这个行动，以便随时支援雪风组。”

“明白。我用数据通信向全队战机广播。使用战术计算机在准备上也不会花很多时间。”

“皮沃上尉，寻找菲雅利基地的滑行跑道管制系统，受理深井上尉请求。不能攻击目标迦姆机，空出滑行跑道。必须完成，立即执行！”

“明白！”皮沃上尉答道，然后问旁边控制台的女操作员，“西卡拉提雅，雪风组还有几分钟回来？能预测一下时间告诉我吗？根据剩余时间的多少，可能会用到破坏性的方法，我想尽量避免这种情况。在我操作的时候，请酌情告诉我剩余时间。”

“好的，上尉。”

人们都用古谢夫少尉的名字“西卡拉提雅”来称呼她。对男人来说，少尉是特殊战司令部中偶像般的存在。她当然也意识到了这一点，并且还巧妙地加以利用。我不擅长和这种女人打交道。不过，她的工作能力非常出色，理解能力也很强。

“就是现在。”古谢夫少尉宣布道，“雪风立即进入返航路线，到达基地上空最少需要十三分钟。从距离和雪风的速度性能来看，不可能更快地返航。雪风和迦姆机正朝着离开基地的方向航行，综合分析，当前我们的实际剩余时间预计为十八到二十五分钟。”

“太好了，这些时间足够了。”

“司令部，这里是 B-11。”

是 11 号战机猫管家的驾驶员普策少尉。

“缟玛瑙正在营救公爵，我们监视它的数据通信，发现公爵的自主飞行系统目前已经成功重启了。”

司令部内发出喜悦的声音。但这不是恣意的欢呼，而是充满克制的声音。

大家都以为无人机公爵受爆炸的影响已经坠落了，但缟玛瑙发现它勉强还在飞。

缟玛瑙报告称，公爵现在失去意识，如果放任不管的话，坠落只是时间问题。库里准将在收到报告后取消了缟玛瑙和猫管家的返航命令，让它们看看是否能把公爵带回来。公爵总算得救了。

“公爵和缟玛瑙连上了数据链，得到当前的地点和时间后公爵醒了过来。然而，它好像失去了作战行动的记忆，正在请求作战行动指示。缟玛瑙的机长萨什琳上尉认为，让公爵继续进行自主战斗行动太危险了，担心它现在无法识别敌友。司令部，请下达指示，让公爵自爆也在考虑范围内。”

“请指示作战行动，这是公爵自己说的吗？”布克少校问道。

“是的。”

“我是库里准将。确认公爵的作战行动存储器里的内容销毁后，命令公爵即刻返航。即使受到包括迦姆在内的外部攻击，也一概不要反击。总之，命令它无论如何也要避免战斗。就算被迦姆击落也无妨，一定要从最短的返航路线逃回来。逃不掉就放弃它，让它自爆。完毕，重复。”

“确认公爵的作战行动存储器里的内容销毁后，输入即刻返航的命令。但是，要避免任何战斗，要被迦姆抓住时就命令其自爆，复述完毕。这样可以了吗？”

“很好。B-11、B-12，你们两架载人机跟踪、监视公爵，同时返航。像往常一样，你们载人机可以采取任何方法，一定要返航，这是命令。”

“明白。这里是B-11，猫管家……”

“但是，不准攻击雪风要捕获的迦姆机，绝对不能攻击那架迦姆机。”

“捕获迦姆机？”

“详细情况会用数据通信向全队战机发送。”

“了解。”

猫管家就是喂野猫的女人、猫阿姨的意思。普策少尉驾驶爱机猫管家出击就像是为了召唤菲雅利空中虚幻的猫一样。我忽然忍不住想笑出来。虽然目前的局势并不平静，但心中也出现了少许从容，这大概是因为确认了全部战机都平安无事。战斗并未结束，但我知道现在所有的战机都在飞行。

战况渐渐明了，如果进展顺利的话就可以全体返航。

特殊战战机配备的 ECM[1] 系统，其性能远超普通机，确实有效发挥了作用。由于迦姆发出了欺骗操作信号，我们看到了实际不存在的无数迦姆机，FAF 的敌情探测系统和战斗机的 IFF[2] 功能也因使用了特殊战战机 ECM 的电子战而瘫痪，把同伴识别成了敌人。因此，空中指挥机和巡逻机上的人和去截击的 FAF 驾驶员们只能目视确认情况。但极度混乱的截击态势竟慢慢恢复，还意外地击退了少量迦姆的攻击战斗机。

不过，在此之前，很多部队将远处的敌人错认成同伴，遭到了毁灭；也有很多 FAF 战机正要目视判断敌我，就遭到了远处真正的迦姆的攻击，损失惨重。特殊战已经确认，这些不是因迦姆的欺骗操作造成的，而是伦巴德上校的政变，以及其他基地部队察觉到政变后对菲雅利基地所属部队战机进行的攻击等，是对己方战机有意图的攻击。

伦巴德上校的政变并不是实际意义上的政变，而是表面假装成政变，实则背叛 FAF 和人类的行为。正因为如此，上校引发的混乱及由此造成的牺牲比真正的政变大得多。这些综合性的损失非常大，光是现在知道的，FAF 就已经损失了近半数战机，最坏的情况是可能会有八成的 FAF 战机毁于这次迦姆的总攻击。FAF 几近毁灭，但只要有特殊战，FAF 就不会完全失去制空权，就还可以战斗。我相信只要特殊战活着，FAF，不，是人类，就不会屈服于迦姆。在现阶段，这次迦姆战的发展和我们特殊战所预测的一样。只要能预测，特殊战就算赢不了，至少也不会输。

“福斯上尉，把现在的情况输入 MAcProⅡ，分析一下迦姆

---

① ECM：Electronic Counter Measures，电子对抗措施。

② IFF：Identification Friend or Foe，敌我识别装置。

的态度和想法。这架迦姆机是不是为了某种利益才服从深井上尉？无法想象迦姆会把它无条件地让给我们，这对人类来说是常识。如果迦姆会像人类一样行动，那么相应地也会有我们都能理解的、人类的那种隐情……迦姆的目的到底是什么？”

“也许是想让它像雪风一样进入敌人内部，把情报带回去……”

“伊迪斯，我不要这种随便想到的解释，赶快着手进行分析。”

“遵命，准将。”

我离开布克少校的控制台，把我的个人电脑放到作战和情报分析时用的大桌子上，然后就座，让电脑在单机模式下启动。

MAcProⅡ软件和用来侧写迦姆画像的数据，全部收录在Doctor · Lecter和我手上的外存储器里，除此以外的其他地方都没有存储。本来，这些系统内容应该构建成特殊战战术计算机内的一个分区。

在特殊战，人们把分配给个人的部分称为“个人计算机”，并且在只能访问这一区域的个人计算机型专用终端上进行操作。我刚到任时也分得了一台，还在那种假想的“个人计算机”上输入了MAcProⅡ和特殊战人员的诊察数据等。我从地球上带来了我的私人电脑Doctor · Lecter，在调动到特殊战之前一直用它处理工作，但特殊战严禁在工作时使用私人电脑，他们解释说这是为了保护特殊战内部的特殊情报，并且把专用的终端交给了我，告诉我这台特殊战的“个人计算机”完全再现了Doctor · Lecter里的内容，以后都要用它来工作。因为必须要起个名字用于识别，所以在这之后我就称这个终端为“Doctor · Lecter”，使用时也完全没有意识到自己用的其实是特殊战的一部分战术计算机。这是无线终端，我可以带它去任何地方，但出了战队区应该就会被冻结，虽然我也没有试过。总之，它使用起来感觉和原来的Doctor · Lecter完全一样。这也是理所当然的，特殊战的战术计算机用它的分区部分，从OS（操作系统）中完全模拟再现了我来特殊战之前使用的Doctor · Lecter的功能。可以说，特殊战的“个人计算机”确实是台假想计算机。

但是，在这次迦姆行动预测作战的策划阶段，分配给我的这台“假想计算机”竟然被删除了。这个分区内收录着特殊战人员的精神诊疗病历、PAX数据和MAcProⅡ软件等所有东西，而它的硬件却被拔出破坏了。因此，现在能预测迦姆态度的工具就只有我原来那台实体Doctor · Lecter，假想计算机分区中的内容已经完全转移过来。

之所以采取这种方法，是因为不想让迦姆发现MAcProⅡ的预测内容。如果我们根据这个预测来行动的事被迦姆知道了，它大概会将计就计。为了尽可能地降低这种风险，如今连Doctor · Lecter中配备的标准无线通信功能也被很小心地去掉了。即便在这种状态下，也能用超高灵敏度的天线偷偷读取Doctor · Lecter的动态。因此，布克少校叮嘱我要注意使用场所，不使用的时候要切断电源。不过，我个人使用Doctor · Lecter时基本不拔电源，经常让它处于待机状态。现在距离启动完毕还需要一些时间。

利用等待的时间，把我的大脑也切换到使用MAcProⅡ的模式吧。在迄今为止得出的预想中，哪个猜中了？哪个完全错了？先从这种判断开始。

迦姆会举全部之力，同时发动多次攻击——这个猜中了。

引出雪风也是它的目的之一——这个应该也正确。

在种种预想中也有这样的猜测：迦姆会对FAF的计算机群施加某些欺骗方法，让其无法发挥正常性能，采用战术引导FAF自己走向灭亡。

特殊战的战术计算机得到了这个预测，所以它说开战时蜂拥而至的无数迦姆的雷达机影也许是假的，想要人类目视得到的情报。

但是，MAcPro Ⅱ 的那个预测中实际上还有这样的说明。

人类是相信自己肉眼看到的景象，还是相信IFF的情报？迦姆大概是为了确认这一点才“采取了一些欺骗方法”。也有一种预测认为“迦姆大概会让IFF这类‘机器’看到幻觉，而不是让驾驶员这些‘人类’看到幻觉。因为这样做对迦姆来说更简单。但实际上，迦姆想要给‘人类’植入欺骗情报”。

比起自己的眼睛，深井上尉更相信雪风的仪器。因此，我认为MAcPro Ⅱ 这份说明的前半部分确实有可能发生，但说明的最后部分“实际上，迦姆想要给‘人类’植入欺骗情报”却不太对劲。我完全没想过这种情况，感到有些担心。

想给人类植入欺骗情报？怎么做？究竟该如何解释它？

关于怎么做的问题，MAcPro Ⅱ 本身是无法回答的。因为MAcPro Ⅱ 没有人类这么丰富的经验，所以具体例子必须由我们人类来思考。Mark BB是一个巨大的MAcPro Ⅱ 专用主动数据库，汇集了大量的行动方式实例，而MAcPro Ⅱ 这个工具本就应该和Mark BB相连接使用，但在FAF却不能实现这一点。不过这个预测与此无关，对于MAcPro Ⅱ 来说，这是预测的预测，对于这种反复臆测层面上的询问，MAcPro Ⅱ 本来就会沉默。

尽管如此，当MAcPro Ⅱ 给出我完全没想过的说明时，应该给予特别注意，并就内容进行讨论。可以说，这才是使用这个工具的真正目的。而 MAcProⅡ作为一种工具，也拓宽了我们拘泥于常识的狭窄视野。

那个时候，我也曾认为这是我没想出来的预测，值得商讨。迦姆要是能做到这一点的话，会使用什么方法呢？

我认为，迦姆的方法并不是病毒、致幻剂、毒物等直接对神经产生作用的东西，这点可以从“迦姆不会采取直接干涉的方法对 FAF 战斗机器群进行欺骗操作”这一预测中推测出来。迦姆不会破坏 FAF 的计算机和敌我识别系统，这些功能失常的话，它反倒会觉得为难。正是因为它们运行正常，才能顺利施加把同伴识别成敌人的欺骗操作。即使迦姆想要让 FAF 自己走向灭亡，它也不会扰乱和破坏计算机群，反倒会利用它们的功能。

我猜，迦姆如果能做到的话，大概也会对“人类”施加这种性质的欺骗操作。也就是说，迦姆并不想扰乱人类的知觉神经和精神，而是想利用这些功能来引起人们的错觉，这也是 MAcProⅡ这份说明想表达的意思。

在雪风此次出击之前，我向布克少校说明了这些，少校当即就理解了，而且还反过来为我讲解道：“这就是在设计心理诡计啊，伊迪斯。这和推理小说的解谜是一样的，犯人明明就在读者眼前，而我们却发现不了他。设计诡计需要推理作家的这种能力。改变看法以后，原以为是常识的世界就会反转。很多杰出的推理小说都使用了这种心理诡计。但迦姆应该做不到吧。不管怎么说，它本就不懂人类的一般想法，所以设置不了心理诡计，要做也只能是使用某些道具的物理诡计……但是，迦姆能让计算机看到错觉啊。地球的计算机有可能已经被迦姆设置了这种心理诡计……这样啊，怪不得。”

我知道布克少校是一个爱读书的人，但不知道他还读推理小说。不过这的确像是少校说出来的解释。确实，用这种思路去理解MAcProⅡ的说明就可以接受了。我也觉得“这样啊，怪不得”。

从现在的情况来看，迦姆好像还没有让驾驶员们产生错觉。但是，迦姆能做到的话大概就会实施，或许就像布克少校所说的那样，心理诡计不行的话，它还有可能会设计“使用某些道具的物理诡计”。

迦姆的确会把深井上尉要抓捕的那架迦姆机用作物理诡计的道具——这是什么？

怎么回事？我突然就想到了这一点。这是我完全没想过的思考发展。

虽然我觉得这不太可能，但还是需要紧急讨论。或许，关于深井上尉抓捕迦姆机是对是错的问题，MAcProⅡ会做出和我不同的判断。这意味着我的判断错了。赶快给我启动啊……

隔着Doctor · Lecter的显示器，我感觉到了一股视线，有人从桌子的斜对面注视着我。那是林内伯格少将。我们的视线一相遇，他就用沉稳的声音和我打起了招呼。

“我可以去你那里吧，福斯上尉？”

“抱歉，您想做什么？”

“我想观摩一下迦姆的行动预测，可以吧？”

林内伯格少将是FAF情报军的统筹长官，他用这张桌子上库里准将准备好的个人计算机型终端，向扫荡伦巴德上校叛乱的部队发出了指令。我去给深井上尉和雪风送行的时候他还不在，等我回来他就已经坐在了现在的座位上，和发出指令时的座位一样。

“请您深思……”

我不太习惯委婉的拒绝。还没等我说完，直立在林内伯格少将身后的库里准将的秘书官阿什上尉就突然俯下身，和少将耳语了几句。

“嗯，”少将应道，“你不是来保护我，而是来警告我、监视我的啊。”

阿什上尉沉默着，面无表情地退回少将身后。没错，连我也能想到，阿什上尉大概是接到了准将的命令，要从背后监视林内伯格少将使用的那台终端的画面，密切注意少将如何指挥情报军。

“想不到，看了 MAcProⅡ的实际画面就暂时出不去了。”少将说道，“特殊战无论如何也要单独作战到底吗？”

“伦巴德上校的叛乱怎么样了？”Doctor · Lecter 的操作系统已经启动完毕，我一边打开 MAcProⅡ，一边问道，“扫荡完了吗？”

“已经给扫荡部队下达了指令，但还没收到那边的情报。特殊战大概已经从 FAF 网络中消失了，现在是单向联络。虽说你们做了这样的安排，但也可能是我的指令还没有送达。”

“你是说特殊战骗了你？”

“也有这种可能。”

“出去实际看一下就能确认了。你并没有被软禁。回到你的部队怎么样？”我用含有讽刺和烦躁的语气说道。我可没空陪他浪费时间。

“是啊，”林内伯格少将说道，“我也这么想。但我老了，没必要去了。而且我也好奇特殊战的动向，打算再在这里待一段时间。”

“或许，你把谁……是把桂城少尉派出去侦察了吧？在对人战斗最激烈的时候？”

“我只是命令他立即去情报军 AA6 赴任。还告诉他一到任就和我联系。”

“你打算让桂城少尉从外部破坏特殊战现在的线路操作，让其失效，对吧？”

“只是让他联系我而已。”

“除了使用计算机网络以外，还有其他方法。比如飞鸽传书？”

“听说他原来是伦巴德上校手下的情报部员，肯定非常优秀。即使一种方法不行，也会尝试其他方法的。他养着鸽子呢吧？”

不愧是间谍首领，看起来是个慈祥的老头儿，实际却是只厉害的老狐狸。说不定他已经串通伦巴德上校投靠了迦姆。库里准将恐怕也考虑到了这点，才让这位上校留在这里的。

这不是我能控制的对手，反正现在还不是时候。

“桂城少尉什么都没养，也没意识到自己被别人养了。”

MAcProⅡ启动……

“什么意思？”

——这是在问要预测谁的行动。现在 Doctor · Lecter 所收录的对象不仅包括特殊战的队员，还有迄今为止我侦察过的所有 FAF 人员，也包括系统军团的团员们。我意识到，说不定其中也有被迦姆复制的迦姆人。迦姆可以复制人类到什么程度？我想和实际的复制人、伦巴德上校所说的 JAMMY's 会会面。

“就是字面意思。桂城少尉不会听你的命令，破坏特殊战的网络操作，当然也不会用信鸽，为了和你取得联系，他大概会自己回到特殊战这边。这是我对他的行动预测。以上，阁下。我现在还有任务，之后就不能陪您了，失陪了。”

我在MAcProⅡ中输入“迦姆”，然后又删掉。暂且先放下对JAMMY's的心理分析吧。

比起它，我更想研究林内伯格少将这个人的性格和心理倾向，用MAcProⅡ挖出他的真心话。我瞬间涌出了这种想法，但又忍了下来。如果Doctor · Lecter不是独立系统，我就这么做了。PAC代码是用来给人格分类的标准代码，而林内伯格少将的PAC代码肯定就在FAF网络的某个地方，有了它就可以立刻在MAcProⅡ上进行分析。不能否认的是，精确度要比使用扩充过的PAX代码低得多。不过，它也能判别一些低层次的问题，比如：这个老人的性格是否如看上去那样沉稳？内心是否隐藏着残忍的一面？可是，从这位少将的工作内容来看，登记在FAF的PAC代码说不定也是假的。或许，这家伙就是一个迦姆人，不想让我预测迦姆的行动……

MAcProⅡ迦姆行动预测项目的画面出现了。我拂去杂念，现在必须要把目前的情况输入MAcProⅡ。如果Doctor · Lecter连着网络的话，就能命令战术计算机自动输入这些数据。但现在必须由我来做，太费劲了。

在目送雪风出击之前，我已经将迦姆发动了全面的同时攻击这件事输进了系统，现在要按时间顺序输入之后发生的事。特殊战的驾驶员确认其他部队开始自相残杀——因为MAcProⅡ能够理解自然语言，所以我可以用散文来输入——迦姆已经攻入FAF战机的敌我识别功能，令其把FAF战机识别成敌机；这个方法因特殊战战机的电子战攻击而失效了；现在特殊战战机一架未损，正在作战中，等等。

司令部收到了战机驾驶员们发来的情况报告。我一边在MAcProⅡ中输入现在的情况“迦姆机捕获行动”，一边下意识地筛选出雪风的驾驶员深井上尉的声音。

“这里是雪风。迦姆，听得到吗？我是深井上尉，归顺我们吧。可恶，好想用机关炮把消息打进去啊。啊不，迦姆，刚才的话你就当作没听到。我们没有攻击你的想法。重复，我们不会攻击你，降落吧。”

我差点笑出来。可能是我太紧张了，明明自己也不知道哪里好笑却满脸笑容，忍得太辛苦了。

突然，雪风发出警报声。

它在通知我们敌机正在接近。那是在雪风后座上体验过的实战感觉：一阵猛烈的回避和攻击机动，不断增加的G（重力加速度）缓缓地压向下肢，在我差一点就要丧失意识的时候，G却突然消失了，一下子变成无重力状态，下个瞬间我就被扔到了旁边，在这种情况下，并不是单纯地承受大G就可以了，G急剧变化的速度和方向更为棘手，不管是肉体还是思考都无法跟上它，我陷入一片混乱。这种感觉又在我的身体内复苏，我感到很难受。

“迦姆正从雪风组后方的高空进行迎击。”埃科中尉说道，“TYPE1、高速小型截击机三架，正在急速下降接近。包括雪风在内，雪风组的所有战机都被瞄准了。这样下去很危险。”

“缟玛瑙组就在附近。”布克少校说道，“在可能迎击的范围内，库里准将，请命令迎击。”

我竖起耳朵听着。

“让公爵上前。”库里准将说道，“指示它以最大速度接近雪风，当雪风的盾牌。”

“明白，”布克少校说道，“请对缟玛瑙组下达攻击指令……”

“我不允许。”

“为什么？”少校问，“准将……”

“B-1、雪风，可以攻击后方的三架迦姆机吗？回答我，深井上尉。”

“可以。已开启武器控制，正在全方位搜索敌军，可以攻击瞄准。”

准将：“B-1，开始攻击瞄准。”

“明白——锁定，中距离导弹三枚，准备。”

“同时发射所有中距离导弹。”

“再说一遍。”

“向接近中的三架 TYPE1 同时发射六枚中距离导弹，击落它！”

“这是雪风自己的判断，或许要捕获的目标机也在攻击范围内。即便如此也没关系吗？”

“没关系。观察雪风的态度也是它的目的之一。”

“明白。六枚导弹，准备。发射，NOW！”

我不由得回头去看主屏幕，上面完全呈现出雪风的多屏幕信息。

在雪风的象征标志前方，是敌机 TYPE7 的象征标志。春燕和舞者出现在两侧，比迦姆机更靠前一点，雪风的背后是卡米拉。由钻石队形变成 Y 字队形，诱导目标迦姆机。

雪风发射的六枚导弹分成两组，每组三枚，一左一右地高速接近前方的迦姆机 TYPE7，超越它后又急剧旋转上升，向着雪风背后的三架截击机急速接近。被锁定的只有这三架飞机。

“目标三架，加速，开始大角度动力俯冲！”埃科中尉说道，“距导弹击中目标还有九秒、八秒、七秒、六秒……什么！空中解体吗？三架飞机好像都爆炸了。导弹接近……现在到达，目标消失了。导弹爆炸，目标消灭。”

布克少校：“是迦姆让它们自爆了吧。”

“或许是我们要抓捕的TYPE7发出了自爆指令。就算是被导弹追着，那家伙也没有回避。它知道自己没有被雪风瞄准。”

“是因为它没有感应到雪风的攻击瞄准电波吧。”埃科中尉说道，“该说这是目标机和雪风之间的一对一较量呢，还是一对一交流呢？都不准其他伙伴帮忙。目标迦姆机好像也理解了。或许能顺利让它着陆。不愧是准将啊！”

布克少校只是耸耸肩，对于埃科中尉的这番话没做任何评价。

“自爆的三架飞机对雪风发动了与迦姆主体意志无关的自动攻击吗？”库里准将说道，“还是想要对雪风组发动攻击，来弄清我们会如何行动呢？……布克少校，记下这个问题，之后进行分析。”

“是，准将。”

这是库里准将和迦姆的一对一较量。我的视线又回到了MAcProⅡ的画面上，迅速输入刚刚发生的事。

“我认为雪风也理解了捕获目标机的行动。”深井上尉说道，“已经没事了。春燕、舞者，把飞行控制交给雪风。卡米拉还是监视、跟随我们。即使我们进入着陆态势，也要从上空进行监视，以便随时能攻击目标机。”

各机都回复明白。

“走！司令部，你们那边准备好了吗？”

我向MAcProⅡ提问。打开消息窗口，输入问题：

<预测一下这架目标迦姆机会不会服从归顺命令，进行着陆。>

“各机直接进入了返航路线。”是古谢夫少尉的声音，“距离菲雅利基地上空还有不到十分之四的路程。”

皮沃上尉：“OK，西卡拉提雅，干得漂亮。”

“从现在起可以进行滑行跑道的管制，也能控制防卫系统了，已经成功让其把目标机识别为同伴。这边随时都可以配合你啊，雪风。”

“明白。让目标迦姆机迫降。”

MAcProⅡ的回答是：不清楚。

<不清楚。无法预测。>

<为什么？>我问道，<是数据不够吗？>

<迦姆不可能归顺于特殊战。所以要捕获的目标机也不可能服从归顺的命令。但是，不能以这个前提来预测迦姆机是否会着陆。>

我无法立刻理解这句话的意思。总而言之，迦姆机不会归顺，但它说不定会着陆，这很难说。这回答简直是拙劣文章的范例。不过，这样的回答也并不罕见，对这种情况最好换一个问法。

<目标迦姆机理解特殊战的归顺命令吗？>

<我预测它理解了。>

<如果迦姆机被特殊战捕获，迦姆会怎么想？>

MAcProⅡ的回答出乎我的预料。

<它觉得正如所料。>

<是说迦姆事先预想到雪风要捕获它的某架战斗机吗？>

<没错。特别是迦姆预想到雪风会把 TYPE7 当作捕获对象。>

知道这些怎么不早说呢？为什么不在雪风出击之前说？再

怎么发脾气也于事无补了。正因为是现在，所以才能说出这个预测。仔细想一想，觉得这个预测也没有那么出乎意料。但是，现在这种局势并不能怀有这种慢悠悠的想法。

<如果说迦姆事先预测了雪风现在的行为后再采取行动的话，现在目标迦姆机打算对雪风做什么？>

<不清楚。无法预测。>

我继续紧张地提问。

<现在目标迦姆机看上去听从了归顺命令。就是说，这可能是陷阱吗？>

<可以预测到它不会听从归顺命令。因此，不能否定这是陷阱的可能性。>

具体是怎样的陷阱？这架迦姆机会如何行动？MAcProⅡ是不回答这些提问，还是回答不了呢？于是，我这样问道。

<目标机表现出了听从归顺命令的样子，迦姆的主体要利用它对现在的雪风做什么？>

MAcProⅡ沉默了一会儿。模拟时钟的指针一圈圈地转着，表示正在计算。一秒、两秒、三秒——虽然只用了不到十秒，但这个时长却是史无前例的。MAcProⅡ这样说道：

<迦姆的目的是分开深井上尉和雪风。虽然不知道迦姆是不是为了这个目的才利用那架目标机，但目标机如果是为此而准备的机种的话，那么迦姆肯定会利用它来分开深井上尉和雪风。可以预想到目标机上搭载着为了实现这个目的的设备。>

分开深井上尉和雪风？什么意思？到底从哪里得出了这个预测？该怎么解释？我一边想着，一边用手指输入问题。

<如果这个计划真的实行了，它的威胁等级是？>

<大。特殊战有处在迦姆统治下的危险。>

我不由得站起来，向库里准将喊道：

“停下！准将！停止捕获作战！请命令雪风立即离开那架迦姆机。深井上尉，快离开……”

目标机的影像、各个角度的多个影像突然闯入我的眼帘。对面的大屏幕分成多个画面，上面呈现出抓到了目标机的雪风组各机的视觉信息。然后，我的喊声就像是信号一样，下一瞬间就发生了异变。

放下起落架的雪风正在下降，覆盖着如影子般漆黑的目标机。突然，目标机开始攀升，猛地撞向雪风。司令部内发出惊叫声。然而，撞击却没有发生。目标机就像是重新振作起来一样，又回到了着陆态势，仿佛刚刚只是机头被强烈的阵风吹动了一下而已，它态度平静，好像在说“没什么事哦”。

但是，雪风不见了。哪里都找不到雪风的影子，它就像是瞬间消失了一样。我无法相信自己的眼睛。到底发生了什么？

“这里是B-2卡米拉。空间被动雷达上出现了反应。目标机产生了微泡状态的超空间，瞬间膨胀吞没了雪风，然后又缩小至微型状态消失了。前些天，我曾看到雪风从什么都没有的地方飞出来，而这次则是反过来。雪风大概转移到了不可知战区。”

“雪风没有应答。”埃科中尉说道，“数据链也断开了。”

“雪风又被抓住了吗？”布克少校说道，“但是……为什么是现在呢？要抓的话，何必拖到现在呢……伊迪斯，为什么要停止？理由是什么？”

“不清楚具体情况。但是MAcProⅡ说危险……没能赶上，是我的错。”

“攻击吗？”卡米拉问道，“是目标机。”

“不，”库里准将回答，“让它着陆。B-3、B-4，夹着目标机，编队降落，之后马上引导它去耐爆格纳库。B-2 继续进行监视，目标机不着陆的话就进行威慑射击。当目标机无视威慑时再攻击并干掉它。”

“明白。”

但是目标机听话地着陆了。

这是我第一次近距离看到迦姆机。它由两侧的春燕和舞者带着，向着滑行跑道旁用于紧急疏散的耐爆格纳库滑行。机体如影子般漆黑，丝毫没有立体感。在滑行过程中，这个影子就像被洗刷掉一样，一下子消失了。大概是因为它关闭了伪装功能。从影子下显现出的机体也是黑色的，不过黑得有光泽，其质感让人联想到生物体滑溜溜的肌肤。而它的形状就像是一个A 字，从机头延续下来的一部分脖颈像包一样隆起，宛如飞行员的座舱，但却没有一处是透明的。全身黑得华丽，对，就是那种湿得黏糊糊的感觉。主翼线条柔和，大概是三角翼。总觉得它很像梅芙，不过梅芙就是模仿迦姆打造的，二者相像也是理所当然的……尾翼像鸟一样水平伸展开，两端稍稍垂立起来。

这就是迦姆吗？

“布克少校，命令所有战机立刻返航。然后组建目标机的分析组，制订分析计划。”

“营救雪风……不进行了吗？”

“撤下公爵，热加油之后让它去搜索。皮沃上尉，监视目标机的动向。绝对不能让其他部队攻击它，也不能被他们夺走。”

“明白……现在没有任何动向。真平静啊……总觉得奇怪。”

库里准将向我走来，她说道：“福斯上尉，把刚才的事输入MAcProⅡ。”

我茫然地抬头看向准将。

“MAcProⅡ说捕获很危险……这是我的责任，准将。”

“你不用感觉有责任，在结果上你的预测是正确的。况且特殊战不是你的部队，是我的部队，上尉。全部责任在我。这是雪风和迦姆机之间的交易。你不觉得白白获得的话反倒奇怪吗，伊迪斯？”

说完，库里准将笑了，笑得让人战栗。

我沉默着，动手在 MAcProⅡ中输入：雪风未归。

Ⅲ 彷徨的特殊战

特殊战是由库里准将创建、发展和领导的部队。

我是在这支部队的创建准备时期受准将邀请，从战斗机部队下来的人，从那以后就一直和准将做搭档，已经很久了。最近我意识到自己作为战斗机飞行员的那段日子早已远去，于是沉浸在时光飞逝的感慨中。

近来感觉时间突然被加速了，这大概就是自己不再年轻的证明。虽说完全没有意识到自己已经老了，但人这种生物似乎就是通过这种感觉意识到人生的剩余时间正在减少。

打个比方来说，人生就如同摆的律动，而“寿命”则是吊着这摆的细线，随着时间的流逝而自动缩短。因此，随着年龄增长，摆的线缩短，摆的周期也就变短了。虽然在客观上时间流逝的速度是不变的，但我们主观感受到的时间却是这个人生之摆的周期。随着年龄增长，寿命这根线就会越变越短，摆的摆动也越来越快，所以我们会感到时间好像变快了。

开始考虑这些就意味着自己已经不再年轻。时间会改变一切，只要活着就不可能独自一人永葆青春。只有我们二人的军阶仍和那时的一样。我、詹姆斯·布克，是少校，而准将从那时起就是准将。

莉迪亚·库里指挥特殊战，而我管理部队。由此可以知道我们两个人在FAF的地位。虽然晋升无望了，但从特殊战这个部队的性质上来说，这是理所应当的。特殊战虽然是FAF的部队，但已经从FAF中枢部分分离出去了，可以说就是外人。特殊战在FAF的位置就是这么特殊，库里准将的部队管理思想使其成为现实。而我给她的这一思想、抗迦姆战略、自己应该实现的理想、新部队的构想等观念上的内容赋予了实际的形式。我有准将所需要的能力，我也相信自己比任何人都理解准将的特殊战管理思想。

不过，最初我也不太懂库里准将具体的思想内容。不，我自认为从最初就理解她的思想和构思等，理解她想做什么、怎么做，也没感觉到现在准将的这些思想发生了变化，所以那时我不懂的不是准将这种思想层面上的东西，而是产生这些的根本性质，也就是她的人性。这个人为什么会有这种价值观，为什么会这样想，等等。

当时我并不关心这方面的事。在军队，议论上级的人性也没用，遇到糟糕的上司就只能自认倒霉。就算自己因此英年早逝，也只能认了。这就是战争，平时的常识是不管用的。曾经，我作为一名驾驶员每天都在前线战斗。该怎么做才能不被迦姆打败呢？该怎么做才能在这场战争中活下来呢？光想这些就已经竭尽全力了。

我乘坐的战斗机是初期机型FAND。认识准将时，少量最新战机希露菲德刚开始被投入实战。当时，能理解库里准将新部队构想的人寥寥无几，而且仅限于拥有一线战斗经验的人。而我，恰好就是其中之一。

和迦姆的战斗是永无止境的消耗战。再这样下去，人类别说是战胜迦姆，很可能在没弄清它的本体的时候就被逼入灭亡的境地。而我们会比人类更早地陷入绝境。没有活下来的战略，战斗只不过是自杀行为而已——亲身体会过这一点的我开始觉得，必须要组建一支由输出功率超过新锐战机希露菲德且具备高级电子战功能的高速战术侦察机组成的专门部队，由他们负责收集战斗空域内的所有情报并进行分析，以探明迦姆的真实身份以及它的真正目的。

库里准将也是这么想的，但我见过准将后，才知道她的实战性部队管理构想比我的更彻底。也就是说，部队战机不直接参加战斗，而是从客观的角度观察记录敌我双方的所有行动，而且必须把记录带回来。为了保护收集到的情报，甚至可以对同伴见死不救，有时还可以把FAF战机用作盾牌来保护自己，总之，无论如何都要返航。

特殊战战机出击的时候，库里准将绝不会说祈祷幸运之类的话，她会说：必须返航！这是命令。

这不是请求也不是祈祷，而是字面意思的命令，只要是她的部下就不能违抗的最高命令。

如果没有被她这样实际命令过，就不会明白这个命令有多严格。不能指望友军的支援和掩护，能依靠的只有自己。在这种情况下，有时还被要求冲进战斗空域的正中央强行侦察。我几乎无法相信，搭乘特殊战战机的战士们面临这种情况也能坦然地飞上天。虽然他们是我亲自选拔出的人才。

从库里准将的最高命令中可以推测出：别祈祷幸运、要有实力、没实力的人不是我的部下等意思。可以说，这是一种父性的、容易被军队接受的价值观。FAF高层肯定将其理解成了库里准将自身的气质，并予以盛赞，他们觉得莉迪亚·库里这个人的性格中具有男人的攻击性，她作为迦姆战的指挥官，是一位有用的人才。总之，她的确受人尊敬。否则，根据她的构想而创设的新部队就不可能成立了。

但我认为库里准将这种只把有能力的孩子当作自己孩子的感性是装出来的。她反倒厌恶这种父性价值观，厌恶的同时还感到恐惧。告诉迦姆自己最厌恶的感性，用自己最恐惧的价值观伪装自己，以此对抗迦姆的威胁。这就是莉迪亚·库里。

总之，我确信库里准将是一个和外表完全相反的人，她在内心里接纳每一位部下，和所有人都建立了一对一的联系。

那个最高命令就是她给部下的宣言："你们可以只相信我，我是你们的神，我祝福你们。"她当然不会拜托他们"要回来啊"之类的，因为她自己就是神。把这个神换成母亲来说或许更容易理解，比如，孩子们肯定会为了喝母乳而回来。但对于我这种平时能见到她的人来说，比起母亲，把莉迪亚·库里比作神更合适。

如果属下陷入了难以返航的困境中，不论是属下的失误还是其他情况，她都会发挥守护神的力量，即使身为人类的她不能像真正的神一样实现奇迹。

我开始和准将来往时还不知道这一点，而是在之后的长期交往中才慢慢明白的。

不过，这也许是我自己任意虚构的幻想。

现在，库里准将露出了面对她既厌恶又恐惧的人的特有表情——冷酷又傲慢，无情又高傲。

我曾经近距离地见过一个掌握权力的女人经过一段时间后，表情慢慢地变成这样的过程。那是我在地球的时候交往的女人，我们也一起生活过一段时间，分开的时候她却几乎变了一个人。

或许我无意识中希望库里准将不要变成那样。我曾以为准将和那个女人不一样，准将厌恶、恐惧权力这种东西。但这只是我自己单方面的想法而已，其实根本没那回事，“厌恶和恐惧”是我自己的感情，难道我把自己投射到了库里准将身上吗？

库里准将对福斯上尉说：“特殊战不是你的部队，是我的部队，上尉。全部责任在我。”

准将否定了伊迪斯·福斯上尉“是我的责任”那句话。这并不是在袒护伊迪斯，而是在对她说：只有它的所有者能承担责任，如果说你要负责，就意味着特殊战是你的，我不同意。

那个获胜后得意扬扬的表情。明明雪风还没找到……

必须要寻找雪风。营救雪风该怎么做呢？我在问准将这个问题的时候，突然意识到准将是不是不打算寻找雪风了。

所以，我当时改口说道：“营救雪风……不进行了吗？”

准将的回答是派公爵去搜寻，补给燃料后再搜索。无人机公爵不需要像人类一样休息，只要有燃料，它就能竭尽全力地持续飞行。这是一个合理的判断。但我也怀疑如果当时没有问准将的话，她说不定就不会寻找雪风了。

“这是雪风和迦姆机之间的交易。”准将继续和伊迪斯说道，“你不觉得白白获得的话反倒奇怪吗，伊迪斯？”

莉迪亚·库里，这是你的真实想法吗？为了获得现在停在滑行跑道上的迦姆机就可以牺牲雪风吗？

我注视着准将。我看错她了吗？

* * *

我把全部人生都投入到了这场战争中，当然很兴奋。

现在，活的迦姆就在那里。即使不是迦姆本身，可它也是活生生的迦姆机。我现在才第一次亲眼看到敌人，想触摸就能亲手触摸到它。这恐怕也是人类首次触摸到迦姆。

我对地球上的生活方式失去信心，所以来到了菲雅利星球，感觉自己确实是为了和异星体迦姆战斗而生的，就像命运一样。确实，迄今为止，我的半辈子都花在了这上面。不能输给迦姆，只有这才是我人生的全部。如果输了，那就是死。为了活下去，我创立、培养了特殊战这支部队，并且由我来调动他们。

我活下来了，但之前的战斗让我明白：在我有生之年，人类都无法知道迦姆的本体，而且，别说是活的迦姆，估计连它的踪迹也无处可寻。没想到，竟会等来这么一天。

迦姆从未展现过自己的身形，是一个本体不明的敌人。虽然我们能够辨认迦姆的战斗机，但也仅此而已。而来回盘旋的活的敌机，更是无法触摸。虽然人们之前可以用导弹和机关炮打伤迦姆机，但迦姆从未把被击落的迦姆机在其活着的状态下交给人类。迦姆是人类绝对无法触及的存在，是只能用破坏性手段，即战斗行为，才能取得交流的对手——如果挨打就反击这种单纯的行为可以称得上交流的话。

现在是什么情况呢？虽然不清楚这架迦姆机的意图，但它看上去像是接受深井上尉的邀请而着陆了。就算它是为了对我们特殊战发动自爆攻击才降落的，它也推测出了我们的捕获意图。总之，它知道我们没有攻击它的想法，于是没有进行空战就降落了。这意味着双方首次实现了除直接战斗这种手段以外的交流。

多亏了福斯上尉啊，我一边这样想着，一边注视着上尉操作 MAcProⅡ。

画面上出现了＜雪风未归＞。

我想雪风和深井上尉都被抓做人质了，只要我们不做出伤害迦姆机的举动，他们就没有事。当然，这是一个赌，没有确切的把握。可我不想在仔细考虑的时候错过制胜机会。在FAF自身都有可能覆灭的情况下，没有时间来悠闲地召开作战会议。

“福斯上尉！”我命令道，“继续侦察迦姆的意图，尤其是那架迦姆机是否会乖乖接受我们的分析行为。”

“是，准将！”

我从画面中抬起眼，感受到了一道视线。布克少校正在盯着我看。

但是，他的眼神冷冰冰的。

那道视线冷却了我的兴奋。我还是第一次被布克少校用这种眼神看着。这是什么？蔑视吗？不，不是蔑视，是谴责，是抑制着难以原谅的愤怒、纯粹的谴责。在谴责没用的时候，抑制着自己的愤怒。

对了，我想起来少校也曾用这种冷酷的眼神默默地注视特殊战的属下。有两次还是三次？平时无论发生什么，布克少校都表现得非常绅士，所以那给我留下了深刻的印象。

最近，对了，福斯上尉刚来特殊战就职的时候，曾来我的办公室向我说明深井上尉的精神状态还不能支撑他乘坐雪风，那时，在场的少校就用冷得刺骨的眼神盯着伊迪斯的侧脸。

在这之前还有一次。我记得那时西卡拉提雅·古谢夫少尉在这间司令室做了简要报告后如释重负，那道视线就投向了她的笑脸。西卡拉提雅配合埃科中尉的玩笑做出谄媚的动作，发出了笑声。少校目不转睛地看着这一幕。

少校针对包括我在内的所有女性，这是一种偶然吗？

和可爱的外表相反，西卡拉提雅是一个难对付的女人，很多女性队员都不喜欢她，但我并不讨厌这种强硬。

我讨厌的是下意识、不自觉地利用自己性别立场的人，与性别无关。他们是精神上不成熟的人，或者是精神病态的人。与其说喜欢还是讨厌，不如说应该同情他们。然而，在战场上可没有闲工夫去同情别人，所以我在心里把他们归类于“麻烦的人”。特殊战里没有这样的人。古谢夫少尉是一个战略性地利用自己性别生活的顽强女人。

伊迪斯就是无法在心理上接受西卡拉提雅的女队员之一。她站在医生的立场上向我保证：西卡拉提雅的举止不是病态的，不会给任何人添麻烦。也就是说，西卡拉提雅过着完全自主的生活，这一点伊迪斯自己应该也是认可和承认的。

尽管如此，伊迪斯还是讨厌西卡拉提雅对男性的态度。虽然其他队员对西卡拉提雅的反感都来自和性别魅力有关的嫉妒等，但伊迪斯的反感却来自伦理观。伊迪斯大概认为自己比包含西卡拉提雅在内的嫉妒心强的女人们更成熟，但要我说的话，和实际年龄相反，她对于人生的看法比西卡拉提雅还幼稚。不，应该说比我幼稚。

伊迪斯和西卡拉提雅只是按照不同的人生观生活而已。比起西卡拉提雅，伊迪斯的人生观更接近我。我不觉得西卡拉提雅难对付，反倒想要尊敬她。但我也能理解年轻的伊迪斯的心情。我在伊迪斯这个年纪的时候，确实也不擅长和西卡拉提雅这种类型的女生相处。所以，今后伊迪斯也有我这般丰富的阅历后，大概就能认可西卡拉提雅的生活方式了。现在她的人生经历尚浅，看不到西卡拉提雅这种生活方式的厉害之处。

布克少校是什么情况？他不是恨西卡拉提雅讨好埃科中尉

却没有依从自己，也不是用伊迪斯那样的伦理观来责难西卡拉提雅的态度。

西卡拉提雅常常是那种态度，如果要谴责的话，少校应该会经常那样看着西卡拉提雅才对，而且西卡拉提雅也不是迟钝的人，不可能意识不到少校讨厌自己的那种态度，应该会在少校面前表现得很稳重。

也就是说，布克少校平时并不讨厌西卡拉提雅。

而是那时、那个场合，西卡拉提雅的某个地方惹恼了少校。他用这种眼神看着伊迪斯，恐怕也是这个原因。还有现在，肯定是某种特殊的条件损害了我在少校心中的形象。这样一来，三名对象都是女人就成了一种偶然，与性别无关。因为，女性在这里还是很常见的。

某种特殊的条件应该是同一个。现在确实处于特殊情况下，伊迪斯和西卡拉提雅那时应该也出现了异常事态。到底是什么呢？

我想不出来，但又觉得不应该，而且也不能就这样不清不楚下去。明明还处在和迦姆的紧张战斗中，我在想什么啊？一瞬间脑海中掠过这样的想法。这种想法没有考虑和迦姆战斗的经验，是极其浅显的意识的作用结果。我潜意识的战斗直觉告诉我，这个问题非同小可。

用语言来表达就是：布克少校和我都是人类，不是迦姆。我对他的不理解和对迦姆的不理解在本质上是不同的。少校可以说是我的心腹，无须多言就能理解彼此想说的话。如果我不能理解人类的这种感觉，那就没资格讨论异星体迦姆的意图。

恐怕迦姆也对人类这种心理活动很感兴趣，正在考虑攻击这一点。可以肯定的是，迦姆这种战略转变引发了现在的事态。

迦姆全面的统一攻击并不单单为了摧毁FAF。迦姆机接受深井上尉的邀请，已经降落，这也表明了迦姆的战略发生了变化。

从前迦姆绝不会在我们面前留下把柄，让人掌握它的真实面目。我曾灰心地认为迦姆的这种战略永远都不会改变。但是，深井零和雪风打破了这种胶着状态。我利用这一点引来了迦姆的变化，是我自己招致了这样的事态。而我现在作为全地球人的代表对阵迦姆，担负着有关迦姆战略变化的全部责任。对我们人类来说，迦姆这次的变化要比以前危险得多，但我相信由此也可以进一步接近迦姆的本体。在之前的战斗中我们明白了，只要迦姆的战略不改变，人类就没有胜算。这个事实是我们在过去的迦姆战中取得的最大战果。

如果揣测不到心腹部下的眼神的含义，也就无法抗衡迦姆。

就算我怎么也想不透布克少校眼神的含义，也会有办法弄清楚。我可以用语言直接询问少校，人类有这种能力和手段。

人类常常不知道自己在想什么，不知道自己下意识的想法和习惯，就算我问了少校，也有可能连他自己都不知道。不过，被询问后应该就会开始思考。如果他能把无意识的思维转化成语言，我们就能明白了。然而，下意识的思考总在变化，人们所理解的未必正确反映了思考内容。如果出现分歧的话，进行修正就可以了，这就是交流。

但是，迦姆不是人类，我们无法在它身上应用这种人与人之间的方法。纵使体验过语言或某种信号相通的状态，也不能武断地认为想法已经正确地传达给对方，否则是很危险的。有句箴言说，语言就是为了撒谎而存在的。如果迦姆能熟练使用人类的语言，肯定会把它用作武器。

接着，布克少校的表情突然变了。冷酷褪去，变成了微笑。我和少校也就对视了短短几秒，怎么会有这种变化？

* * *

库里准将好像看出了我的疑问。我注视着她，她冷酷无情的笑容逐渐变淡。虽说我只是看着她而已，但她的态度变化却像是被训斥的孩子一样。我的表情有那么严肃吗？我想象着自己的表情，觉得好笑。

“少校，”准将对我说道，“我应该说过，让你向全体战机发出返航命令。”

我轻轻点了点头，转向西卡拉提雅命令道：“古谢夫少尉，除了现在在上面的卡米拉队的三架战机，向其他所有战机发送立刻返航命令。之后转达捕获迦姆机的作战和现在的情况。用数据通信发送。”

“是，少校。”古谢夫少尉说道，“返航命令，以及捕获迦姆机相关的原委和现在的情况已经通过特殊战战术计算机向全体战机发送完毕——卡米拉队的情况您已经了解了。”

“告诉卡米拉、春燕和舞者保持现状，在其他队伍战机返航后会让他们轮换，现在要毫不松懈地继续监视目标迦姆机。”

“是，少校。马上传达。”

“各机小组的管制负责人，”我向古谢夫少尉以外的四名管制负责人说道，“立刻用语音指令分别向各战机直接传达返航命令，并且确认他们是否应答。”

“明白。”各人回答道。原本静悄悄的司令室开始响起语音通信的声音。

“埃科中尉，也向雪风发出返航命令。”

中尉从管制台回过头。

“少校，无法联系上雪风。刚才说过数据链也断开了……”

“这是返航命令。是准将说的，让全体战机返航的命令。如果还没有传达给雪风就立即执行，如果执行完毕就进行报告，中尉。明白了吗？”

“返航命令已经发送完毕。不过，雪风没有应答。”

“明白。埃科中尉，从现在起你来负责公爵的管制指挥。立即制订使用公爵搜索雪风的计划，然后执行。首先做好给公爵热加油的准备，加完油后立刻让它起飞。用公爵找出雪风。”

“是，长官！”

“皮沃上尉，别放松对目标迦姆机的监视。特别是不能让它靠近人类。也别让春燕和舞者离它太近。”

“明白，少校。但我总感觉滑行跑道周围的气氛不太正常……对！没有战斗过的痕迹。明明有几架 FAF 战机从滑行跑道紧急起飞时因遭到迦姆的攻击坠落了，但现在却没有残骸。况且，应该也没有时间去收拾整理。总的来说，太平静了。没有飞机下来补给弹药和燃料，也没有飞机再次出击，还不能监听 FAF 中枢部的指令。从电磁波信号来看，FAF 就好像已经死了一样。总之，只能认为 FAF 基地已经覆灭了。而且，感觉这一切并不是刚刚才发生的。这里就像是已经过了几十年的废墟……我觉得不是我自己的心理作用，少校。这或许和那架迦姆机的行动有关，恐怕是迦姆的一种欺骗活动，需要进行确认。”

“要求全部战机的机组人员目视观察基地周边环境。”

“明白。”

之后我面向库里准将说道：“这样可以了吗，准将？”

不等准将回复，我便走近她，因为我要和福斯上尉进行确认。雪风即将消失前，福斯上尉曾喊道：“停止！准将，停止捕获行动！”MAcProⅡ是不是预测到了这一事态？反正，不了解她知道了什么就不能确定如何处理目标迦姆机的方针。

“你，”不是伊迪斯，而是库里准将对我说道，“还有其他话想对我说吧？”

“想说的话是指？”

一瞬间，我不太明白准将指的是哪种层面上的话。

“你想给我提意见，少校。刚才你用那种眼神盯着我。”

是这件事啊。我突然间的苦笑是不是给胜利的准将泼冷水了？不管怎样，我内心的想法确实传达给她了。

“这件事以后再……”

“现在说吧，就在这里。这是命令。”

“好的。”我说道。虽然现在不该匀出时间来做这种事，但如果是指挥官的命令，就必须服从。“你说过，为了得到那架迦姆机，就算牺牲雪风也没关系。特殊战的确是你的部队，你是指挥官，你这样说我只能服从。但如果是我，就不会做出这样的判断。我要做的第一件事就是寻找雪风，之后再考虑如何处理目标迦姆机。你的判断……”

“我从未说过牺牲雪风也没关系之类的话。这是你的误解，少校。我认为雪风和那架目标迦姆机是互相俘虏的关系。迦姆此次的目的是再次捕获雪风，因此，它把那架目标迦姆机用作了诱饵……”

准将停下来，换了一种腔调说道：

“雪风啊。怪不得。”

“什么意思？”

“每当雪风失踪或无法飞行的时候，你就会向看上去没有认识到严重性的人投以谴责的目光。仅仅是我注意到的，算上这次就有三次了。最初是古谢夫少尉笑着配合埃科中尉的玩笑的时候，我现在想起来那时雪风第一次失踪了。之后是福斯上尉诊断深井上尉还不能驾驶飞机，并且向我报告的时候。然后就是这次。”

“这……”我说道，“我没意识到啊。不过，或许你说得没错。雪风目前是战队战机中情况最危险的，而且它还是深井零个人的朋友。”

“深井零上尉可能不这么想。”伊迪斯说道，“不好意思，应该说他之前不这么想。他以前只是把座驾雪风当作心理支柱，但最近他的想法正在变化，而且是急剧变化。”

“都怪迦姆。”我说道，“对于在这里战斗的人来说，迦姆的存在就是为了让他们反思自己是什么，迦姆也的确因此而出现。越是习惯危险任务的一线战士，越容易持有这种迦姆观。深井上尉就是其中的典型。我还是飞行员的时候也是如此。零的精神状态可不是无关紧要的事，他的这种倾向放在特殊战的机组人员中也是格外强烈的。所以我对他有种亲切感……但我没想到自己是那样的态度。”

“人类这种生物，在独自一人的时候是不能理解自己的。”准将说道，“肯定需要和他人之间的联系。所谓交流，无非是知道自己在思考什么，对方的想法也能置换成自己的想法，所以通过交流可以获得自己下意识的内容和自己没意识到的真心。但是，这种交流不能称为真正的交流。我们现在想要理解的不是自己的事，也不是我们的事。即使没有迦姆，我们也可以提出自己和人类究竟是何物的疑问。现在，这些都无关紧要。我们想知道迦姆是什么，布克少校。”

我点了点头，准将说得没错。我曾以为准将对权力感到厌恶和恐惧，但我刚刚意识到，厌恶和恐惧权力的好像是我自己，因此非常理解准将所说的话。而且准将肯定会说：可以和迦姆交流吗？必须让它实现。

“少校，制订调查和解析目标迦姆机的计划。”我回答道“是，长官”，又想起准将曾说过特殊战是自己的，再次意识到她不愧是指挥官。准将巧妙地消除了我的不信任感和疑惑等负面情绪，同时又指示了现在应该做的事情，令我鼓起干劲。

然而，我是以怎样的心情注视着她呢？关于我的目光，准将给出的解释是错误的。至少，那不是全部。

我确实记得准将提到的两个例子，也就是福斯上尉和古谢夫少尉的事。准将说得没错，那的确和雪风有关。就像我现在怒视着准将一样，当时的我也是以同样的心情注视着伊迪斯和西卡拉提雅。虽然在准将指出之前我都没有意识到这一点，但事实就是如此。不过，我这样做并不是因为雪风和深井零。

而是那个女人，过去和我同居的女人，我曾想杀死的女人。

我现在才发觉，自己之所以怒视西卡拉提雅、伊迪斯和莉迪亚三人，是因为她们和我没杀成的那个女人一样，露出了非常冷酷又傲慢的表情。在此之前，我并没有意识到自己是在怒视她们。但这不是含有愤怒和怨恨的注视，而是如同看到亡灵一样的恐惧眼神。库里准将大概也理解不了这一点，因为她不是很了解我的过去。

这是我不愿回想起的过去。我曾爱过的那个女人，她的脸上渐渐露出了轻视他人的表情。我最后见到的是她的遗容。那时我想，她果然有这么一天啊。同时，也有一瞬间感到人生真是无比奇妙。

我确实在坚定杀意后打开了她的房门，但那时她已经被人用我的军用匕首杀死了。这不可能是自杀。她没有动机将匕首刺进自己的身体，而且，这把匕首深深地扎进了眉间，以女人的力气基本做不到。

我被押上军事法庭，被判处有罪，犯罪动机是对她的强烈恨意。在审判中我被告知：即使是在杀人事件中，对准脸插进匕首的情况也很罕见，但杀人者对被害人怀有强烈恨意的时候则另当别论。

无论是在审判中还是在判决时，我都没有反抗，因为我真的认为是神答应了我的愿望，帮我杀了她。没有弄脏自己的手就实现了愿望，对此我充满感激。我想，不劳而获未免有些厚颜无耻，仅仅是服刑就可以的话，那太便宜我了。我对她的杀意就是这么强烈。不过，比憎恨更多的是恐惧——我再也不想见到面目改变的女人。我也曾想要净化她。

我虽然不是实行犯，但是却认了罪，在审判中也没有说出自己不是实行犯的事实。没错，是我做的，就这样承认了全部罪责。于是我被送到了FAF，至今都待在这里。

回过头来看，当时我的精神状态很不正常，之所以如今能有这种认识，回到正常的状态，是因为神让她从这个世界上消失了。或许现在的我依然和那时一样，没有改变。

我到最后都不知道实行犯是谁，现在也不知道真相如何。看起来不像是路过的强盗，不过，了解她的我觉得有可能是小偷不巧被她看见，遭到了一顿痛骂，瞬间被激起强烈的恨意，然后杀了她。但小偷怎么会有我的匕首则是一个谜。不然就是某个机构的杰作。或许是她的政敌，或许是与她有关的、围绕国家机密的国内外间谍机构干的。这不是虚构的故事，而是符合现实的想象。那个女人确实爬到了那种位置。

如果在虚构的次元，就会有各种更有趣的故事。曾有传言说，我过去隶属的英国皇家海军陆战队的航空队必须派一个人去 FAF，因此我被培养成了杀人犯，最后没有去监狱，而是被送到了 FAF。这个情节怎么样？或者，这不是高层做的秘密决定，而是当时和我情同手足的战友、战斗机的驾驶员们举办的活动兼饯行会，也就是说，一切都是我的朋友们犯下的罪行。这些想象虽然荒唐可笑，但却比军队有组织的阴谋等更有可能发生。

我在地球时的战友们如亲人般地倾听我的苦恼，并给予了我深深的同情。当然，他们在倾听的同时还喝着苏格兰威士忌。这些家伙借着酒劲儿真有可能干出来那种事。他们曾在爆发的国际战争中出击，对疑似敌军的驱逐舰发射空舰导弹，杀死敌方两百多名水兵。与此相比，杀死一两个令朋友苦恼、被恶魔缠身的女人实在算不了什么，别的先不说，他们本就觉得这是在替天行道。就是这样一种逻辑。

我对神起誓，发现那个女人的遗体时，我没有喝一滴酒，也没有吃任何药。我也曾怀疑确信罪犯另有其人只是我自己的执念，或许一切都是我做的。现在回想起来，包括这次事件在内，我在地球上的全部时光就像是一个幻想故事。

现在，迦姆的存在更加现实。如今我所面临的事态进一步加强了这种感觉。在这间地下司令部的上面，就是迦姆机。听福斯上尉说，我们不能抓捕它。迦姆机已经降落了。福斯上尉预测到了什么危险呢？

调查迦姆机就是从那时开始的。

我向准将报告后，询问伊迪斯·福斯上尉。

* * *

布克少校和我听了福斯上尉对于MAcProⅡ预测内容的说明。

“迦姆的目的是分开深井上尉和雪风这一战斗智能体吗？”我问道，“现在降落的那架迦姆机或许就是为此而准备的专用机，对吧？”

“是的，准将。它预测如果这是事实的话，那么特殊战很有可能被迦姆统治，威胁等级是大。”

“如果这个预测是正确的，”我思考着说道，“现在我们已经身处危险之中了。那架迦姆机有可能自爆，非常危险，我们面临的并不是这种战术上的危机，而是关系到特殊战全体存亡的威胁。”

“是的，没错。”

“即使窝在安全的洞穴里，通过远程控制窥视外面，也不会知道什么。”

之前一直默默看着我们的林内伯格少将突然这样说道，他正在用手边终端设备的键盘输入文字。身后的阿什上尉注视着那台终端设备的屏幕，然后迅速制止了少将的动作。少将刚才肯定差点按下回车键。

“少将阁下，”阿什上尉说道，“在发送命令之前，请务必和库里准将协商。”

“那是发给情报军对人战斗部队的命令吧？”我问道。

“没错。”

“你打算作何指示呢？”

少将露出和蔼的微笑，停下手中的动作说道。

“最好让活人来调查。对吧，准将？我来帮你吧。特殊战里没有战斗小组受过地面作战的训练。没有经验的人暴露在敌人面前太危险了。”

“我首先考虑的是情报收集，不是战斗……”

“我的部队基本上也是专门收集情报的。不会像你担心的那样，把破坏行动放在首位，什么都不考虑地伤害迦姆机。”

我注视着林内伯格少将浅蓝色的眼睛，再次确认现在哪些部下可以调动。不能动这个司令部的人，因为他们光是管制指挥就已经忙得不可开交，并且还要分析战队战机带回来的情报。维修组要检查维护返航的战队战机，现在战机全部出击，他们要比平时更忙。此外，平时和战斗任务没有直接关系的人也都全副武装，严阵以待。

全体队员都加入到了这场战斗中，没有闲人。我让全体队员携带上轻武器，以防被伦巴德上校指挥的迦姆人攻击，可是正如少将所言，我的部下们用不惯这种武器。如果伦巴德上校控制并调动了全体情报军，很可能会利用那支对人部队攻击我们。因此，我把林内伯格少将请到这里，当面进行了确认。

林内伯格少将的答案令人震惊。他说：我知道伦巴德上校背叛人类，投靠了迦姆，我作为情报军的首脑，期待可以利用上校来掌握迦姆的内部情报，如果能从伦巴德上校那里得到迦姆的情报，把 FAF 给他也无所谓。少将向我提议：可以支援特殊战，怎么样？这就是让我把主导权交出来，尽管他并没有直接说出口。我当然拒绝了他，对他说我不会做这样的交易。但是，现在这位像是和蔼老人的少将又不泄气地提出了相同的提案。

我懂他的心情。他和我一样，都在收集迦姆相关情报上耗费了半生的时间，而现在迦姆机就在那里，他肯定也想亲自调查那架迦姆机。

可这架迦姆机是靠特殊战的力量捕获的，怎么能让给情报军？不过，这次就不能断然拒绝他了。这个老头儿给我施加压力说，自己的部队能轻松压制不习惯地面作战的特殊战。虽然他上次也是这样威胁我的，但这次却不是做做样子而已，根据我们的态度，他有可能真的付诸实行。我怎么也没想到他对我和特殊战的焦虑会渐渐膨胀。无论如何都要避免与他的部队为敌。

“调查分析那架迦姆机的指挥权在我。”我慎重地说道，“还请你确认。”

少将仍保持着笑容，但他稍稍屏住呼吸，然后说道：

“不是确认，而是承认吧，准将？”

“必须得到你的承认，这一点是毫无根据的。即使有，我也没打算要得到你的承认。我不会求你。请你确认。”

“毫无根据是吗？”林内伯格少将收起笑容说道，“要说根据，仅仅是我比你军衔高这一点就已经足够了。你宣称自己不再是 FAF 的军人。这是你自己说的吧？”

“少将，你以为我在说梦话吗？必须向你低头说请给我指挥权，你这种想法到底是从哪里来的？愿闻其详。因为军衔高？年龄大？是男人？所以，到底是什么？听起来这才是梦话，阁下。”

“明白了。”少将突然收起锋芒，点头道，“指挥权在你。我不会无视你，命令自己的部下去搜查那架迦姆机。所以，能让我的部队支援你吗？”

我吸了一口气说道："可以。"

"谢谢，准将。那我就发报了。"

林内伯格少将抛下面子选择了实际利益，但他的真实想法却不得而知。

"MAcProⅡ，"布克少校说道，"受雪风未归的影响，陷入死锁状态，不能再进行预测计算了。为什么会这样，伊迪斯？"

"因为它受到了成功捕获迦姆机的影响。雪风未归和成功捕获迦姆机，在MAcProⅡ的逻辑中是完全对立的两件事，也就是说不可能同时发生。要解除这个死锁状态，就必须收集事实。比如，看起来成功捕获了迦姆机但实际上没有捕获，或者，迦姆的目的是分开深井上尉和雪风这一预想是错误的，等等。MAcProⅡ能得到这些事实的话，死锁状态就可以一下子解除。看，这个指针指示了吧？意思是接下来将重新进行预测计算。"

"迦姆调换了雪风和那架迦姆机。这样想就不矛盾了。"我说道。

"我觉得MAcProⅡ的这个意见荒诞无稽。它的可信度有多少？"

"请把它想成是一种修辞，准将。解释它是我的职责。"

"那么，你的解释是？"布克少校问道。

"嗯……迦姆的目的是分开深井上尉和雪风，如果这个预测是正确的，现在那架迦姆机听话地降落，恐怕是迦姆的陷阱。而且，这不是心理陷阱，而是迦姆对我们人类或者特殊战全体设置的物理诡计。雪风出击前，少校你对我说过这些吧？当时我不知道该如何解释'迦姆给人类植入了欺骗情报'，想不出迦姆设置的陷阱具体是什么。"

没错，我也曾问过这些。

“少校说过，它本就不懂人类的一般想法，所以设置不了心理诡计，要做也只能是使用某些道具的物理诡计。我怀疑那架迦姆机就是物理诡计。人类靠近它会有危险。”

“缟玛瑙队回来了，请求着陆。”西卡拉提雅向这边报告。

“不允许编队着陆。”布克少校说道，“一架一架地着陆。确认安全后，下一架再降落。”

“明白。”

“我是缟玛瑙的队长，司令部，能听到吗？”

“我是布克少校，什么事？”

“总觉得自己没有回来，你真的是布克少校吗？”

“不懂你的意思，怎么回事？”

“仪表上确实显示我们在基地滑行跑道上空。但地面上一个人也没有，是无人的基地。发生了什么？你们没事吧？”

布克少校语塞了，我替他回答道：

“我是库里准将，可以看到耐爆格纳库中的迦姆机、春燕和舞者吗？”

“看得见。”

“那就没错。着陆。”

“明白。”

司令部正面的主屏幕上出现了缟玛瑙捕捉到的视觉影像。

“如您所见。”皮沃上尉指着屏幕说道，“这不是迦姆的欺骗影像，目视看到的也是这样。我刚刚说的没错吧，布克少校？哪里都没有被毁坏的FAF战机，也没有战斗痕迹，除特殊战战机以外，看不到一架FAF战机。之前觉得像是废墟，但这样一看，倒感觉像是刚建好、还未使用的基地。”

我对福斯上尉说道：“这好像就是MAcProⅡ预测到的迦姆

的威胁。迦姆捕获的不是雪风，而是整个特殊战。这里恐怕已经不是原来的FAF菲雅利基地了。”

“不是吧，怎么会……”伊迪斯说完便停下来。

布克少校说道：“与其说是深井上尉和雪风的分离，不如说是雪风和我们的分离。这样一来，与雪风未归的事实之间就不存在矛盾了。但事情看上去没那么简单啊。或者，是FAF和特殊战的分离吗？林内伯格少将，不管怎样，你的部下能不能来似乎会成为事情的关键。”

少将沉默了。他大概正在怀疑这是特殊战耍的一个大花招。

“皮沃上尉，”我命令道，“继续确认全队战机的位置、航向、速度等情报，别看丢了。”

“是，长官。”

“布克少校，”这次是埃科中尉，“方便吗？”

“怎么了？”

“公爵已经完成自动加油，随时可以出发。但下达了搜索雪风的命令后，它立刻回答已经找到雪风，不起飞。”

“它说雪风在哪里？”

“它好像是把春燕或者舞者错认成了雪风。虽然它说已经发现了雪风，但是还不能肯定。公爵在战斗中消除了记忆，所以它的搜索功能也不可靠。总之，在自动模式下它是不会起飞的，要想让它出去搜索，就只能依靠手动操作……”

“命令它用数据链和雪风联系。”我说道，“雪风一定在某个地方。公爵不起飞也行，让它继续搜索。”

“是，准将。”

“这里是春燕谭中尉。目标迦姆机的情况非常可疑，这家伙正在把我们的IFF发射机应答器复制到它的内部。它用微弱的信号传达着‘我是同伴’，像是从机体内部传来的低声私语。总觉得有危险。”

“不，不对。这里是舞者。这家伙开始在内部复制雪风了，我的中央计算机把它识别成了雪风。直到刚才还没有这种迹象。最好趁现在处理了它。自动模式下有中央计算机的干涉，无法攻击。准将，请允许在手动模式下进行攻击。”

“不能攻击！”

我大声制止。

是这样啊，我突然想到。这不是迦姆。MAcProⅡ的预测是正确的。

“那是雪风。”我喊道，“不要被外表骗了，相信你们的中央计算机说的话。”

“连接，正在恢复。”埃科中尉紧张地快速说道，“雪风的数据链连上公爵了。怎么回事？不会吧？怎么看那都是迦姆啊。目标机，开始移动，可以放任不管吗，准将？”

“加油。”我说道，“加满后出去搜索。”

“搜索什么？”皮沃上尉说道，“如果那就是雪风呢？”

司令部全员屏息注视着我。福斯上尉站起来，替我说道：“如果那是雪风，搜寻的当然是深井上尉。只能是他啊。迦姆的目的是分开雪风和深井上尉，已经成功了。深井上尉应该不在那架飞机上。”

对，肯定是这样。迦姆企图分开人类和机器，这很可能是它的新战略。

鸦雀无声的司令部内突然响起一个声音：“是这样吗？”是布克少校。

“暂且不提那是雪风。如果那是雪风就该搜寻深井上尉，你的这种想法是错的。福斯上尉，你不了解雪风的本质。”

“那少校的意思是那架飞机想要做什么？”

“当然是要和迦姆战斗。雪风要搜寻的是迦姆。对于雪风来说，迦姆就是诱饵。这里没有迦姆，所以它会出去寻找诱饵。仅此而已。”

原来如此。雪风和迦姆一样，不是人类。现在主屏幕上出现的迦姆机的身影，不管它是迦姆还是雪风，我感觉都是一样的。布克少校和深井上尉好像早就有了这种感觉，而我现在才第一次实际感受到。脚下的大地仿佛消失了一样。

而且，总觉得我们现在所处的时空已不同于以往。该如何与能做到这些的对方战斗呢？我开始失去信心，但作为指挥官不可以泄气。我振作精神，向布克少校命令道：

“少校，通过公爵向雪风输入作战行动：搜索深井上尉，一定要载上深井上尉返航。”

布克少校肯定理解了我的意思。对于迦姆的这次攻击，我们就算赢不了也不能输，为此只能这么做。

* * *

我得到了准将的允许，一个人来到地面上。雪风和公爵正要从滑行跑道的一端起飞。我听到了超级凤凰（引擎名）的引擎声，不会听错的。公爵和雪风的引擎，总共四发。没错，那就是雪风。

从在司令部看到迦姆机的身形开始，它就在慢慢地向雪风变化。那是一种非常微妙的变化，不太清楚哪里发生了改变，但移动视点后它就会和刚才有点不同。我也曾怀疑是迦姆把人类的视觉弄成了那样，但总觉得迦姆机和雪风实际上已经一点点地互换了机体的微小部分，而我们暂时还没有发现。也就是说，迦姆机降落在这里的时候，的确整体都是迦姆机，后来经过一段时间，就替换成了雪风。如此说来，深井上尉现在说不定就在迦姆机上。因为，就像福斯上尉预测的一样，深井上尉不见了。

但是，与其说是深井上尉失踪，不如说是我们失踪了。准将希望深井上尉能找到我们，于是命令雪风搜寻上尉。那是给深井上尉的求救信息，请他找到我们。

两机开始加速后从我的眼前飞过。雪风带领公爵飞向天空，我注视着它们的机影，直至消失不见。

Ⅳ 雪风飞翔的天空

伦巴德上校向我挥着手里的信，说道：“先去把这封信寄了。”

这封信是由伦巴德上校代笔的、迦姆给地球人的宣战书。同时也是上校自己给地球人的诀别信和离开地球的独立宣言。上校打算利用迦姆的力量控制FAF，将其据为己有。他说这么做的目的是通过自己成为迦姆的方法来统治迦姆。

如果事先从上校那里得知他要“通过勾结迦姆来控制它”，我大概会怀疑他精神是否正常。不，或许我反而会觉得伦巴德上校这个人很有可能干得出来。

要说事先是指什么时候，还要追溯到那个时期。从我作为副驾驶乘坐雪风，接触到迦姆的那一刻起，我的看法就从“这是精神不正常的行为”变成了“可以理解，一切皆有可能”，对于上校的谋划，态度发生了一百八十度的变化。

不管怎样，现在事情已经发生了。上校确实和迦姆人一起发起了行动。我知道上校是认真的，但无法立刻相信他所说的迦姆期待向人类下达正式的宣战书。我认为这不过是上校的幻想而已，是上校为了自己的利益而虚构了迦姆像，而实际上他不可能和迦姆进行交流，因此打算置之不理。但是，从自己在这间狭小房间里的经历来看，事情并非我想的那样。

安塞尔·伦巴德这个人的确能通过计算机联系迦姆。而且，他好像还有一种能力，不用计算机也能直接感知到迦姆的存在。刚才在这间房间里，我也体验到了广角视野，仿佛就在战斗机上。从四周的氛围来看，那就是迦姆战斗机上的视角，就好像我自己成了迦姆一样。那是幻想吗？

怀疑上校的精神是否正常，就等于怀疑自己是否正常。

在给琳·杰克逊的那封信中，上校也坦言自己抱有同样的疑问。但是，他也觉得那又怎样？他说自己能和迦姆交流，“即便这只是我的信念，我也因最大限度地利用了这一‘偶然’而感到满足。这是将FAF据为己有的机会”。

也就是说，不管是不是偶然，只要发生的事情对自己有利，就最大限度地利用它。上校是情报军业务部门的老大，这是有上校风格的、现实的、实战性的处世之道。在别人看来，这会让他们感觉自己的功劳被上校抢走了，所以这种做法肯定会遭人厌恶。可是在战场上，被讨厌也好，被误解也好，活得久才是胜利。于是，我也打算效仿这一点。

不管这个情况是不是产生于上校的，或是我自己的，甚至FAF全体的幻想，确定的是我现在还活着。要是在怀疑自己是否还活着的时候被杀了，那就太荒唐了。简直是最差的死法。

“怎么了？”伦巴德上校问道，“在想什么？”

我想利用见到上校的机会，满足自己对迦姆的兴趣。首先，应该避免自己被上校和迦姆打败。“我在想，比起寄信，最好先回复迦姆。”

“你是说，比起给人类的宣战书，迦姆更想知道为什么JAMMY’s被消灭了，对吧？”

"是的，上校。你说过吧？刚才战斗机上的视觉是迦姆的警告，警告我们它随时可以让FAF变成废墟。无视这个警告，让我去寄这封信，你的这份自信是从哪里来的？不觉得出了这个小房间会很危险吗？"

"这样啊。"

伦巴德上校点了点头，把信放进军装口袋里，视线没有从我身上移开。

"我知道你为什么会出现在这里了。"

"'你被迦姆邀请加入了'，你是对我说过这句话吧？但在我看来，说成被迦姆抓到了才更合适。"

"某种意义上是这样的。你作为迦姆的发言人，不得不来到我这里。你是迦姆的使者。虽然你自己意识不到，但肯定是这样的。这种交流令人着急，但却比通过画面的对话更为直接。你是为了传达迦姆的意思才出现在这里的。"

我只能回道："怎么会——"这个看法完全出人意料。是不是应该说很像上校的风格？"我是人类，不是迦姆人。你说我被制作成迦姆……"

"我从未说过你被制作成迦姆。你就是桂城彰本人，就像我是安塞尔·伦巴德本人一样，但这并不意味着你不是或不能成为迦姆的使者。虽然看起来你和迦姆并没有使者这么深的关系，但你敏锐地捕捉到迦姆想让我这么做，并且把这一点转告给了我。"

"你是说，为了告诉你尽快回答迦姆的疑问，我被迦姆操纵，于是来到了这里？"

"事情恐怕没这么简单。如果你是使者的话，应该会带来更复杂一点的情报……不，不是这样，与其说带来情报，不如说你接下来采取的行动将表达迦姆的意向。你现在无意识中就体现了迦姆的意向。这和你被迦姆操纵是不一样的，明白吗？算了，就算你不懂，不管你能不能理解，对我来说都无所谓。”

“总之，你是说我和迦姆有同感。我明白你的意思。但如果这是真的，我会很不舒服。因为这相当于迦姆证明了我没有自己特有的意志。”

“真令人惊讶。你这么通情达理或许也是迦姆的安排。啊，失敬失敬，这是玩笑。不过你去特殊战之后好像真的变了很多啊，以前你对迦姆没有表现出兴趣吧？”

“因为之前我对这场战争不感兴趣。我有种‘这是在哪里打仗？’的感觉，觉得它们和地球上的人也没什么不同啊。然而，在我去了特殊战，乘坐雪风出击后，我才明白：迦姆是个不合情理的对手。我知道，迦姆拥有惊人的力量，如果它认真起来，人类大概早就灭亡了。可是，迦姆明明可以做到却没有这么做。这是为什么呢？我理解不了。它是不能用常识解释的敌人。布克少校等人就迦姆进行了神学论战，他们还说到，如果它被制服的话，或许我们能赢，或许迦姆会消失。所以我没觉得你的想法有多么奇怪。”

“原来如此。”

上校虽然嘴上这么说，但看上去却没有那么同意。他一副不感兴趣的样子，让我感到不爽，但要是每次都发脾气的话，就不能和上校沟通了。不直接认定他就是这种人，就不能和伦巴德上校相处。

“如果我要出去的话，你会用那支自动步枪对准我，阻止我吗？”

“这难道不是取决于迦姆吗？”我说道，“迦姆这么想的话，我就这么做啊，和我的意志无关。按你的逻辑来说就是这样。这种事你问我也没用，不对吗？”

然后上校露出微笑，感觉像是放下了对我的防备，他说：“很好。这个回答让人完全搞不懂你在想什么。你自以为拿大话唬了我，但其实什么都没想对吧？以前就觉得你的性格捉摸不透。简言之，你不在乎有没有自由意志，是一个顺其自然的人。一般人们都不会这么想，也不能这样活着。你在这方面不一般。”

“你是说我和你是同类人吗？”

“虽然性格不一样，但确实如此啊。”这次上校重重地点了点头，继续说道，“不管你有没有自己的意志、你的回答是不是来自你的意志，这些都无所谓。我关心的是从你口中说出的话。”

“除非我回答才行吧？”

“你打算缄口不语吗？你做不到吧。如果可以就试试看。你是使者，如果我的这个想法错了，你就可以做到。”

“不，这才是徒劳。无言的修行没有意义。我自己也认为，就算我是它的使者也无妨。”

“太棒了。没想到和你说话这么开心。让你去特殊战真是太对了，实在有趣。你完全不关心自己下意识在思考什么。怎么样？你认为意识、自我意识是什么？”

“所谓意识就是‘语言’本身。”我一想到就脱口而出，“如果没有思考自己是何人的语言，就不可能有‘自我意识’，即不可能意识到‘自我’。”

“就是说，丧失了语言的话，自我意识也会消失吗？”

“对，理论上是这样的。没有识字能力也好，不能发声也好，但只要有理解母语的能力就有意识。”

“意识就是语言吗？这个见解真是单纯又明快啊。虽然明快，但是太过单纯。那你认为无意识的自我是存在的吗？你懂这个问题的意思吧……”

“就是说意识不到自己的话，还有没有‘自我’这个东西，对吧？”

“对，你怎么看？”

“正因为‘自我’只存在于‘自我’这个单词上，所以‘无意识的自我’就如同‘圆三角形’一样荒谬，只不过是文字游戏而已。”

“无意识的思考和想法不是‘自我’，我明白你的意思了。那你觉得它是什么？比如默会知识[①]那样的东西？如果不是‘自己’在思考，那么是谁在思考呢？”

“这是测试吗，上校？我说了这种问题很荒谬。不是‘自己’，也不是‘别人’。不是谁在思考，而是思考和启动机器一样，不过是能量的流动。哪里都不存在‘自我’这种东西。”

“那么‘自我’是在哪里产生的呢？”

“我说了，在语言上产生啊。”

“是产生于大脑的语言区域吗？”

“这我就不知道了。即使没有大脑，只要有语言，那里就会产生自我。在逻辑上、理论上是这样的。”

“你合格了。”上校说道，“你刚刚所说的或许表达了迦姆的人类观。迦姆肯定认为人类就是这样的。”

“你做出这种判定的根据是什么？”

---

①默会知识：相对于显性知识而言。它是一种只可意会不可言传的知识，经常使用却又不能通过语言文字符号予以清晰表达或直接传递。——译者注

“身为迦姆使者的你的发言。”

“你的意思是刚刚这些都是迦姆让我说的？”

“你自己也感觉到了吧？”

“没有。”

刚才只是讽刺了上校一下，但看起来这种偏于感情的议论并不适用于他。可我还是要在逻辑方面刺中敏锐的地方。

“虽然我自己没有感觉到，但也想过或许如此，现在觉得这都是迦姆让我说的……”

“或许如此，是什么意思？”

“就是说，对于迦姆而言，它所感知的人类就是我们使用的‘语言’。这种想法我之前想都没想过，那它是从哪里产生的呢？不自知的自己不是自己，所以他不是任何人，又或者可以是任何人，这样一来，不自知的自己也就可以是迦姆，‘是迦姆让我说的’这种看法也是有可能的。又或许是我身体里和迦姆有同感的部分让我这样说的。”

“也许你和我也有同感啊。”上校笑着说道，“我认为这是一个同样适用于人类的、关于自我的定义。”

“不管是迦姆还是你，都无所谓，因为我并不执着于‘自我’。”

“厉害。与其说你是使者，不如说是催化剂。你自己不会损耗，也不会变化。如果将你用作抗迦姆的兵器，就是一把猛打一通子弹也不会减少的枪。”

“但我不是不死之身。”

“你不想死吗？”

“当然。”

“你不是说不关心自己吗？”

“保全自己是自然的欲望，是人体这个硬件的请求。即使没有意识、丧失语言，也就是变得没有自我，人体也会一直回避死亡。而且，我虽然说过不执着于自我，但并不是不关心自我。”

“你所关心的自我是什么？寿命将至，人体自我崩溃的开关就会合上。这种肉体不是自我吗？”

“自我是桂城彰。这一句话就够了。幸好我还有名字。别让我说太多次，上校。自我，存在于语言上……”

“行了，我知道了。”

上校露出已经厌烦的表情。我想起来了，这种不耐烦也是上校的一个特点。过去，我很少和上校聊天，也不记得自己说过什么了，只记得话题是散乱的，并不连贯。

上校终于放过了我，我重新环视这个小房间。一面的墙壁上排列着监视器，现在那群监视器上什么都没有。我们不知道外面的情况，又觉得或许本就不存在外部空间。在那面墙的不远处，有一个像是通信指挥台的控制台和一把扶手椅。天花板是全面照明，非常明亮，同时天花板又很低，给人些许压迫感。这种狭窄和潮湿让人联想到地下墓地。室内冷飕飕的，这个温度应该会让出汗的身体感到舒适，可我的汗却并未退去。或许，发冷和出汗就是紧张时的身体反应。我不想在这个房间里多待，感觉这里比外面还危险。可怕的是，不知道什么才是危险的。

“看一眼外面。”上校面向门那边说道，“如果是你从这里出去，或许外面就是废墟。如果是我出去，或许外面战斗还在继续。”

“你的意思是观察者不同，世界也会不同吗？那么，我们一起出去会怎样呢？”

“出去看看就知道了。迦姆应该是希望我们这样做的。这也是你的希望。”

确实，我想观察上校的行动，如果上校一定要出去的话，大不了跟着他就是了。但若是在这里和上校分开，那就无法再见了。

“你以为不回答迦姆刚刚的问题就能出去吗？”

“怎么说呢。”上校说道，“只要我不做出回复，就出不去。但我可以打开门观察外面的情况……怎么了？”

一台监视器亮了，上面出现了一段字。上校注意到我的视线注视着文字，于是回头看向监视器一侧。我早已理解了那段字的内容。

“这是……”上校说道。

“林内伯格少将发给我的。”

<特殊战成功让一架迦姆机迫降。目前停在菲雅利基地滑行跑道旁的第四耐爆格纳库。桂城少尉，你去现场执行保护任务，保护特殊战捕获的那架迦姆机。我们情报军接受了库里准将的请求，在武力警戒方面协助特殊战调查迦姆机。别让其他部队靠近迦姆机。如果你现在能联系、能调动我军的对人战斗部队，就可以调遣他们。我将对人战斗部队的全面指挥权授予你，桂城少尉。以上，林内伯格少将。>

“迦姆正在转播给我的信息啊。”上校说道。

“林内伯格少将也和你一样是迦姆一方的人吗？”

“不，他是人类一方的人，而且绝对不会叛变。他选择了地球人这一绝对立场，正享受着迦姆情报战这个游戏。玩家要是随意改变立场的话，就玩不成游戏了。这位少将对财富和声誉都不感兴趣，他人生中最大的乐趣就是打情报战，并且从中获得满足。如果他自己变成迦姆，那就没有作战对手了。他怎么可能会自己放弃那种乐趣。”

不管是上校还是少将都享受着迦姆战，就像贵族玩猎狐游戏一样。他们两个人非常像，难道是因为彼此相似所以才理解对方的心情吗？否则，少将的这个形象就只是上校的一种臆想罢了。不过现在这种事已经无所谓了。

“你觉得是真的吗？这条信息真的是林内伯格少将发的吗？”

“你好像特别不想从这里出去啊。出去了不就知道了吗？”

“我担心我们不能活着到达，刚刚都要被对人战斗部队的家伙们打成蜂窝了。你不理解我的这种……”

“和我在一起就不用担心这些。”

“那支战斗部队现在是由你调遣吗？”

“目前行动中的对人战斗部队分为三派，正在三方混战。一支是由我组建的政变部队，这支部队以情报军中的年轻人为主体，他们敬我是领导人，当然不会攻击我。然后是由迦姆人组成的 JAMMY’s 部队，刚刚迦姆已经说了，这支部队已经全军覆没了。剩下的一支是由林内伯格少将秘密组建的，为了扫荡 JAMMY’s 的战斗部队。”

“对了，少将也曾说过，已经准备好扫荡迦姆人的叛乱。他好像知道你和迦姆有联系，特意让你钻营。而你也是在知道少将会这么做的基础上行动的吧？”

“当然了。少将知道我正在策划情报军的政变。如果这是一场单纯的政变，他不会袖手旁观。但他看出我的目的是加入迦姆、背叛人类，所以默许了我的行动。少将掌握着一支配有统括长官的秘密精英部队，利用他们调查了我的行动。这些也可以由我来告诉他，但我没有，我想在他理解之前最好还是让他这样做吧。总而言之，我和少将之间有一种默契，会为了彼此的利益而装作没有看见。”

“少将说过，如果能得到迦姆的情报，也可以把FAF给你。他是认真的吧？”

“我说了，林内伯格少将肯定是严格禁止其调遣的对人战斗部队攻击我的。因为我在少将眼中就像是派进迦姆一方的活窃听器，要是把我杀了，那就本利全无了。你对这一点有什么疑问吗？”

“没有。”

我确实没有想到什么问题。

“所以，我肯定不会被攻击。你不离开我的话，也不会有事，不用担心。”

说完，伦巴德上校走近房门，门顺畅地滑开了。上校笑着催促。

“走吧。”

在这里下定决心吧。要是我在上校被打死后遭到了攻击，那就认命吧。如果做好这样的觉悟就能避免在上校之前被打死，那就足够了。总会有办法的。反正我不想再单独留在这个小房间里了。

我跟上校来到走廊，听到身后发出了房门关闭的声音。这是一扇暗门，即使回头去看也只能看见墙壁。

“没有回答迦姆也能出来，比想象中的简单啊。”

“是迦姆在邀请我们。”

“什么意思？”

“迦姆决定直接听我回答，于是来迎接我了。”

“你是说，被捕获的迦姆机就是来接你的？”

“把你用作引路人了啊。”

这不是幻想是什么？但是，如果迦姆的战斗机真的被人捕获了，那架战机乖乖降落的理由就只能是上校的那种解释。

迦姆目前正在实行规模空前的FAF侵略作战。那架迦姆机由想逃亡到人类世界的迦姆人操纵，否则迦姆的战斗机就没理由降落在FAF基地。我只能认为，迦姆机不是被强迫着陆，而是迫降在敌营了。特殊战到底在想什么？

“不管是在特殊战还是情报军，你都能吃得开，恰好适合做引路人。”上校继续道，“迦姆知道这一点，才诱导你来我这里的。”

只能去了，就像上校说的一样，去了就知道了。

刚开始走就有一种奇怪的感觉袭来，景色看上去和原来不一样了。我小心翼翼地拐过走廊的第一个拐角，走了两三步，我确定目前所在的地方与来时不同。

如果这里是看得到大厦和建筑物的开阔街道，行走方向不同，景色可能就会完全不一样，但这里是被照得很亮的、刻板的地下通路，不管往哪个方向走，景色都应该是相同的。我停下来回过头看，也依然有这种不和谐的感觉。我总感觉是第一次来到这里。

明明是很熟悉的通路，可四周的气氛却是让人感到陌生，我对此没有印象。这或许是一种和既视感（Déjà vu）相对的、叫作旧事如新（Jamais vu）的心理现象。我闭上眼睛，氛围、气味、声响等显然和来时不同。

太寂静了。

对，没有人声。没有喊声，也没有枪声。没有硝烟的味道，地板上、墙面上、天花板上也都没有血迹和汗渍等污痕，这里完全没有战斗过的痕迹。别说是尸体，就连人的动静也没有，恐怕也没有老鼠和蟑螂，太干净了。

“这里……”我下意识地向上校说道，“不是废墟。而且和你预测的不一样。这是哪里？是迦姆建造的假基地吗？感觉这个设施刚刚建成，还未投入使用，并不是菲雅利基地。”

“这是你和我创造的世界。”上校兴致勃勃地环顾四周，“你说外面是废墟，而我说不可能。现在这样就实现了折中方案，中和你我各自想象出的世界。”

“我们是在做梦吗？这里是想象的世界？”

“不，现在是真实的现实。这意味着，这里就是菲雅利基地。只是我们的看法不一样而已。虽然看上去没有人，但其实人是存在的。然而现在的情况是，我们不知道他们的存在，相当于别人也看不到我们的存在。”

“都怪迦姆啊。是迦姆安排了这一切。”

“没错。但这基本上都是由我们人类的能力造成的。这里是菲雅利基地的地下通路，这是现实。或许应该说这才是现实。”

“什么意思？”

“就是说，我们人类各自生活在不同的现实中。但迦姆肯定不能理解我们人类的这种世界。对于迦姆而言，它无法在本质上理解有多少人就有多少现实这件事，所以不能和人类这一物种顺畅地交流。”

“没想到这里竟然是现实。感觉原本的真实世界蒙着一层幻想的面纱。以感觉器官捕捉到的外部信息为基础，在内部构筑一个世界，这就是人类的世界观，而且世界观因人而异。那么，迦姆现在正在对我们做什么？我们收到了迦姆的假信息，所以才看到了假的世界吗？”

“没有真假，也没有内外，这些语言表达不过是语言上的修辞而已。我们人类要想表达和理解‘原本的真实世界’就只能依靠修辞，不得已才形成了那种表达。本来，这种东西是只能进行感知的。用语言表达出的东西已经不是现实……所以，迦姆恐怕是通过阻碍我们的一部分表达能力，从反方向让我们感受到真实的。这种表达也不过是一种修辞，虽然令人焦灼，但它不是迦姆发来的假情报，实际上恰恰相反。”

“迦姆为我们呈现了真实的世界，这才是真实的世界，是吗？”

“存在于我们外部的、唯一绝对的、真实的世界只存在于语言之上。如果硬要打个比方的话就是：在那种真实世界里，没有真也没有假，所以没有自己也没有他人，没有人类也没有物体，这种区别本身就不存在。也就是说，我们目前所经历的一切就是在进一步接近真实。当然，‘接近’这种说法也是一种比喻，一种身体上的隐喻，有助于理解现象。或者说，我们人类除了运用这种隐喻以外没有其他理解方法。由此我们可以得知，世上存在各种各样接近真实的方法。此外，还可以得到一个结论：迦姆现在操作的就是我们的语言感觉。学会了操纵人语的迦姆很有可能给我们的语言感觉施加了某种电波干扰，这种操作也可能引起我们正在经历的这种现象。”

“嗯。”

“如果这个推论是正确的，默默行动就不会出现任何问题。我们试试看吧。这大概是现在能采取的最佳抗迦姆战术了。”

我脑中掠过一种想法：上校是讽刺我只说不做，才说要默默行动吗？这位上校很可能说得出这种拐弯抹角的挖苦话。

虽然被讽刺了，但我认为上校说得很有道理。所以，我还想多听一些上校的想法，比如，迦姆是什么？打算如何与迦姆相处？然而，上校好像真要默默行动，他用下巴指示我去前面。

我一边向前走一边想。

伦巴德上校的最终目的是统治迦姆，所以他没有把迦姆当成伙伴。这一点看上去没错。

而且，从“最佳抗迦姆战术”来看，上校也经常思考对抗迦姆的方法，并且正在行动。如果不这样做，就算是上校也会被迦姆打败。

迦姆不会完全注意不到上校的意图，所以它也在防范上校，注意不做暴露本心的事，虽然不知道迦姆是否有心。迦姆大概也没把上校当成伙伴。

这样一来，伦巴德上校和迦姆正在交流这件事就不对了。对他们来说，对方都是谜一样的存在。那他们究竟有多了解对方呢？

从现在的情况来看，他们之间的相互了解并没有那么深入。

尽管如此，伦巴德上校对于迦姆的见解和想法与特殊战的布克少校和福斯上尉不同，他的看法更加直接。在我听来，他那肯定的腔调就好像是在表达迦姆本身的想法一样。这让我觉得上校用心灵感应般的感觉捕捉到了迦姆的一部分想法。

迦姆的想法不能转化成语言。根据上校所说的话，不仅是迦姆的想法，就连真实也不能用语言表达，只能感知。这就是所谓的共情吧。比起人类，上校和迦姆之间的共情能力好像更强，或许这种说法侮辱了上校，但可以说是上校自己期望变成这样的。我要想知道上校通过和迦姆之间的共情而捕捉到的“现实”，就只能从他的语言中获知。只要上校说话，即使那是谎言，我也能从中窥见真相。而且上校自己也说过：真也好假也好，没有什么区别。

通路的墙壁上写着“Level 9”，就是说我们的路线顺序并没有错。我来的时候也看到了这些字，但现在它们却绚丽得犹如刚刚画好一般，甚至还能闻到新油漆的气味，这太反常了。

依我看，恐怕是我和上校一起被扔到了这个迦姆建造的假菲雅利基地，这里是一个异次元空间。在听到上校的话之前，我只能用这种解释来说明和理解这一现象。

可上校却说，我们现在所走的这条通路就是菲雅利基地本来的通路，只是我们的感觉方式发生了变化，而且现在的这种感觉反倒更加真实。总而言之，在之前的人生中感受到的现实都蒙着假想的面纱，那是对于人类来说的现实——这种想法本身很常见，但上校说完却让人耳目一新，而且还充满说服力，让人觉得“啊，或许就是这样”。比起我说的被扔到了异次元空间等，上校所说的才更加接近真实。

对我来说，重要的只有什么是异常的这件事，并不在乎真相如何。

但对于迦姆来说，肯定是越简单、越容易越好。在异次元空间里构建假的菲雅利基地，再把我们扔过去，比起这些，上校所说的方法或许更为高效。如果迦姆掌握了依靠定位瞄准人类目标的方法，就肯定会那样做。

乘坐雪风出击的那一刻，我曾以为被暂时关进了异次元般的空间里。那种感觉或许也是迦姆通过操作植入到我们的感觉器官和雪风的传感器系统中的。

对，我想起来了。

那不是什么异次元空间。特殊战起名为不可知战域的空间本来就不存在。其实，那只是从异于普通空间的视角看到的东西。按照上校的说法，那才是更真实的世界。

接近更真实的世界，是说我们没必要特意接近那种东西，也完全没必要思考那些。不仅没必要，这种直接的真实还会让人类的精神受到威胁，而且思考也是浪费时间。把时间花在睡觉和吃饭上才是更有效的活法。

不过，如果是迦姆想让我们接近真实世界的话就要另当别论了。

迦姆要这么做的目的只有一个，只有这样做它才能和人类进行交流。如果不在同一个场所、同一个赛场的话就什么都做不到，不管是敌对还是友好，是吵架还是和好。

布克少校曾经说过：交流就是格斗。这话说得没错。迦姆想要和人类进行交流就是一种战斗行为，可以解释为它正在把人类引诱到直接的战斗场。

这种解释应该是正确的。对于企图要统治迦姆的伦巴德上校来说，这才是真实。站在上校的立场来看就是如此。

深井上尉等人大概会说：上校以外的人未必都要站在那里，所以，正确的真实又怎样？我也想这么说，但现在还不行。这是迦姆的战斗行为，对于这个解释，虽然可以反驳说“那又怎样？”，但要是在这样装腔作势的时候被杀了，可就太难看了。

我们选择了能到达地面的最短路线，穿过通路。通路仍如记忆中那样延伸着。我们不停地向上走着，走着，换乘三次电梯，出了最后一趟电梯便进入大厅。此时还没有到达地面，穿过紧急逃生门就是楼梯。在这里也没有遇见任何人。

我一边想象着地面上的场景，一边上楼。地面上会是怎样的景色呢？是我所熟悉的菲雅利地表，还是和后来建成的菲雅利基地的地下通路一样，虽然不能立刻指出哪里不同，但也知道情况很反常？大概会是这样吧。如果这里更接近真实世界的话，肯定不会有那么大的变化。

如果外面是晴天的话，就会看见两个压扁成椭圆形的太阳挂在淡祖母绿的天空中，发出耀眼的光芒；森林和草丛呈现出有光泽的淡紫色；几条宽宽的灰色直线——滑行跑道向着不同方向延伸，和风拂过，带来薄荷般的香气。

而实际却与这番预想相反。打开地面的门后，四周一片黯淡。虽然还是上午，但天色却很暗，仿佛是厚厚的雨云布满了整个天空，但实际上一片云也没有。天空就像是安装了一面灰色的滤光器，能看到二连太阳，但它们并不耀眼。可以清楚地看到从白色的椭圆，即二连太阳的一端喷出了气体，气体以旋涡状向天边延伸。那是“血之道路”。然而此时它不是血色的，而是灰色的。

“这是真实的世界吗？”我下意识地嘟囔道，“景色竟如此苍白？”

“光是没有颜色的。”上校说道，“只是我们人类把电磁波波长的差异当成了颜色的差异。实际上整个自然界都不存在颜色。”

“所以，你可以接受这些？”

“不，我不过是从你的那番话中联想到了老生常谈的认识问题。”

“你看到的也是无彩的世界吧？”

“对，好像和你看到的一样。啊，你能看到那个鲜艳的蓝色吗？”

上校用手指向我们刚刚走出来的那扇门的旁边。没错，确实可以看到那周围有个亮一点的蓝色箱子。

“是信箱。”上校说道。

“在这种地方？”

“确实太奇怪了，或许是应谁的要求设在这里的。不过，更合乎情理的想法是：迦姆在催促我们投寄给杰克逊女士的信。”

“我们调查一下吧。这或许是幻觉。”

“如果说是幻觉的话，那个东西的本体或许不是信箱，而是人类。也有可能是我的属下。你和我是无论如何都无法调查清楚的，而且也没有必要这么做。把信寄出去。”

上校把信交给我。蓝色信箱没有跑，还好好地待在那里，不管我怎么看怎么摸，它都是信箱。我投出上校的那封信，听到了信落到信箱底部的声音。如果忽略现在这个场合的话，就没有奇怪的地方了。在特殊战，很多人都会提出偏离常识的要求，也有很多工作手续上的错误能偶然实现这些要求，所以这很可能是真物。我感觉这个邮箱是真的，它的上面贴着一块牌子，写着“每天 11 点收集”。我看了下手表，现在是 9 点 53 分。我想等到 11 点再一探究竟，这时上校向我问道：

“第四避难所是哪个？”

“就是第四耐爆格纳库，一个土堆覆盖着的格纳库。离这里比较远，但应该能望得到。”

我指向北方，那是特殊战的战队区方向。之后，仿佛是从指尖处发出了光束一样，北边滑行跑道旁的一点孤零零地亮了起来。虽然并没有看到真的光束，但让人感到很开心。

“在那里，距此大约两千米。”

对于战斗机来说，这就是一瞬间的距离。如果是步行的话，大概需要二十分钟吧。

“要找车吗？”

“不，乱开车可能会出事故。”虽然看不到也听不到，但战机肯定正在起飞着陆，机务人员也忙得奔来奔去。现在正是激战正酣的时候。

“难以置信。好吧，如果你可以步行的话，我也可以。走吧。”

第四对人战斗部队会集了阻止政变的人，现在我们或许已经被他们瞄准了，或许实际上已经遭到了射击。这样一想，停止不动简直太可怕了，所以我想要跑出去。但是，也不能盲目听信上校说的话。如果相信了他所说的，事情就会成真。他说的话要打对折听。

上校自己也说过，这里的世界实现了我和上校两人预想的折中方案。因此，这里没有正在作战的战斗机，也没有成为废墟，就是看到的、感受到的、原本的世界。而实际是什么样的呢？这种问题毫无意义。

现在发生了一件不可思议的事：一旦想要接近目标，自己的想法就会成真。我一直以为自己是在盯着目的地，但当我注意到的时候，自己却已经在那里了。

我并没有失去记忆。感觉就像是戴着变焦双目望远镜，把目标拉到身边一样，视野在动，而自己没有动。但实际上脚非常累，而且感觉行走过程中的时间也被拉长了。要说是谁做的，那肯定是迦姆。

“注意到刚刚的变化了吗？上校。”

“什么变化？”

我说时间好像被缩短了，但上校好像没有体会到。

上校抬头看着那架迦姆机的机头说道：“那是因为那段时间你中断了依托语言的思考。你说过意识就是语言。没有语言，意识也就不见了。”

说得和我失去意识一样，把我当傻子了。

但是，多亏了眼前这架迦姆战斗机，我没有发怒。

这是一击即离型的大功率战斗攻击机，它的机体漆黑且硕大，很像把雪风诱入那个空间的迦姆机，或许比那架迦姆机更小一点。

特殊战捕获的这架迦姆机的机体摸上去暖暖的，让人感觉它是活的。

这是我第一次离迦姆机如此近，也是第一次用手触摸迦姆机。原来认为这也是人类首次触摸迦姆机，但伦巴德上校好像更早一点。

“这家伙真的是迦姆的战斗机。现在什么心情啊，上校。”

“你想听到什么答案呢？”

“什么样的……就是说，你会感到得意，或者有‘我做到了！’这种满足感吗？”

“没有感到得意也没有满足感。你问的问题真可笑。”

难道上校觉得这是理所当然的吗？怪不得。

“抱歉，问了个愚蠢的问题。”

“人类应该能乘坐这架迦姆机。”

“如果它真是来接你的，就能乘坐吧。”

上校一会儿看，一会儿摸，仔仔细细地研究这架迦姆机。

突然，机体上的黑色脱落了，仿佛是有人拽下了那层原本覆盖着全部机体的薄纱。而本应落在地上的薄纱却不见踪影。我想这是因为迦姆机关闭了主动伪装功能。

我被这突然间的变化吓了一跳，但当我再次抬头看时，那种景象、那种意外足以让人忘记生理上的惊讶。这架迦姆机的座舱盖打开了。

“是你吗？桂城少尉。”

一个人从迦姆机的驾驶舱探出头向下看，他俯视着我，对我说道。那是深井上尉。

“这是……”说完我后退一步，看到了机体。

“雪风吗？不是迦姆，是雪风。这是特殊战的新型伪装吗？”

“你不是迦姆人吧？少尉。”机上的深井上尉问道。

“什么意思？刚才到底发生了什么？特殊战捕获了迦姆的战斗机，我接到林内伯格少将的命令，来这里执行这架飞机的机体保护任务。伦巴德上校是和我一起的。”

“下来吧。”

绕了机体一圈的伦巴德上校抬头看着深井上尉说道。

“这架飞机是来接我的迦姆机。”

“上校，”我说道，“它看上去像迦姆机吗？我看着像梅芙。这是雪风啊。”

“桂城少尉，这是真实。你忘了吗？或许你的使者任务已经结束了，你离真实又远了一步。”

“你是说你看不出来这是雪风吗？上校。”

“我看得出是雪风。否则我就无法搭乘了。你没有想到这点就说明我们两人的感觉已经开始出现偏离了。”

“也就是说，这是迦姆啊。”

深井上尉走下从机体放出的舷梯说道。

“我之前不能分辨，现在还是不能。”

“你不能分辨？”太令人震惊了，“你是说你不知道自己的爱机是真是假吗？深井上尉。”

“或许，我已经不是原来的我了。”深井上尉平静地说道。

“我曾怀疑过自己是不是被迦姆复制了。但我觉得复制就复制吧。如果这里有特殊战的复制人的话，我也会这么想。尽管如此，我的人生还是一样的。如果雪风和我还在同一个层面上、不是敌友关系的话，那就没有任何问题。对吧？”

“如果可以确认的话，是那样没错。”伦巴德上校踩着雪风的踏板说道，“你已经找到确认方法了吧？上尉。”

“人类没办法确认。”上尉说道，“这就是结论。”

“理论上这是正确的。”取代深井上尉进入驾驶舱的伦巴德上校说道。

“自己没办法确认自己是真是假……上尉，可以把头盔借给我吗？”

令人惊讶的是，深井上尉竟然没有违抗伦巴德上校，把自己的头盔交给了他。上尉甚至还说：“桂城少尉，帮忙系好安全带。或者，你也一起去？”

“去哪里？”

“离真实世界更近的地方。”伦巴德上校替深井上尉回答道，“不过，也不是谁都可以的，要分人。你能跟上来吗？桂城少尉。”

我的大脑一片混乱。我想，这种情况最好还是放弃挑战新事物。我知道伦巴德上校打算进一步接近迦姆的世界。同时我也预想到正常人到了那个世界，精神大概会变得不正常。

但是，这难道不是雪风吗？还是像上校说的一样是假的雪风呢？为什么能确信它是迦姆机呢？这些我都不知道，真的能去往迦姆的世界吗？

上校完全没有因为现在发生的事而动摇或不知所措。没想到他竟然还是个认真的人。不是我不能跟着去，而是我不想去啊。

“您请吧。”我说道，离开机体。

深井上尉也离开了雪风的机体。伦巴德上校开始准备独自起飞。

“发生什么了？”深井上尉再一次问道。

“捕获迦姆机又是什么？”

“我试过了。我一直驾驶雪风覆盖在迦姆上方，直到迦姆机差一点触地。就在这时，发生了变故。”

深井上尉开始解释道：当时雪风的驾驶舱因为激烈的碰撞而摇晃。

在即将发生撞击之前雪风曾发出警告，但我的大脑还没有理解警告的具体内容便发生了撞击。不过，我全身的肌肉因警报声而立即紧张了起来，所以反射神经还能用。

我感觉被紧紧按在座椅上，紧接着加入反向作用力，两肩的安全带勒进身体里。让肌肉变得松弛就麻烦了，特别是腹肌，我很可能会吐出出击前吃的特大火腿面包。当时想着这可能是最后的晚餐才吃下的，浪费了就太遗憾了。在我冒出这种想法的时候，大脑已经从碰撞的冲击中缓过神来，为了判断情况而开始思考。同时，我也想到这是一个自己的思维追不上雪风发出的警告的例子。

警告的内容是：“有可能发生冲突，采取自动回避措施。要想解除自动回避模式，需要手动模式下的指示。”

驾驶舱中回响着冲突警报声，眼前的HUD（平视显示器）上显示的飞行模式变为由代码ADMM表示的自动回避机动模式，而且还在不停地闪烁。不是雪风自己给出了那么详细的说明，而是身为飞行员的我综合这些情况考虑，做出了那种解释。

标识不断闪烁意味着雪风没有得到驾驶员的许可就自己切换了某些模式，等同于雪风在说“I have control”。闪烁分为两种，短周期的闪烁也是种警告。虽然采取了自动回避机动模式，但雪风自己也不能判断接下来该怎么做，于是正在寻求驾驶员的指示。总之，再这样放置不管的话会非常危险。但是我不知道发生了什么，不了解情况就切换成手动模式反倒危险。我瞬间选择了自动战斗模式，然而不知道为什么，实际选中的却是自动着陆模式。或许是我选择操作失误了，但自己没有觉察到。

雪风的机体大幅度地上下摇晃了三次左右，之后恢复稳定。身体基本没有感觉到飞机的俯仰，机体大致保持水平，只感觉到了纵向的跳动。

肯定是和要让其迫降的目标迦姆机发生了碰撞。但我却看不见它，只能看见地面。

或许自动着陆模式是正确的选择。这架飞机平安地自动降落，然后来到这里，停下。

“然后，要降落的时候，”深井上尉说道，“我听到了特殊战内的骚动，听起来像是埃科中尉的人说雪风消失了，我的信息也没发送过去。我以为又被关进了异次元空间，于是再一次升空。”

“升空？”

“没错，在上空和迦姆机擦肩而过了。你和伦巴德上校做出了应答。我打算追上去，但这架飞机发出了燃油用尽的警告，于是我就回到了这里，观察周围的情况。谁也没来。如果是某个认识的人过来和我亲切交谈的话，我大概会以为他是迦姆人。但来的人是你。你看着我，完全没意识到我的存在，还说这架飞机是迦姆机。我想你不是迦姆人，而是你本人，于是就下来了。”

“你是在那个时候怀疑这不是雪风的吗？”

“不，是在上空和迦姆擦肩而过的时候，当时总觉得你们就在上面。如果是雪风的话，肯定会立刻掉头攻击，并催促我说‘快这样做啊’。但雪风却放过它了，这怎么可能？我当时想，这家伙真奇怪。特殊战和其他人类都可以被复制，但雪风不能是假的。如果我自己也是复制人的话，那时就会觉得无可奈何而选择放弃，可我没办法确认自己是真是假。”

“就像上校说的那样，对吧？”

“但我觉得如果它是雪风的话，就能辨别出我。如果这不是迦姆机而是真正的雪风，伦巴德上校就会被弹射出去。让它飞一下就知道了。”

深井上尉说这些是出于对雪风的留恋吗？这不合乎逻辑。

“好好苦恼吧，深井上尉！”机上的伦巴德上校说道，“我走了。”

我意识到有种方法不用苦恼就能解决问题。恐怕上校也已经知道了。换句话说就是伦巴德上校的想法，即沉默战术。

“这是很像雪风的迦姆机。”我向深井上尉说道，“没错。所以和它对话就会中了迦姆的战术圈套。”

迦姆机的引擎启动。我和深井上尉两个人急忙冲出去，离开耐爆格纳库。

“你也不要和伦巴德上校说话啊，上尉。”

“什么意思？”

“雪风就在附近，只是我们看不到它而已。这里可不是什么异次元空间。迦姆通过操纵我们的语言感觉生成了某种错觉世界，让我们以为这就是迦姆机。但是，从你决心和我说话的那一刻开始，在我眼中它就变成了雪风。虽然我还不太明白，但在真实的世界里，迦姆机和真正的雪风之间或许原本就没有区别。”

“白痴！”深井上尉气愤道，“雪风就是雪风。”

我懂他的心情。连我自己也不能理解现在所说的话，不过是我一时的想法而已。这种话不该说出口，这才引起了这个异常情况。

伦巴德上校乘坐的飞机滑行到了滑行跑道的一端。引擎声变大了。

“那个引擎声是雪风。”深井上尉说道。

“不，不是。”我否定上尉的话，那不是超级凤凰的声音，“上尉，你错了，声音不一样。”

“仔细听！是四发引擎的声音。”上尉说道，“雪风回来了。”

我决心不再说话了。

就算我不这样做，大功率涡轮风扇发动机尖锐的吸排气声音急剧变大，它正在接近我们。这是一种压倒性的力量。人类的语言瞬间消失。那个声音提高的同时，世界也开始变化了。

这是怎样一番景象呢？

我的眼睛确实看到了。

没有颜色的灰色世界被劈开了。

灰色世界被左右劈开后，浅祖母绿的天空展现在眼前。这是平时的菲雅利天空。

“这是……”深井上尉一时失语。

是雪风。雪风这个战斗智能体不容分说地劈开了人的语言中混乱且错综复杂的空间。

雪风起飞，排气口闪烁着光芒。它垂直攀升，翻转机体，沐浴着耀眼的阳光。没错，这是真正的雪风，是雪风不使用导弹等一切武装的抗迦姆战斗机动。

整个天空、所有的所有都恢复到了熟悉的日常空间。

“让上校逃掉了啊。”深井上尉说道。

还有一架飞机和雪风并列飞行，可见迦姆机之前确实存在。但它现在不见了，难道消失在人类无法感知的真实世界了吗？不过，伦巴德上校，不管你要说什么，雪风飞翔的天空才是真实。我试着用心传达给他，却无法感应到回答。

“要想抓住上校只靠雪风自己是不行的。”我告诉深井上尉，“还需要人，上尉。”

现在，可以使用语言了。人与人之间应该说话，这反倒有利于对抗迦姆。虽然上校没有说过，但他肯定知道这一点。

“你和上校之间发生了什么？少尉。”

我深吸一口气，将手中一直握着的自动步枪的枪口刺进地面，开始回答深井上尉的问题。

V 不破之矢

雪风占据目标机后上方很近的位置，两机机体间保持着一定的距离，不断缓缓下降。

大概特技飞行的门外汉会对此不以为意，而司空见惯的人也不觉得这是多复杂的飞行吧。深井零一边想着，一边驾驶着雪风。如果这是一场面向观众的特技飞行，那么机体和机翼的距离还会进一步缩小，组成密集编队来展示精彩的飞行。

只有反复训练、信任僚机，才有可能实现这种机翼近乎相接的近距离并列飞行。这并不安全，否则就不是特技飞行了。换句话说，这是一种极度危险的行为。飞机本就是一种交通工具，不能这样飞。零认为，不亲自手握操纵杆飞一下的话是不懂这种感觉的，编队特技是多不可能的事。

只有天空才能包围自己的飞机，最大的障碍则是大地这一巨大的“墙壁”。这是飞行方面的常识。

现在自己就在这样飞着。对方谈何僚机，分明就是敌机，而且还是未知的异星体，完全不知道它在想什么。

零驾驶雪风下降，对方也随之降低高度。看起来像是明白了这边的意图，但真实情况却不得而知。或许这只是对方的一时兴起而已，说不定下一秒两机就会相撞，双双在空中解体。

第五飞行队的战机包围着目标机飞行。目标机的右侧是春燕，左侧是舞者，这么做的目的是通过两侧两架战机的配合来限制目标机的航向，将其引导至迫降地点。由于这种协作需要精确且复杂的控制指挥，两架飞机都由长机雪风的飞行控制系统和直接链路，以及零的想法和雪风的中央计算机来操控。

两架飞机与目标飞机之间的距离并不像雪风与目标飞机那样近，这个距离就相当于各机驾驶员判断可以将自己的飞行控制托管给雪风的间隔。如果该机的驾驶员感觉到了异常接近，就会立即从雪风那里恢复飞行控制并采取自主回避行动。

这种编队飞行状态看起来很好地统一了驾驶员的意志、各机中央计算机的判断和敌机的意图，但实际上只是每个人每架飞机的意图或周旋力量恰好处在平衡状态而已。这种平衡随时都可能因某种契机而崩溃。

零提防着目标机的突然袭击，命雪风后上方的另一架第五飞行队战机卡米拉进行监视，万一回避后不久就遭到袭击，也可以知晓事态经过。

深井零驾驶着飞机，感觉手脚已经和雪风的运动神经连成一体。操纵杆、油门杆、左右踏板，每个动作都被转换成电信号，通过飞行计算机传达到作动器，作动器再启动各操纵面。通过传感器获取要调动四肢肌肉的意图，并将其输入飞行计算机，这在理论上是可能的。在这种操作系统中，驾驶员在驾驶时几乎不用实际地活动身体。

方向舵和升降舵等操纵面部分与操纵杆、踏板之间没有机械连接。和很久以前的飞机相比，操纵面的种类和数量都有所增加，并且通过这些动作的组合来控制各种飞行姿态。在这种设计条件下，如果一切都用机械连接的方法来实现，结构就会变得复杂又奇怪，而且从重量和可靠性方面来说也不现实。在此之前，不借助作动器等部件的辅助动力，单凭人体肌肉力量已经无法驱动雪风的操纵面，也无法一直支撑静稳定裕度[①] 设定为负的机体飞行姿态，这是现实。

然而，也有看法认为，将驾驶员的操纵意志传达到操纵面的形式，即在人机界面（Man · Machine · Interface）的设计思想方面，雪风的系统和用电线、杆等进行机械直连的系统相差无几，要想操纵它就必须让四肢真实地紧张起来，调动肌肉。

将其改变成思想上完全不同的形式、将支配驾驶员肌肉的神经系统和身为机器的雪风的飞行控制系统用信号电缆直接连接，从雪风当前操作系统的构造来看，只要想做，这些还是比较容易实现的。这样一来，驾驶员的肌肉还没开始活动，操作的意志就直接通过电信号被输入到飞行计算机中了。

过去飞机是机械直接连接式 / 机械操纵传动，而现在雪风的系统则是它们的中间形式，即机电相结合的间接连接式。

要说机械直接连接式 / 纯机械式与通过传感器获取要调动四肢肌肉的意图，并将其直接输入到飞行计算机中的电气直接连接式 < 纯电动式 >，哪个才是更直接的人机连接方法，零认为这取决于如何考虑人类与其操纵的对象机器之间的关联性。

前者的主体是驾驶员的身体，也就是“人类乘坐飞机”的形式。与此相对，后者在传达驾驶员的意志时并不需要本人的身体。简单来说，人体本身就是一架飞机，不是“乘坐”飞机，而是“成为”飞机。

也就是说，自己成为雪风。

---

①静稳定裕度：航空术语，指重点和焦点之间的距离。裕度越大，稳定性越强。——译者注

这样也好，如果可以实现的话，要比现在这种危险的状态更令人安心。反正自己的操作意志都将在最小的时间差内被输入飞行计算机。零这样想着，同时又觉得不对。

零知道，自己的潜意识在逻辑上否认了“自己想成为雪风”这一外在情绪。

他意识到自己成为雪风没有意义，但又意识不到是哪种意义。零想，自己不想成为雪风，雪风不是自己，在这方面是有意义的，雪风大概也会这样说。

零让全身都紧张起来，绷紧神经，专注驾驶。

然后意识域中清晰地出现了一个警告。那是对雪风的警惕感。

这种警惕感告诉他雪风不会认可直接链路。零意识到自己关于这个问题的全部回答都是被灌输的。

零现在的视角非常好，可以很清楚地看到菲雅利基地的主滑行跑道，如果能顺利地让这架迦姆机降落的话……就在那时，发生了那件事。

如果我要变成雪风，雪风肯定会拒绝，我很有可能会被它干掉。如果我自己消失了，那一切都将失去意义。对了，“变成雪风”就意味着身为人类的我已经没用了。这样可不行。

我自己、我，是人类。

我是作为人类出现在这个世上的。生而为人，希望死的时候也是人类。之后的事情怎样都无所谓，我哪里能知道那些。我并不关心没有我的世界。但是，身为人类的我现在依然存在。

“我是人类吧？”托马霍克·约翰说完便死掉了，是他告诉了我继续为人有多难。

所有的问题都聚集在那一点。我是人类，我要继续为人，只有这些才是重要的、有价值的。活着的意义就在这里，而且只在这里。

零发自内心地想。

所以，自己不能成为雪风。也就是说，不能用电气直接连接的方式。这不是方式好坏的问题，而是自己不认可那种方式，不会选择那种生活方式。

即使是在技术层面，也不能简单地决定各种方式的优劣。每种方式都有优缺点，因此，采用哪种方式是由采用者的信念决定的。

纯电动式的最大缺点是难以修正偶然混进输入信号的数据干扰和操作失误等问题。纯机械式是积分的，而纯电动式是微分的，可以这样对比两种方式。微分线路有出色的预测性和应答性，但禁不起数据干扰。由于很敏感，有时连微小的数据干扰也会被当作有意义的数据挑选出来。也就是说，这种方式不会有富裕的空间。要想克服这个缺点，就要利用雪风自己的中央计算机的高速性创造出一个富裕的空间，在那里进行错误检测和修正。然而，这个系统也会否定人类的存在。总之，该系统是由计算机判断输入信号中哪里有错，这样一来，便可以从一开始就把所有都委托给计算机。于是，不过是数据干扰发生源的人类就只是一个妨碍而已，没有存在的必要了。

不管怎样，变成飞机的人类已经失去身为人类的必然性了。

雪风完全可以否定人类、无视人类，只要它不无视我就可以——若是从前，我还能这么想，但现在不行，因为这就相当于在说我不是人类也可以。

我，是人类。

零想，之所以现在对雪风产生了警惕感，是因为自己的潜意识知道雪风也主张这一点。

警报声后紧接着就是碰撞。

<我不是人类，而是雪风。不准你成为我，深井零。届时，我会将你强制弹出。>

雪风肯定会是这种态度。雪风抛弃旧机体超级希露芙这一外壳的时候，我不是深刻体会过吗？那时我就被雪风弹射出去了。

然而，雪风到现在也不知道人类是什么。迦姆也是。

人类就是我。

必须这样告诉雪风、告诉迦姆。这就是此次的战斗。

迦姆倾尽全部力量而来就是为了搞垮FAF？还是只为了引诱出我和雪风呢？怎样都无所谓。无论迦姆是何种意图，都不能将这当作最终决战。零这样想。

把我想做的事和我是人类这件事告诉迦姆是需要时间的，所以我不能死在这里。当然，我也不能被雪风拒绝并弹射出去。要久一点，再久一点。

零的视角非常好，他看到了菲雅利基地的主滑行跑道。如果能顺利让这架迦姆机降落在地面上，说不定自己也能从雪风上下来，和迦姆直接对话。是为了这个目的才试着捕获这架迦姆机的。差一点！马上就要实现了——零确信会成功，那时，发生了那件事。

警报声，紧接着是碰撞。

——刚刚怎么了？这是已经经历过的事。经历？不，感觉不像经历，好像是自我意识在意识域反刍、回想自己无意识的思考内容……不，不是这样的，或许没有这么简单，我感觉自己知道之后会发生什么，就好像在潜在意识这一范畴内部，已经经历过之后要发生的事一样。自己仿佛拥有未来的记忆……

警报声后不久就遭到了撞击。零的视野晃动了一下，肯定是迦姆机采取急剧拉升机头的态势，猛烈撞击了雪风，除此以外想不到任何解释。

但是，如果目标机只是突然采取拉升机头的态势，便不可能撞到，因为它们之前并没有飞得那么近。如果它们相撞了，不是目标机像跳跃一样急速爬升，就是雪风像被下爆气流般强有力的下降气流摔出去一样急速下降，或是二者同时发生。

零预想自己的身体应该会上下晃动两三次，于是让全身肌肉绷紧以应对撞击。

然而，只发生了一次撞击，机体好像一下子弹了起来。

零立刻确认周围的环境。座舱罩外就像是进入云海时那样白茫茫一片，能见度为零。他看向膝盖间的多屏显示器，将雷达模式调整为超级搜索（Super Search）。行进方向上没有障碍物。确认仪表盘的警示灯，全部通畅，没有任何故障，全系统没有异常。不是座舱罩内模糊不清，而是外部环境导致视野不好。座舱环境正常，没有发生过急剧减压的迹象。听觉也正常。半规管的平衡感觉大概也正常。通过仪表确认机体姿势，飞机正以正常姿势水平飞行，没问题。

但是，这个机体有可能不是雪风，也许是它的复制品。这是为什么呢？零想自己应该经历过这些，于是开始搜索自己的记忆。然后涌现出了这样的想法：因为迦姆尝试分开我和雪风，并且已经将这个作战计划付诸行动了。这是福斯上尉通过

MAcProⅡ预测到的，它是正确的。由于刚才的撞击，我瞬间移动到了目标迦姆机的内部。

零有这样的记忆。

但这是记忆吗？说到记忆就一定是指过去的经历，可零不记得福斯上尉告诉过自己这个预测。如此说来，这难道是未来的记忆吗？感觉以后会从福斯上尉那里听到这样的话。

总之，如果这种类似记忆的东西是正确的，那么目前我正在驾驶的这架飞机就不是雪风。至少在当前状况下我应该这样怀疑——零这样想。

“是这样吗？”

零听到一个声音向他的判断提出疑问。这是幻听，幻想，还是自己潜意识的声音？不久，再次响起警报声。刚才是碰撞警告，而现在不是。说起来，明明不记得刚才的警报声得到了解除，但它却消失了。

现在的警报声是在警告敌机正在接近、敌机处于攻击姿态、已被雷达瞄准。警戒系统没有将侦察目标当成正体不明的不明飞行器，而是从一开始就将其识别成敌机，显示在屏幕上。

零当即打开武器保险，采取迎击态势。

感到两三次激烈的上下震动后，不是应该在自动着陆模式下着陆吗？但现在事情的发展却和记忆中的不同。一个声音再次插入意识中。

“你来了啊，深井上尉。”

这是上校安塞尔·伦巴德的声音。

“是伦巴德上校吗？你在迦姆机上吗？”

零操作存储控制，确认搭载的武器装备。没有现在想要的中距离导弹，但有六枚短距离导弹和六千发机关炮弹。选中两枚短距离导弹，发动空对空攻击，就绪。敌机在超级搜索的范围内被捕捉到，它从前方高速冲进来，路线冲突。已经错失了攻击机会，要回避……

这种感觉好像也经历过。但是，零劝自己说这不一样，虽然相似但肯定是不同的经历。

虽然这都是按照记忆发生的事，但记忆也会带有错误或错觉，并没有正确地反映出现实。对于自己来说，记忆不过是随意的虚构而已。而现实是一局定胜负，不能重来。输了就要死。

——咚！机体因强烈的冲击波而摇晃，以超音速和敌机擦肩而过。视野仍然是白茫茫一片，周围全是白雾。我的雷达瞄准偏离了，之后警报声响起，表示已经跟丢敌机。机体翻转了九十度，受到大 G 力又开始一百八十度的旋转。对方同样无法攻击瞄准，但不能让它先进入再攻击的态势。

“虽然桂城少尉由于胆怯没有来，但他的做法才是对的。他来不了这个世界。”

零因旋转 G 力而晕头转向，听见了这个声音。上校说得平静，所以猜测他并没有乘坐战斗机，至少没有进行自己这种战斗机动。

机体结束旋转，回到水平方向。预感到身后的天空有敌机进入，零转头看向那边。能见度依然为零，什么都无法辨认。搭载的所有探测器都察觉不到敌机的存在，哪里都找不到它。敌机消失了。

“你在哪里？上校。你在我们之前打算让它迫降的那架迦姆机上吗？”

“你应该问这是哪里吧，深井上尉。没想到你却问了我在哪里，确实是你的风格啊。正因为如此，你才能跟过来。”

“这里是迦姆创造的异空间吗？”

“你这个认识里夹杂着错误。这里不是你所说意义上的异常场所，也不是由迦姆创造的。”

“是我在提问，上校。我在问你如何认识这个空间。”

“你应该知道答案，但不能确信是否真的如此。所以你让我说，想要认证自己的想法。”

“投降吧，上校。我没打算跟着你的节奏走。你若是蒙骗我，千方百计地要逃跑的话，我就会进行攻击。”

“这也不是你的真心。刚刚你看到真心了吧？深井上尉。这是你和我虚构的空间，通过迦姆充当媒介实现了这一点。对我们人类来说，这是个奇迹般的地方。”

“认为我不能真心地攻击你，你这样说是认真的吗？上校。”

“我说了，应该问你自己的心。问我做什么？”

伦巴德上校笑了。虽然听不见笑声，但零知道上校的心情确实很好，他就是在笑。

确实，自己现在不是真心想要杀害上校。可这是为什么呢？为什么自己不能攻击上校？

因为必须要从上校那里问出迦姆的情报，所以不能杀了他，是这样吗？

“也有这种可能。”

零听到声音后注意到了异常之处。同时又觉得太迟了。

“你能读到我的心吗？你是说，在这里可以做到这一点？”

“你不能攻击我，因为我可能乘坐着雪风，而你不能击落爱机。于是，你先问我在哪里。”

“你对我做了什么？上校。为了引出我的潜意识而施了催眠术吗？”

“什么啊，这难道不是搬出了大众喜欢的通俗心理学的解释吗？上尉。你自己也感觉到了，这是一个荒唐可笑的解释。我什么也没做啊，从你现在说的这种意义上。听好了，深井上尉，你不用问我也知道。”

“——但是，意识在干扰。那是叫作自我的意识，即自我意识。这种意识就是一种假想，深井上尉。你也知道这一点。你认为记忆这种东西是虚构的吧？如果记忆是虚构的，那么以它为基础而构成的自我意识就是假想，即不同于真心的、假的思想。平时我们通过这种假想的自我，也就是代理人来认识世界，和他人交流思想。然而，因为这是代理人做的，所以肯定会不可避免地出现各种差错。不仅是世界观和人际关系，在自身方面也是如此。自我意识在注意到自己的真心后也会感到惊讶。也就是说，自我意识虽然是应本人要求而生、发挥作用的代理人，但它却不知道本人在想什么。然而，在这个地方，即使站在代理人的立场上，也可以看到本人真正的思考和当事人的真心。就是这样，深井零。而且……”

“而且，”零说道，“他人的真心也是如此，对吗？”

“没错，在这里可以共享一部分真心。”

“那么，要是不想被读懂真心的话，推出代理人就可以了吧？你现在就是这样做的，把真心隐藏在语言背后。”

桂城少尉曾说过：人类的自我意识是由语言构成的，不，它就是语言本身。虽然他说这只是偶然想到的，但是，“人”的“自我意识”和“语言”一样，这也是迦姆的认识、迦姆的真心。

“你是……什么人？”

零突然意识到这家伙或许不是伦巴德上校，而是迦姆。小心啊！这家伙才是迦姆。

可是，零感觉这种想法并不是产生于自己的真心。这不是真心，只是意识的表层、自我意识这样认为并感到惊讶而已。

仔细想想，正在说话的伦巴德上校实际是迦姆，这并不是什么特别新奇的设想。我知道上校打算成为迦姆而背叛了人类，所以，就算上校是迦姆我也毫不意外，不会现在才突然想到这些，并受到心理冲击。

那么，现在惊讶的“自己”是什么呢？对外的人格意识对正在说话的对方展现出惊讶，这就是上校所说的代理人吧……伦巴德上校说，自己能清楚地意识到这种想法，就是这个地方的异常之处。

也就是说，平时自己也不知道自己的真心。这么说可能是对的，但零想：那又怎样？

“‘那又怎样’是吗？你用这种‘自我意识’让我不能读懂你的真心。把‘自我意识’用作你对外的电波干扰手段。竟然能瞬间做到这种事，你是天才战士啊，深井上尉！对，平时想要了解自己的真心时，自我意识确实发挥着妨碍干扰作用。但是，在这里，在迦姆提供的这个空间，可以知道平时连本人都不能意识到的真心的活动。现在明明处在一个能有超凡体验的地方，而你却让干扰发生，自己放弃这个特权。这种愚蠢的举动我真是难以理解。虽然你是优秀的战士，但现在的你不过是高性能的武器而已。为什么不想当超人呢，深井零？”

FAF的优秀战士是高性能的武器，作为人类则有所欠缺。这种事并不罕见。零来FAF后就知道了，人类要变成非人类的东西实际上很简单。而且，一旦变成了非人类，就很难再变回人类了。托马霍克·约翰便是如此。我是人类吧？

上校意识到了吗？

当然，伦巴德上校并没有做回人类的意思。零知道上校本来就不觉得自己是人类，就像那是自己的事一样。但是，无意保全人类的人还想成为超越“人”的存在，只能说这太可笑了，零想。

——因为是一个有所欠缺的人，所以才放弃做人，想要成为迦姆吗？不是的。

这是哪一方的想法呢？是伦巴德上校的反驳，还是自己的真心？零有意识地想，同时，他未经思考就得到了答案：这是上校和自己共同的想法。

“这种事不用问就知道。”上校说道，“你多愚蠢啊。你想成为更好的人，用我的话说就是想成为更高级的人。但是，什么高级？什么没有价值？这些都是本人无法决定的。只要你是人类，就不可能判定身为人类的自己的价值。明知如此还去追求，这不愚蠢吗？然而，从迦姆的视角来看就是可以的。”

上校的这番唠叨虽然是一种干扰手段，防止别人看透他的真心，但零意识到他所说的内容本身就是没有虚假的真心话。而零无法认同上校的这番真心话。满意的生活方式只有本人能决定，而不是从他人或者上级的视角判定、时喜时忧的东西。比如，对于上校来说，迦姆就等于绝对的神。

“交战。”零宣布道，“从现在开始，我要和你交战。我知道你没有投降的意思。别逃跑，战斗吧！”

“你没有胜算，深井上尉。”

——是这样吗？

“什么？”

惊讶的感觉产生，然后扩散。上校真的惊讶了。这种感觉也传到了零这里。

刚刚说话的不是自己，而是一个刻板、没有感情、本体不明的声音。所以零也惊讶了。

“说不定我乘坐的是雪风呢，深井上尉。即便如此你也要攻击我吗？”

惊讶的感觉刺激了零凶猛的攻击欲望，他有一种喜悦的预感。

“雪风……”零说道，“说攻击。”

“说什么？”

这是因为伦巴德上校就是迦姆。

雪风的诞生就是为了歼灭迦姆，它的中央计算机不会考虑捕获迦姆。如果高层命令捕获迦姆机的话，就必须由驾驶员强制驾驶，让雪风服从命令。之前想让迦姆机迫降就恰好是这种情况。如果身为驾驶员的自己放弃控制雪风，只靠雪风的判断飞行的话，目标迦姆机应该已经被一击击落了。零觉得肯定是这样的。

因此，如果是伦巴德上校乘坐雪风，雪风则不会载着身为迦姆的他返回菲雅利基地，而是将其抛出机舱进行射击，或者就算自爆也要杀了上校。如果这种办法遭到了上校的阻止，或是由于某些原因实现不了，更可靠的方法是命令其他战机精确瞄准本机驾驶舱里的人，并进行射击。就算自身会受到致命的损伤，雪风也不会有半点犹豫。它肯定会将自身数据传送给新的机体，以此延长生命。

现在就是这种情况。自己乘坐的战斗机最好是雪风，是迦姆机也没有问题。

< 攻击 >雪风这样说道。

没错，雪风说要攻击上校。刚才的那个声音是雪风的真心话吧。竟然能听到雪风的真心话，这里确实是奇迹般的地方，零感到毛骨悚然。这里宛如幻想空间，或者应该说是妖精空间。没错，这里的确是菲雅利上空。

桂城少尉和伦巴德上校在对话时曾谈到：人类依靠身体的感觉器官捕捉、认识到的世界，成为它基础的真实世界，现在所在的地方距离它们只有一步之遥。之后还会听到这番话吗？不，时间的先后顺序在这里没什么意义。

在无真也无假、什么都是真实的世界，所有事物都是同时产生和消亡的，时间没有意义。物体没有形状，只有一种只能用超级巨大的能量这种概念来表达的“可能性”，那里甚至都没有“意义”。

这里的确是人类无法想象的地方。因为这样想的自我仍然存在，所以离真实的世界非常遥远。但是，如果迦姆从真实的世界来进攻人类世界，那就无法抗衡了。

零冷静地想。并不是说赢不了迦姆，而是战争这种行为在“真实世界”里没有意义。

——没错，在那里，人类这种存在也还没有成形。别人和自己之间没有区别。深井零、我和你之间的界限也会变得模糊起来。接近真实的世界就等于自己的外形和独特性都将失去意义。当然，生死的区别也会变得无限模糊。时间和空间要么消失，要么失去意义。所有都将收缩于“可能性”的一点。在最终的那一点上，任何事物都没有意义。那才是世界的真实姿态。“世界的真实姿态”本身是绝对不会变化的，变化的是观察者的意识，产生意义的也是观察者自己。而被观察的对象，即呈现出“世界的真实姿态”的“现实世界”，则是完全没有意义地、没有变化地存在于那里而已。

零突然想到，这样一来，迦姆为了让“意义”产生，说不定已经冲进了人类世界。或者它是为了捕捉到因人类存在而产生的“意义”，即人类的“自我意识”，等等。

人类有自我意识。记得曾有人说过是自我意识产生了时间，看上去也确实如此。正如桂城少尉所言，自我意识是否就是语言本身还是一个疑问，而零却认为它们具有强烈的关联性。因为，正是语言需要正确的时间推移。声音变换了顺序就无法构成意义。有意义的语言传播正是时间正常的证明。那是对人类而言的正常时间。机械的时间或许不同于人类的时间。

然后是警报声。已知的敌方飞行物正在接近。

那是迦姆的两枚中距离导弹。虽然视野不好，无法辨认，但它们是从两点方向上方飞来的。这说明附近有敌机。

零反射性地开始向左翻转，同时操作攻击控制雷达，捕获那两枚导弹。锁定，将方向反打至右边，发射两枚短距离导弹。紧接着左翻转急剧下降，露出机身腹部进行动力俯冲。没有进行回避也没有采取攻击态势，机动半途而废。

向下俯冲的过程中，视野也还是白茫茫一片，但敌情探测系统感应到了敌机。看样子敌机接受了这边的邀请。

零拉起机头，右翻转，确认成功躲避敌方导弹后进入攻击态势。敌机应该会从左到右地横穿过前方能辨认的距离。果然没错。零开始追击。

平视显示器上显示着敌机的象征标志。显示器上的瞄准圈正在自动移动，然后和它重合。自动锁定。

“头盔怎么样啊，深井上尉？”

突然，上校说了一句令人难以理解的话。这句话挤进驾驶着战斗机的零的意识中，摧毁了零在攻击上的注意力。

仿佛有一把斧头劈进了零的大脑。等零自己察觉到的时候已经晚了，那时他意识到这是上校依托语言的攻击。

“现在我正戴着你的头盔。那么，你戴的又是谁的头盔？”

白霭骤然消散，视野开阔起来。在右侧的同一高度上，有一架战斗机正在并列飞行。那是梅芙。它的驾驶舱里有一名戴着头盔的驾驶员，举起左手向这边挥着，又挥着手渐渐远去。

它不是雪风。如果它是雪风，那么里面的那名驾驶员就是自己。而自己明明在这里，所以那个人应该是上校吧。

零正要喊“上校”，这时他发现自己没有戴头盔，也没有军徽，正在驾驶的四肢都失去了知觉。他看到上校乘坐的飞机不断爬升，渐渐变小，然后变成空中的一点，消失不见。

“让上校逃掉了啊。”深井零意识到自己说了这句话。

让他完美地跑了，还有和他在一起的雪风。不，是雪风和自己中了上校的计谋，被分开了。

两架战斗机的大功率引擎的排气声渐渐远去。晴空万里，却哪里都看不到机影，连尾迹云都没有。视觉和听觉好像不一致，但四周安静下来后，这种不协调的感觉也消失了。

“要想抓住上校只靠雪风自己是不行的。”桂城少尉说道，“还需要人，上尉。”

“你和上校之间发生了什么，少尉？”

零站在地上仰望着天空，想起曾有过这样的对话和场景。

曾预想过的未来现在实现了吗？不，从理论上来说，不能确定什么时候会发生什么，也不能确定事情是否已经发生。零感觉自己是站在这种立场上的。

现在已经明确的只有地点，是在菲雅利基地地面、第四耐爆格纳库附近的滑行跑道旁。

深井零听了桂城少尉的事：偶然进入了伦巴德上校的隐秘房间；室内出现了仿佛乘上迦姆机一样的视野，并在那里和雪风擦肩而过；走出那间秘密房间后发现菲雅利基地地下空无一人，感觉像是迦姆创造的复制基地；上校说这里不是复制基地而是真正的基地，我们的感觉捕捉到了比平时更加接近真正世界的真实，感觉这里像假基地也是出于这个原因；等等。

零听后拔出桂城少尉刺进地面的自动步枪，拿着它回到第四耐爆格纳库，然后把步枪交给少尉，命令他“拆卸清理”。

“弄干净刺进枪管里的土就能用了。”

“我觉得没必要，上尉。”

“虽然步枪的子弹对迦姆不管用，但不能放下武器。”零说道，打算耐心地说服曾经不懂事的原部下，“必须在形式上表示我们还没有放弃战斗。拆卸清理，少尉。那边有工具箱。”

之后，和零的预想相反，少尉竟然乖乖地照做了。

“是！遵命。”

桂城少尉从工具箱中拿出扳手，开始拆卸步枪的枪筒。少尉一边动手一边说道：“我刚刚说的那些，你是怎么想的呢？上尉。就是上校所说的真实世界。”

对于这个问题，零讲述了刚才的经历。

桂城少尉停下手里的工作，盯着零问道：“你觉得那是怎么回事呢？上尉。它们是现实吗？”

“我认为是现实。”

“上尉，你刚才从转移到这间格纳库内的迦姆机上下来，见到了来到这里的我和伦巴德上校。后来怎么样了，你还记得吗？”

“记得。”零说道，“我再次从雪风上下来。这个记忆也不是幻觉，确实是我经历过的事。或许是我同时进行了多种体验。所谓现实就是这种东西，这是我的解释。”

“嗯，”桂城少尉应道，“同时进行多种不同的体验，感觉这在量子级别很常见，可我们并没有量子那么微小。说起来，基本粒子实际是否存在都值得怀疑。你不觉得吗？”

“无法在我们这种大小上认识量子理论，它或许记述了更加真实的世界。”

“你也相信伦巴德上校的那个真实世界论吗？”

“毫无批判地相信太危险了。上校如今是迦姆了，不会发表对人类一方有利的见解。他肯定会小心翼翼地隐瞒能提示人们如何对抗迦姆的想法。”

“这样啊。”少尉又回到手中的工作上来。从工具箱中拿出抹布，清理从主体上拆卸下来的枪筒内部。

“是啊。”

“上校相信认识自己的意识，即自我意识，并不是真正的自己，自己的主体是潜在意识。或者是想让我们人类以为他相信这些。”为了将刚刚上校所说的见解铭刻在记忆里，零说出这句话并反复品味。“虽然上校好像没有使用潜在意识这个单词，但他说了不能意识到真正的自己，所以这就是潜在意识，类似于管理在识域下进行的思考活动的主体……对了，他当时说的是‘本心’。上校认为，‘本心’是真正的自己，所谓‘自我意识’只是‘本心’的代理人，从‘自我意识’一方不能干涉‘本心’。这是因为，‘自我意识’是被不能意识到的真正的自己所操纵着的虚构，是一种假设性的存在。但我不这么认为。我感觉自我意识是实际存在的，和肌肉一样。上校可能会说那种东西不是自我意识，那么我也可以用别的措辞来表示，比如，不是自我意识，而是自己意识之类的。这种意识能够像肌肉调动身体一样驾驭无意识的本心。”

“就像驾驭雪风一样，对吧？我明白了，上尉。这一点我也有同感。雪风拥有高级智能，人类不太懂它在思考什么。这个想法很有你的风格。最好称它为信念吧。伦巴德上校看上去就没有这种信念，所以，他大概无法熟练驾驭雪风，最后会落得被弹射出来的下场。”

“现在上校或许正在打喷嚏呢。”

“为什么？”

“俗话说，被人背后议论的话就会打喷嚏，你不知道吗？我记得打一次喷嚏是被诋毁，打两次则是被表扬了。”

“俗话啊。这种大众化的东西看上去对上校不起作用。要是说到只能对贵族起作用的倒霉事，说不定他会狂打喷嚏。”

“确实。”零不由得笑了出来。

桂城少尉把枪筒对着明亮的方向，清理枪筒内部，然后把它交给零。

“请确认。”

“可以了。你组装好带上吧。不用试射。”

“明白。”

桂城少尉开始组装枪筒。

“搜寻雪风。这是最优先的工作。”

“那我们去特殊战司令部吧。”

"耐爆格纳库是用于紧急避难的避难所。我还是第一次进来，这里有通往地下的入口吗？"

"我想里面有人用的纵向通道或紧急楼梯。"少尉说道，"我也是第一次来，不太清楚。不过，现在特殊战被封锁了情报，平时能走的路大概不行吧。"

"你怎么从特殊战区出来的？"

"出来很简单，是他们让我出来的。但是不会让我进吧，门应该都被锁了。"

"那么，"零等着少尉组装好自动步枪，说道，"用主升降机吧。"

"是特殊战战机用的升降机吗？"

"对。特殊战区的动力系统没有失效的话，靠手动操作随时可以启动。"

"我从没想过那个巨大的系统是给人用的啊。"

"不当班的休息时间，就坐它上地面喘口气。"

"要是被领导知道了，只写检讨书可不行吧？"

"是和管理负责人一起的，不用担心这些。"

"管理负责人？是布克少校吗？"

"没错。"

"特殊战真是个不寻常的部队啊。但是上尉，即使能手动操作，想让它启动也需要 ID 代码吧？"

"往常都是少校用遥控操作的，我没注意过这点，没关系吧？"

"现在处在作战行动中，安保应该比平时更严格。升降机的防爆门是不会打开的吧？"

"会打开。"

"为什么能说得如此肯定？"

“我好歹是回来了。把已经返航的驾驶员关在门外的话，那就不是特殊战了。这里也就不是大本营，不是菲雅利基地了。如果这不是菲雅利基地的话，地下也不会有特殊战，要去那里的行为本身就是没有意义的。在那种情况下，升降机也就不存在了吧。就当这里是迦姆准备好的假菲雅利基地，特殊战也被复制成了假的复制品，如果迦姆做到这种地步的话，就应该不会拒绝接纳我们。迦姆正在引诱我们。门会开，升降机也会启动。”

“这样啊。这样的话，反倒是真正的特殊战所在的地方更难进入，因为我们肯定会被怀疑是迦姆做成的复制人。最坏的情况是特殊战覆灭了，被迦姆打败了，也有这种可能。这样一来，动力源也会被破坏，我们就进不去了。”

“去了就知道了。”零说道，“光在这里考虑和罗列不行的理由，有什么意义？你是不想去吗？”

“对不起，上尉。伦巴德上校也对我说过同样的话。我好像总会让人烦躁。”

“我觉得上校并没有烦躁，但我想快点过去弄清楚。你不去的话就把枪给我。”

桂城少尉拿上步枪，环视格纳库内部，对零说：“没有啊。”

“什么没有？”

“迦姆机。你回来时搭乘的、可能是雪风的那架飞机，我是收到保护那架飞机的命令才来到这里的。”

“你是说林内伯格少将的命令吧？”

“是的，上尉。违背少将的命令就糟了。根据少将的信息，迦姆机是由特殊战成功捕获的。他说迦姆机不是被强迫着陆，而是迫降在敌营了。也许，少将的消息是迦姆发来的假消息。但只要不能确认那个命令是假的，就不能无视命令、擅离职守，否则就完了。我可不想以后以抗命罪被枪毙。就算不会被枪毙，违抗他的话处境也会变糟。在军队这种封闭环境中出现这种情况，那简直是地狱啊。我又没办法逃出去。”

原来如此。零从少尉的话中发现，桂城少尉没有像自己一样认识到现在发生了超常的事态。

“但是，”少尉继续说道，“因为要保护的对象机失踪了，所以我前去搜索，这样做就没问题了。少将应该还在特殊战司令部，去看看就能确认命令信息的真伪了。”

应该说这是个稳妥的判断，零觉得自己已经动摇了。虽然在和伦巴德上校接触后，自己和少尉都体验到了奇妙的感觉，但彼此经历的事情不同，即使之前都是一起行动的，对状况的处理应该也和自己的不同。

“别人的心……真是读不懂啊。”

“嗯？”

“虽然我没怀疑过你和我的心情相同，但我知道并不是这样的。托你的福，我也能现实一点了，少尉。”

“什么意思？”

“就是字面意思。别无他意。”

“嗯。”

“你先走吧，少尉。别忘了，这里是战场。别放松警惕。”

“是，长官。”

零出了耐爆格纳库，往特殊战区的方向走去。那里应该很近，但走起来却非常远。回头望去，离开的格纳库看上去就像小山一样。耐爆格纳库是一个防空壕，被建设地下基地时挖出的土所覆盖。这就是个人造的小山啊！零还是第一次出现这样的感觉，因为平时都从非常高的雪风驾驶舱来看它，而现在的视角是低于平时的。

走铺设好的滑行跑道太绕远，于是零选择了未铺砌的土路。他走着，离滑行跑道越来越远，根特结缕草等开始变得醒目，前方是一片草原，长满了这种草。它不像地球上的植物一样是绿色的，而是紫色的。它们深浅各异，还有叶子看上去是蓝色的，整体就像是一块儿淡紫色的绒毯。一片片叶子受尘土和尾气污染，颜色不是很鲜艳，但用水清洗后就会发出金属光泽。虽然看上去薄得划手，但实际上却很柔软，叶子的边缘也没有刀具那么薄。

浅紫色的草原对面绵延着一大片密林，可以称为特殊战正面玄关的升降机从那边看上去就像是一座巨大的古坟。在某些角度看不见升降机入口的门。零推断现在的距离为一千二百，单位是米。

FAF 的航空单位也采用米制。零没觉得有什么不妥，但这种单位制却招来了布克上校等人的不满。高度是英尺，距离是英里，速度是节，布克上校说本来就应该用这些单位。熟悉的单位制被禁止使用就相当于常识被否定，所以零之前也不是不懂少校的焦躁和压力。可当他说这是习惯问题的时候却遭到了反驳。按布克少校的话来说，米制是无视人类身体感觉的、极其不自然的人造单位，人类的身体不认可它，也没有这种非人类的单位。零说："迦姆不是人类，要想把它当作对象的话，用这些不正合适吗？"少校想要反驳却无话可说，结果只说了一句"我不会认可的"就沉默了。他不认可迦姆也不认可米制，但承认二者都是非人类的。

零想，即使少校不认可迦姆，迦姆也是存在的，而且，在 FAF 也不得不使用米制。如果少校认可这些，那就不用再遵循不必要的步骤了。然而少校却固执己见，对于迦姆行动的每个不自然之处，他都会感到焦躁，必须在脑中特意将米制换算成熟悉的单位，在身体感觉上接受它。少校的这种顽固也的确在特殊战的任务上发挥了很大的作用。

现在少校怎么样了？是否平安无事？特殊战还存在吗？

可是这里太安静了，不像是正常的菲雅利基地。零只能认为自己确实处在远离日常的、超常的地方。

又有了这样的感觉，零站住，桂城少尉也停下脚步，他好像读懂零的内心一样说道："可是这里太安静了吧。"

"是啊，"零说道，"感觉没有人，也看不见战斗机，完全没有战斗的痕迹，这太不寻常了。这里是 FAF 最后的据点吧？应该是迦姆大规模入侵的目标。除了迦姆以外，它还受到了来自 FAF 其他基地的空中轰炸。你觉得这是上校说的真实世界吗？"

"怎么说呢，直到遇见你之前，我都是那样认为的。当时，景色昏暗得令人害怕。可现在却没有那种异常的景色了。我觉得是因为雪风开始飞翔了。雪风赶走了伦巴德上校。"

"那么，基地这么安静是怎么回事？"

"迦姆和人类的战争是不是在不知不觉间已经结束了啊？"桂城少尉说道，"包括 FAF 在内的全体人类，都倒向了迦姆一方。"

"你是说人类向迦姆屈服了、投降了、归顺了？"

"不，我的意思是人类成了迦姆，就像伦巴德上校一样。这不同于归顺，只是说这样做就能结束和迦姆的战争，仅此而已。"

"仅此而已？"

"我又让你生气了吗？因为我身为人类却还说出这种话？"

"不，我只是觉得那不现实，也不可能。每个人都有不同的价值观、信条和主义主张，这些人集合起来就是人类。他们怎么才能集中在一起成为迦姆呢？”

“通过伦巴德上校的计谋啊。上校将大家引进‘真实世界’，把他们变成迦姆。这很荒唐吧？”

“上校为什么非要这么做？”

“我说了，是为了结束和迦姆的战争。上校是和平的使者。”

“就算让人类灭绝也要珍惜和平吗？”

“如果这么看的话，上校就是以肃清人类为目标的恶魔。”

“上校不关心人类。”零说道，“他不关心人类的前途。没有爱也没有恨。上校对迦姆感兴趣，他想成为迦姆。”

“上校自己也在给杰克逊的信中这样说过。其他的事情，别人的事情都无所谓。上校不是天使也不是恶魔。”

“如今他是迦姆啊。”

“他是想成为迦姆后统治人类吧。”

“不，我说了，他对人或者人类没有兴趣。如果他企图统治人类，这就不是他的目的，而是他的手段。”

“深井上尉，刚刚在空中，你所处的空间是和上校的真心话相连的。上校为什么想成为迦姆？上校的目的是什么？”

“他想得到人类绝对体验不到的超人视角。以我的感觉来看，比起说是超人的，那更像是想成为灵魂般的存在。说得通俗点，这就近似于想要在活着的时候看到死后的世界。上校大概看不起这种比喻。”

晴朗的上空好像传来了上校的哄笑。

“你相信神吗？”零问桂城少尉，“圣经里的神。”

“不信。”少尉回答得很干脆，“连读都没读过。”

“那你肯定理解不了上校的心情。我曾经也是这样的，所以我明白。上校无论如何都理解不了轮回和转生，就和不能接受的概念一样。如今雪风这种战斗机器自由翱翔，即使在这个时代，伦巴德上校也不认为神已经死了。上校想要拜见活着的神。”

“痴心妄想。”

“我也这么认为。”

零从少尉那里收回视线，看向特殊战区，继续向前走。

“我们也在被上校的幻想影响着吗？”

“如果是伊迪斯的话，肯定会说‘你们被拉拢了’。”

“不能进行治疗吗？”

“那是伊迪斯的专业。对于我们这些外行来说，对方要是人类的话还有处理方法，别和抱有幻想的人来往就行了。但现在对方是迦姆。”

“可是，上校是人类……是啊，他现在是迦姆了啊。对方是人类的话还能用幻想解决，但如果是迦姆，我们无视这种情况就糟了。”

“赶紧吧。”

零闭上嘴，横穿草原。他看到了升降机的正面，感觉升降机比平时更大了。

“啊，”零惊叫，“门开着呢。”

零想，现实总是和预想相反。根本没必要担心如何才能打开防爆门之类的问题。

“怎么回事？”

零听到桂城少尉的声音回过头来，然后不禁怀疑自己的眼睛。景色完全变了。

轰鸣声震耳欲聋，还可以听到多个输出功率最大的战斗机的引擎吸排气声。两机编队掠过滑行跑道的地表。

那是梅芙和公爵。还有两架迦姆的截击机位于它们身后，一边翻转机体一边进行攻击。雪风要被打败了——可两架迦姆机却都爆炸解体了。导弹航迹依稀可见，向着那膨胀的爆炸烟延伸。好像是友军战机发射的导弹击落了迦姆机。迦姆机四散掉落在滑行跑道旁，起了大火。熊熊大火中，有一个人向这边跑来。

是布克少校，同时嘴里还喊着什么。他是在说快点去升降机里避难。

“杰克！”

他打着手势：快点、快点。

零往后退，朝着门的方向跑去。他跑进了升降机，里面的空间就像是一个宽敞的格纳库。

零大口喘着气，回头看着来时的方向，那里仿佛被拭去了声音和画面，没有刚才的骚动，也不见少校的身影，只有之前安静的菲雅利基地的地上风景。

这才是幻觉。

零想对桂城少尉说：“是吧？你也看到了吧？”却意识到在这番景象中，哪里都没有少尉的身影。而且，自己又回到了之前还没进入升降机的那一刻，正站在门口回头看。当时，少尉问道“怎么回事？”，零想告诉他没必要担心如何开门的问题，于是回过了头。

深井零的视线回到升降机内，感觉这里没有人。

“少尉，你在哪儿？”

没有人回答。桂城少尉消失了。

零意识到自己正在思考这是不是幻想，可又冷淡地否定了这一点，觉得很明显不是幻想。零重新考虑后认为这才是正确的现实认识，自己目前所在的地方不是什么幻想空间。

不知道什么才是现实，弄丢了现实，零并没有这种不安和恐惧，在感情上是稳定的。所以，他相信之后不管遇到多奇怪的情况，都用平常心来应对，不会因认定它是幻觉或幻想就无视它，或者反过来做出过激反应。

目前的情况并不是幻觉或幻想等自然现象，而是由和迦姆的战争引起的人工产物。

零明白，是处在真实战斗中的这种紧迫感支撑着自己。

现在他受到了迦姆这一异星体的未知攻击，如果应对失败就会失去自己，也就是说这相当于死亡，死了当然就认识不到自己了。所以，我还没有输。

看上去像是被禁锢在幻想里了，周围环境的这个异常肯定是迦姆的杰作。这确实不是人类干的，不过，正因为自己是人类，所以能体验到这个世界。迦姆做了某些安排，加强了人类环境把握能力的特定部分，得到了这个结果。如果是这样的话，就意味着迦姆对“人类”知识的了解已经非常深入，但它具体用了什么方法还是个谜。尽管如此，伦巴德上校现在已经成为迦姆了，他的那个奇妙想法，即真实世界论中就包含着揭开那个谜底的线索。零想到，如果选用真实世界论来说明这种情况的话，自己目前就是在雪风的驾驶舱内进行战斗机动。

刚才忽然想起了福斯上尉的预言：迦姆企图分开雪风和深井上尉。这个预言正在实现。为了把计划付诸实行，迦姆说不定会使用人类想不到的方法，也就是说，迦姆或许掌握着不用在物理上分开雪风和自己，就能实现二者分离的方法，即让雪风和身为人类的自己，各自的环境认识变得完全不同。

他又想到，或许是雪风将身为人类的自己用作对人传感器，投放在这里。这是一个连自己也感到惊讶的意外想法，零感到有些兴奋，这是什么？究竟是怎么回事？他想要有条理地思考这件事，却被一个很大的声音打断了。

那是通知主升降机已经启动的警报声。

深井零再次环视四周，确认没有桂城少尉的身影，感觉他不在这里，之后踏入宽阔的升降机内。升降机内漆黑一片，就像太阳被遮住一样。零知道身后的防爆门正在渐渐关闭，而他却没有回头，凝视着升降机内部。

总觉得有人。

是被迦姆操纵的机器，还是己方人类？不，不对，敌人还是友军，机器还是人类，这些区别都没有意义，那种东西可以和我进行一些思想交流，换言之，它不是木石，而是动物。包含着迦姆思想的机器也属于活动的物体、动物的范畴。

或许是要吸血的一群蚊子，或许是潜伏在阴暗角落的黑豹。总之，感觉会是对我有兴趣的动物。

零意识到这是一种被注视的感觉。这种感觉实际很简单，但平时没怎么意识到。

或许是监控摄像头这种在视觉上监视升降机内部的装置。或许是热传感器，升降机空间环境监控传感器的那些感应器让自己觉得好像是有动物一样。

他当然知道这里有这种装置，但平时注意到的是它后面的“人”，就好比布克少校在后面支援着我们。而现在有了微妙的不同，他清楚地意识到了装置本身的存在。

零问自己：感觉这种机器本身就有想法，是真的如此吗？

总觉得是这样啊，零想。

谁在看着自己？监控系统的另一侧是什么在这种情况下没有任何意义，说不定另一侧根本就不存在。所以这根本就不重要，真实只存在于现在感受到的亲身经历中。

调控这台升降机的系统和这下面的特殊战基地或许只是迦姆伪装好的纸糊道具。但是，至少在自己待的这个地方，如果没有把感受到的东西当作真实的存在来处理就会很危险。感觉监控系统正在有意识地看着自己，这像是一种幻想，但平时应该也意识到了它的可能性。因为我们连迦姆寄居在哪里都不知道。

零再次觉得，只要能维持这种感觉，就能对抗迦姆。

只要自己没输，早晚会和雪风取得联系。肯定能找回驾驶雪风的感觉，回到雪风的驾驶舱里。无论如何也要实现它。现在得依靠这种感觉侦察这里。

哔哔哔，三连音开始反复鸣响，声音不是很大。顺着声音传来的方向，看到了升降机操作面板。那个声音是安装在操作面板上的电话发出的拨号声，该电话可以打给特殊战各单位。

脚下传来了动力声，升降机开始下降。零走近操作面板，拿起电话听筒。

听筒上的显示器亮了，零知道去除环境噪声的主动降噪装置（Active−Noise Canceller）已经自动启动。周围很安静，反而从耳边的听筒里听到了音量很大、白噪声般的声音，零下意识地移开听筒，没深想便手动关闭了噪声消除器。然后，噪声消失了。本应是因为开了噪声消除器，所以噪声消失了，然而事实并非如此。噪声是在关掉噪声消除器后消失的。

这玩意儿出故障了吗？零又把噪声消除器恢复到自动工作状态。尖锐的噪声再次出现了。

仔细听后发现，那不是因噪声消除器故障发出的噪声，而是飞机的引擎声。是单发引擎。

这是一台超级凤凰 Mark XI 以百分之十五左右的输出功率运转时的声音。最新锐的 Mark XI 是以使用双发引擎为前提来设计的，因此从未在单引擎飞机上安装过。

最先安装这种引擎的就是梅芙，所以这很可能是雪风的单侧引擎声。不过，还不知道具体是左右哪一发引擎的声音。

但是，零想，是不是在这个电话的另一头，即正在打电话的人，他的附近有战斗机的引擎正在运转？这肯定是那边的背景音，话筒收录了噪声消除器本应去掉的噪声。也就是说，在距离拿着话筒的我非常近的地方，这个引擎声响彻四周。这是因为随着“开—关”的操作，这种声音时而可以听到，时而消失不见。

主动降噪装置的机制是通过对周围的噪声发出逆相位的声波来消除噪声声波。现在听到的就是噪声声波的逆相位信号波从听筒的扬声器中发出的声音。本来，它应该和让扬声器附近的空气震动的噪声声波相抵，二者都降至一个非常低的声压级。理想情况下，应该哪种声音都听不到，但实际上各种条件因素会纠缠在一起，不可能听不到声音。特别是现在，虽说这里听不到噪声，但如果输入了逆相位的信号波，就相当于是播放噪声。相位虽然是反的，但如果只听这个就等于听到了本应消除的噪声。

零想找应该设置在听筒上的、用来消除噪声的扬声器，但是没有找到。说不定它是依靠整个听筒外壳来收音的。零试着用空着的右手包住耳边听筒的框体部分，听到的声音变得含混不清。然后，果然是那样。深井零得出结论：噪声源就在这个听筒附近。

是雪风，它就在附近。

但附近是哪里呢？因为不会在升降机内运转战斗机的引擎，所以这个声音是从地上传来的。哪里是要启动左引擎，现在反而是要停止左引擎。要么是出击，要么是已经返航了。

难道是在上面吗？没错，肯定是这样。但是，现在自己去不了那里，因为迦姆会进行阻挠。如果能去的话，应该早就到雪风那里了。刚才的噪声或许就是雪风发出的警告，它在说：迦姆在啊！小心点。不然就单纯是时空现象的错综复杂。自己和这台噪声消除器的话筒听到的是不同世界的声音，仅此而已。或许不同世界这个表达也不正确。

想一想，如果这种奇怪的状态真如伦巴德上校所言，那么雪风就在这个空间内的任何一个角落。雪风就像神一样，无处不在。上校好像想要拜见神明，如果他真的借助迦姆的力量来谋划见到神，只能说上校已经被幻想唤醒了，就像桂城少尉指出的那样。然而，若是把它当作幻想加以否定，就很可能导致哪里都没有雪风，雪风可以不在这个世上的情况出现。

怎么搞的？零再次认识到自己已经掉进了上校安排的心理陷阱中。

他再一次关掉噪声消除器，但这一次是有意识地关掉。

完全听不到引擎声了。果然，这个声音是由噪声消除器的集音装置收录，之后又加工成了逆相位，并进行了输出。

零再次把听筒放到耳边，这次听到的是人声。

“深井上尉，请回答。听得到吗？回复我。深井上尉，你现在在哪里？请回答……不行啊，可我觉得接通了。”

他听到后面有人说：继续呼叫。好像是库里准将。那里是特殊战司令部吧。负责呼叫的是埃科中尉。

总觉得对方是在这个升降机里打电话的，看样子是想和正在进行作战行动的雪风取得联络。那么，就这样回答他吧。

“这里是雪风。”零说道，“我是深井上尉。”

“上尉！”对方好像倒吸了口凉气。“你是在雪风上吗？深井上尉，可以确认当前位置吗？这边的数据链怎么也连接不上……”

“你是谁？”零试着问道，对方说不定是迦姆人，“你在哪里和我联络？”

对方好像对“这里是雪风”的回答感到非常意外，难道自己离开雪风是理所当然的吗？

“怎么问我是谁，我是埃科中尉啊，深井上尉。当然是在特殊战司令部和你联系的……稍等，现在换库里准将。”

“我是库里准将。深井上尉，告诉我现在的情况。”

“情况啊……”

零瞬间语塞，该怎么说明呢？可是进入沉默状态的话，这次的联系好像就会断掉，于是他立刻继续说道：

“该怎么说呢？现在我在特殊战区的战斗机用主升降机内，升降机正在下降。这台升降机或许是迦姆准备的。也就是说，我所在的地方或许是迦姆建造的，与特殊战基地非常相似的假设施。这里可能有和你一模一样的迦姆人，我也怀疑现在说话的你就是迦姆人。对于自己来说，不，是对于我来说，在这种情况下，即使见到你和特殊战其他队员，也不能确认你们是不是真的。但这只是我的个人之见，和情况汇报没有关系。我正在寻找雪风。看来你们也看丢了雪风，继续搜索吧。我也朝那边去……”

“上尉，你的行动由我来指示。别挂断电话，不能挂断。在那里待命，我过去找你。禁止擅自行动，保持通话在那里待命。这是命令，深井上尉。复述命令。”

“姑且保持现状，我明白了。”

“姑且是什么意思？”

“你在怀疑我是迦姆制作的复制人吧？我可以理解你不想让我随便进入特殊战的中心部。但正如我刚才所说，我也一样，不会盲目听从可能是迦姆的你的命令。不管怎样，我马上要到下面的楼层了，在出击准备层或是维修层，不知道会不会到达下面的格纳库。所以我不保证这台升降机会乖乖地一直停在这里，说不定它马上就会上升。一旦发现这种迹象，我就会从这里出去。”

“你是说那台升降机不是在你的操作下运行的吗？”

“没错。虽然乘坐电梯是我的想法，但我不记得做过什么操作，它自动就开始运行了。我觉得大概是迦姆引诱我来的。准将，我现在乘坐的这台升降机或许是迦姆在异空间里制作的复制品。或许我现在和你在不同的时空、异时空里，明白吗？”

“从这个电话的接通情况来看，我也这么认为。现在皮沃上尉正在确认主升降机是不是真的正在运行……”

“那就好。”

“我直接去确认更快一点。我现在去你那边。深井上尉，不管你在哪里，都禁止单独行动。我会把这个情况传达给维修组，一旦通话中断，你就听从他们的指示。你也知道，他们和平时不一样，已经武装起来了，如果觉得你行动可疑，可能会不警告就开枪，你要小心。”

“你是一个人来见我吗？从危机管理角度来说不太好吧？你

是特殊战的领导人、首领，而我说不定是迦姆人，亏你做得出来啊。”

“如果你是迦姆，作为特殊战的最高指挥官，我想直接和单独冲进我们特殊战中心部的迦姆见面交流。话说在前面，我并不是自己一个人。不管我去这个战队区的哪个区域，都有我的部下。”

“这样啊。但是，我不是迦姆。如果你也不是迦姆的话，用不着特意来这里。”

“深井上尉，就算你不是迦姆，我也想直接见面确认。不管怎样，现在不能放你进入司令部区域，而是由我前往。”

“明白了。有可能等多久都见不到你，我在饿死之前会行动的，你要做好这个觉悟。这是战斗任务。无论如何我都会驾驶雪风返航，这是你的最高命令。”

“好的。如果我们处在不同时空的话就不会见到彼此，我也意识到了这种可能性。为了确认目前的情况，我现在从司令中心出发。”

“准将，我认为这种奇怪现象不单单是迦姆准备好的东西。”

“什么意思？上尉。”

“这肯定和我们人类自己的环境认识能力有关，而迦姆刺激了它。伦巴德上校解释说，这个空间不是异次元，而是真实的现实空间。如果这是正确的，我就能见到你。这个空间虽然让人觉得外观有些不自然，和原来的特殊战基地不一样，但实际上完全没变，只是我们的感觉被弄奇怪了。策划这些的肯定是迦姆。但是，刚才我突然想到，雪风是不是将计就计，才把我用作对人传感器弹射出了机舱。虽说我被射出了机舱，但这并不是物理上的射出，应该说是只有精神飞出去了，不，是把握环境的感觉器官从身体脱离，监视着这里的环境。我感觉现在雪风和我在物理上仍然是相连的。雪风就在这附近。即使我现在是这种情况，但其实我还在雪风上，说不定正在驾驶着雪风。我觉得这是可能的。雪风肯定也在监听这通电话的通话内容。这是因为雪风……对，雪风或许想从人类的操作、指挥和控制下独立出去。要想独立就必须了解人类。雪风知道迦姆的行动并且进行模仿，然后真的采取行动去了解人类，不是吗？它巧妙地借助迦姆这个战术，利用了迦姆的力量。就在刚刚，我想到了这种可能性。现在我在这里也是出于这个原因。”

“雪风它……”

说完，电话那头的库里准将不说话了。

“怎么了？准将。准将？”

“现在我们，”电话那边的库里准将说道，“一架被认为是雪风的无人战斗轰炸机正在被攻击。”

“……你说什么？”

“滋嗡”的震动声响起，升降机停止运行了。

和进来一侧相反的那一侧门开了，往前一看，发现是出击准备层。这里是一条通路，通往用来装载导弹的房间。一般来说，战队机会被无人的机器人－移动摄影车（Robot · Dolly）牵引到这里，但现在感觉并没有东西在移动。

深井零的意识又回到听筒上。

“准将，是哪种攻击？是正在被轰炸吗？”

“——什么？皮沃上尉，确定吗？”

准将的声音充满惊讶。从对面传来了皮沃上尉的声音。

“是的，准将，没有错。主升降机确实正在下降，但从上面下来的是布克少校。监控显示器上显示的不是深井上尉，而是布克少校。要直接电话联系少校吗？准将。”

“不行。什么也别做，深井上尉，我现在就从这里出去。你就按照我刚才命令你的行动。埃科中尉，保持通话。向深井上尉说明这里的情况。”

“是，准将。”零听到了埃科中尉的声音，然后是准将把通信用头戴式耳机还给埃科中尉的声响，紧接着声音就中断了。

零把听筒放在耳边，看向周围。当然没有布克少校的身影。要是少校在的话，他们不可能察觉不到彼此的存在。

然而，零现在也没有察觉到少校的存在。或许少校和自己一起进了这台升降机。梅芙和公爵好像被迦姆机打败了。少校大概是要避开那场战斗才逃进来的吧。

但是零却没有注意到。说不定少校跟我一起进了电梯。刚才那场战斗中，雪风与公爵险遭迦姆战机攻击，所幸逃过一劫。难道当时并非迦姆在攻击雪风和公爵，而是这两架飞机正在攻击其他特殊战战机？实际情况还不得而知。不过可以推测，是少校启动了电梯。

我没有看到少校启动电梯，同样，少校也没有察觉到我在打电话。

如果少校不打算使用电话，那么电话对他来说就形同虚设，因此即便我使用了电话也不会出现任何问题。当我们无法确认对方所在的位置时，一旦少校准备打电话，就会出问题。

现在突然断线，可能正是因为少校想要打电话。零一边思索，一边把听筒从耳旁拿开。他紧紧盯着手里的听筒，打开了噪声消除器。

听不到引擎声，非常安静。不过将听筒贴近耳朵，能听到一串微弱的嗞嗞声：似乎是电路中的热噪声，又像是在巡航的雪风上听到的声音。

我果然在雪风的驾驶舱里？可我不是在特殊战的主升降机里吗？

现在，是什么时候？这里，是哪里？

零百思不得其解，也就没有深究下去。

意识所向，即为现实。所谓意识，就是这种创造现实的能力。意识存在，现实就不会消失。

深井零冷静地分析着：现在自己体验到的现实并非真实。于我而言，这一“现实场景”并非“真实”。在这儿，我的意识活动受迦姆或雪风控制。这种“现实场景”与我自身的意愿毫无关系，因此也自然不是属于我的“真实”。

也许是雪风利用迦姆的力量，创造出了这样一个现实。雪风与我接触的时间比迦姆更长，它对FAF与特殊战基地的内部构造也十分了解。

也许对雪风来说，这种奇怪的状况就是真实，或许迦姆也是如此。现在我不也正在感受着迦姆与机械智能对世界的感知吗？

现实与真实并非等同。

这种想法无疑是受伦巴德上校的真实世界说启发。

或许伦巴德上校想说的是——现实与真实不一定一致。他所谓的“真实”是指超越了人类感觉的广大世界图景[①]。但世界图景终归只是“图景”而已，无法等同于“真实世界”。“真实世界”中，没有时间、空间与物体，也没有其他区别，它蕴含了一切可能，且只是单纯性地存在，可以说它唯一并绝对。但

①世界图景：世界图景是关于世界的存在与演化的主观理解与主观框架。（引自孙云《新编哲学大辞典》：哈尔滨出版社，1990）——译者注

世界图景不一定如此。世界图景是想象中的“真实世界”，这种“图景”可以有无数种。“真实世界”分裂成了无数个“真实”，其中或许有人类甚至无法想象的世界图景，那么自然就不能用人类的“现实”加以理解，即现实与真实不一定一致。

例如物理科学是现实，但不一定与真实一致。

比如人想要喝杯子里的水，那么这杯水既是现实，又是真实。可如果它是全息图这种逼真的三维立体图像，现实与真实就不再一致。也就是说，它不能喝。如果人没有产生想要喝这杯水的念头，仅仅看着它，那这杯水就不是现实。无论是真正的水，还是全息图，都只是真实而已。

零再次关掉了听筒的噪声消除器。他想打一通电话，自由决定所说内容，不受控制。零输入了一串号码——50101，这串号码似乎有些印象，是特殊战司令部司令中心的电话。他的这个举动应该是“真实”的。

之前没有听到拨号声，零觉得应该打不通，便想重新拨过去，这时却听到了呼叫声，响了三次后，有人接了电话。

“这里是司令中心，我是古谢夫少尉。”

“我是深井上尉。”

“深井上尉，你现在在哪里？”

“准将命令我在电梯内待命。布克少校不在这儿，你不觉得很奇怪吗？”

“是的。我们收到了布克少校的联络。他说本应会看到你，但你却消失了。”

“这就够了。”零说道。刚才与埃科中尉联络时的情况与现在电话那头的状况是先后连续发生的。明白这一点，对话就能够成立，这样就够了。

“少尉，你能给我马上追踪出这个电话的信号来源吗？有可能来自雪风。”

“明白，马上追查。现在把电话转给皮沃上尉。……皮沃上尉，深井上尉的电话。”

刚才电话里非常安静，几乎听不到背景声，现在却感觉十分嘈杂。

“我是皮沃上尉。真是吓人，这到底怎么回事？”

“布克少校跟我联络了，位置不明。”

“他在作战会议室。”

“他怎么不用电梯里的电话？”

“深井上尉，我们问了少校。他说之所以会用作战会议室的电话，可能是因为电梯里的电话被人占用了。”

“然后呢？”

“少校以为你下了电梯在等他。他察觉到会议室里有人，就进去看了看，却空无一人，便以为你先去了司令部，就在那儿打了通电话。你当然不在作战会议室里。当时电梯内也只有少校一个人，监控记录也可以证明。直到现在，监控画面里仍然没有出现你的身影。如果你的确跟少校在同一个电梯里，那么只有一个解释能说得通，少校的经历与你所说的内容出现了时间上的偏差。但从刚才你联络我们到现在，电梯只下降了一次。怎么想也想不通，太奇怪了。如果你没有胡编乱造，混淆视听的话，那你就应该是在迦姆所构建的异次元里，那里与特殊战基地一模一样，这种解释比较符合现实。”

“我怀疑自己现在正与雪风一同飞行。这个说法可能会让你更混乱。帮我问一下古谢夫少尉能不能查出这通电话的信号来源吧。”

“明白。我好像知道了。等等……原来是这样，太难以置信了！深井上尉，你的确是在用我们特殊战电梯里的电话！”

“是吗？有些遗憾。之前还希望能够客观证明自己在雪风上。”

“这个数据只能确认电梯内的电话现在正处于使用状态。如果是通过某种手段将电话作为中继器的话，那你现在究竟在哪仍是一个谜。如果在雪风上，你将无法控制雪风。还好吗？你似乎被迦姆注射了致幻剂。上尉，清醒过来！”

“你这是激励，忠告，还是自言自语？”

“上尉，这是给你的建议。”

“明白，谢谢你，我总算明白了。我要让自己清醒过来。平时要是听到这种建议一定觉得很扫兴，但是现在，寻找雪风就是寻找我自己。”

“我马上呼叫福斯上尉。现在你最需要她这个医生的专业建议。她也想跟你通话。”

“好的，那你替我转接一下吧。对了，准将出发了吗？”

“三分钟前，阿什上尉已护卫准将出发了，应该会碰到布克少校吧。说实话，你应该见不到准将。在我们看来，你现在处于失踪状态。等下电话会转到福斯上尉那里。这通电话不受隐私保护，正在特殊战基地全区广播。”

“知道了。”

“深井上尉，听好了，”福斯上尉说道，“MAcProⅡ（心理分析软件）预测，迦姆的目的是拆散你跟雪风。被你迫降的那架迦姆战机上配置了相应装备，蓄谋已久。恐怕你现在就在迦姆战机里。它将你困在其中，并让你产生幻觉，以为自己在基地电梯内。”

“这话我已经听你说过了。”

“这可是第一次，只是你觉得不是而已，知道吗？”

“根据MAcProⅡ的预测结果，接下来我将驾驶雪风，追击乘迦姆战机出逃的伦巴德上校。途中我乘坐的可能是跟雪风一模一样的迦姆战机。但是，伊迪斯，我跟伦巴德上校已经在空中交过战了。你的这番话也不是第一次听到，除了最后一句。你说我被困在迦姆战机中，并且出现了幻觉？”

“换句话说，你对现实的认识出现了错误。”

“伊迪斯，事态的发展已经超出了MAcProⅡ的可预测范围。你们怀疑我的精神状态不正常，我完全能够理解。不过，难道我们不应认为，迦姆不仅想拆散我跟雪风，还预谋分离FAF所有人员与计算机等机械智能吗？你们应该怀疑，并非只有我跟雪风变得十分奇怪，特殊战的陆地要员都出现了错误的现实认知。”

零边说边想到，如果是雪风让自己来体验这种“真实”，它的目的就是对抗迦姆吧。雪风想让我纠正这些特殊战人员错误的现实认知，才把我送入这里，这需要人类的力量。桂城少尉说，无人驾驶情况下，雪风无法找到已经成为迦姆的伦巴德上校。雪风的雷达并未精确到个人识别程度，再者，仅凭雪风一者之力也难以同迦姆作战。

零继续说了下去：“也许，雪风不是在攻击特殊战，而是想让你们清醒过来。想必你反对我这个看法，对吗？受迦姆控制产生幻觉的人，反倒是你们吧！别被迦姆欺骗了，你们是在自取灭亡！”

“深井上尉，冷静一点！我也会去见你一面。……少将阁下？”

“不好意思，福斯上尉，我说几句。……深井上尉，我是林内伯格少将，你还好吗？”

“少将，您还在啊。迦姆战机被俘虏了，您命令过桂城少尉保障其安全吗？”

“没错。我刚才接到少尉的报告，他已经收到命令了。着陆的迦姆战机并非被俘，它似乎是迦姆派来接伦巴德上校的。深井上尉，桂城少尉的报告中说，伦巴德上校的确是乘坐那架迦姆战机逃走了，随后你就驾驶雪风进行了追踪。”

“是的，少将。说不定现在还在追踪，至少雪风是的。仅凭雪风之力无法抓捕上校，但可以击落他的飞机。雪风正在寻找合适的时机。”

“不能杀伦巴德上校！我的目的是跟他取得联系。不管方法是否正式、公开，都可以。总之，建立与迦姆交涉的途径是我们情报军的使命，誓死达成！我相信这也是全人类的愿望！希望能得到你与特殊战的支持、配合。上尉，我以FAF情报军总长官的名义，正式对你提出请求。”

“这是在告诉我怎么做吗？要雪风别让伦巴德上校跑了，还是别击毁上校乘坐的迦姆战机？”

“方法无所谓，我只希望你能按要求控制雪风。”

“我不确定雪风是否把伦巴德上校当成了迦姆，如果是这样，就无法阻止雪风了。只要上校在迦姆战机上，就无法摆脱雪风的追踪。”

“叫人准备一架替乘机吧。让上校换乘FAF机就行了。”

“怎么会想到这个？……”

“上校是我肚子里的蛔虫。这方法没有你想象的那么意外。”

“如果上校成功转移到FAF战机上，恐怕迦姆下次会对他下手。”

“那正好打消了后顾之忧。迦姆对他下手，就说明他跟迦姆的关系还没那么深。”

“原来这就是你们情报军的做法。但是，那……”

“怎么回事，上尉？深井上尉，听得到吗？”

“……我一个人说了不算。正想说此事应该拜托库里准将，恰好她就来了。”

通道十分宽敞，视野开阔，毫无藏身之处。许多脚步声传来，战斗侦察机被牵引而过，机翼折叠起来了，但机身仍然十分巨大。

最初连人影也不大看得见，以为是从别处传来的声音，但声音越来越清晰。当零意识到这正是眼前这条通道上传来的脚步声时，他发现那声音轻快、清脆，并非人群的脚步声那般嘈杂。

接着，一位女性突然出现在眼前，仿佛为刚才的声音配上了画面。正是库里准将。

准将在电梯前停了下来，端正了姿态，气势凛凛地盯着零。感受到这种气场的压迫，零不由自主地把听筒放到左肩上，举起右手敬礼。

“准将，情报军的林内伯格少将正式请求特殊战进行支援。现在我们正在通电话，您要接吗？”

“我在路上听到你们的对话内容了。你问他能准备哪架飞机作替乘机。”

“明白，长官。”

再次拿起听筒时，听到电话那头皮沃上尉说：“不会吧，刚才准将……”

“少将，准将刚才问……”

“我听到了。现在能立马为上校准备系统军团引擎性能测试机 TS-1。该机为系统军团第一一三实验航空飞行队所有，机身是 FFR-31，现在搭载的引擎为最新的‘不死鸟’。”

零抬起头，心想刚才在电话里听到的引擎声大概是 TS-1 传来的，引擎为 FNX-5011-D（超级凤凰与 Mark XI）。

“少将，什么时候能准备好？”库里准将问道。

零转达道：“已经准备好了。桂城少尉已开始滑行，启动了单侧引擎。”

“库里准将，给桂城少尉下命令吧。”

零放下听筒，对准将说：“ TS-1 已经在特殊战区待命。我们都在这个时空之中，您跟我现在经历的是相同的现实。这个‘现实场景’与您刚才所在的司令部不一样，但是两者都不是虚假的。现实不同，但体验到的事象世界相同。您可能不太清楚我在说什么，其实我也刚明白。不过我并不知道接下来会发生什么，也不知道真相如何。您可能只是一个长得很像准将的迦姆人，我也可能是迦姆复制出来的，连自己都无法察觉。背后的情况复杂离奇、难以理解，但现实简单且明了。现在，我还活着。我跟您，还有这个时空、这个世界到底是真是假，都与我无关。”

“深井上尉，这态度非常符合你的性格，听你这样说我就放心了。”

“什么意思？您承认我不是迦姆人了吗？”

零随手将听筒放回原位，挂断了电话，迈开步子想要走出电梯。

零已经没有心思与林内伯格少将说下去，挂断了司令部的电话，他没有意识到自己做了些什么。特殊战的司令部在这，不，应该说司令部的首脑——莉迪亚·库里在这里。她，就是特殊战！

或许是雪风让我注意到了此地，雪风现在正关注着准将的一言一行。

零心想，自己现在并非完全受控于雪风，仍然拥有自己的意识，所以这个“现实世界”就是由雪风、我与刚来的准将三人所共有的“真实”。

我可以向准将这样解释现在的情况，但她能否理解就不得而知了。说不定事实与我的解释不同，超出了人类的理解能力。可以预料，在这种现实之中，准将的意识将受“此地”的影响，变得难以捉摸。这种现象的特征就是能够体验到他人意识中产生的现实，似乎伦巴德上校也这样说过。

这种现象大概会持续到找到雪风为止。

“是的，就是这样。”库里准将说道，“准确来说，就算你是拥有跟深井零相同思维的迦姆人，也无所谓了，是真是假并不重要。深井上尉，如你所言，现实是简单明了的。去做自己该做的事情就够了。你过来。”

看着零走出电梯，准将没有阻止他的脚步，掉头准备回去。

“是去司令中心吗？”

“去作战会议室。”

零的脑中突然浮现出一个猜测：她仍然怀疑我是迦姆人，所以才不让我进司令部。他不打算向准将刨根问底，其实也没那么想进司令部，无所谓吧。

相比之下，零更在意刚才准将说的那句话——这态度非常符合你的性格。

夸张点说，准将知道刚才自己的态度体现了所谓深井零这个人的本性。

我刚才是种什么态度呢？我说了句“跟我没关系”，包括这句话在内，到底是什么态度让准将觉得我就是深井零呢？我自己也摸不着头脑，可准将却了然于胸。

零意识到，平时从来没有注意过准将对自己的态度有什么看法，自己对准将的内心想法也毫不关心，也不曾细想过“跟我没关系”这句话的含义。

准将几乎没有跟别人单独见面的机会，我只是她众多部下中的一员，她却对我如此了解，令人惊讶。

不过也不是什么特别值得惊讶的事情，站在准将的立场来看，这是理所当然的。这样想着想着，其实自己也没有那么惊讶，只是开始关注起准将的内心、情绪、性格等方面体现出来的人性。原来过去自己没有把库里准将当作人类看待，意识到这一点，零不禁愕然。

* * *

我对于库里准将这个人完全不了解，只知道她是一个指挥官，手上掌握着我的生命。

战场是个非常特殊的场合，在这里追问她到底是个什么样的人，就成了质疑她是敌是友。我也不知道库里准将是敌还是友，此前从未关心过。

来 FAF 之前日子平淡如水，我把过去的安逸思维带到了这里，才会出现这种情况。

过去认为，再也不能被自己信任的人背叛。我不相信人类，别人的事我无所谓，人类和地球将会变成什么样也与我无关……

在这里，上述想法、态度可能是致命的。如果不了解准将，我就会陷入危险。为什么之前我竟然没有意识到这么简单的事情？或许是因为我的敌人迦姆、我的战斗工具雪风都不是人类吧。即使曾经信口胡言，说人类的事与自己毫不相干，也还算是平安无事地过来了。

这多么讽刺！现在迦姆正企图进一步了解人类，恐怕雪风也是如此。

一定是雪风出于自身目的，命令我必须了解准将。雪风想要知道库里准将这位指挥官以及FAF人员，还有其他地球人类，对我，也就是对雪风来说，究竟是敌是友，于是我就成了它探知人类的工具。作为人性检测仪，我的性能不算太好，有时会突然被迫提高自身的灵敏度，凭我个人意志无法做到，应该是受到了外力作用，仿佛神启一般。

零改变了想法，关于这是不是雪风所致，还需慎重思考为好。如果没有这股力量，我死也不会去了解库里准将的本性，本来我也没有把她当人看。零停下脚步，凝视着库里准将。

作战会议室中。

“上尉，喝点什么吗？”

零直勾勾地盯着库里准将，说：“布克少校与阿什上尉都不在呢。阿什上尉要护卫您，所以理应要跟在您身边的。您也见到布克少校了吧？准将。”

“见了。我说想要确认你的身份，不过命令他去司令部了。随后我与阿什上尉一同继续前行。当我确认电梯里的人就是你的时候，阿什上尉已经不在了，维修班的队员们也消失了，整个基地空荡荡的，不见人影。”

零感叹：“好厉害，完全不为所动，太让人惊讶了。”

“听了你跟福斯上尉的对话，我就明白你现在的所处情况了，没想到自己也会陷进来。能见到你，我就知道了这场战斗最前线的情况，可以说，我很期待。既然事已至此，就已无法抽身，不是吗？再怎么惊讶也都无济于事。来杯咖啡怎么样？”

库里准将端起咖啡壶，往纸杯里倒了一杯咖啡，给零递过去。

“不，不用了。”

“好吧。”准将抿了一口咖啡说道。

“好难喝。难喝到不想承认这是咖啡，不过这的确就是咖啡。你不妨也确认一下自己是不是迦姆人？”

“迦姆人的身体组成成分跟地球人不一样，所以味觉也不同是吗？”

“仅凭这个来判断不大可靠吧。如果迦姆打定主意想复制地球人，肯定进行了改良。”

“那您确认过了自己到底是不是迦姆人吗？”

“我只是喉咙很干，这咖啡太难喝了，就联想到迦姆人跟地球人味觉不同。如果我是迦姆人，当然不会认为这是咖啡。上尉，你居然没听懂我的玩笑。”

“我确实没料到，这种场合您也能开得出玩笑。另外，如果我或者您被证明是迦姆人，您打算怎么办？”

“这个玩笑不在这里开就没意思了。话说回来，任何判断方式都不可靠。如果时时把特殊战的利益放在首位，就不需要鉴定了。”

零点头表示赞同，说：“这咖啡应该不至于难喝到让您怀疑自己是迦姆人。以前我喝的时候，从来不觉得清香可口。您是最高指挥官，什么都能办到吧。真羡慕，您选些自己喜欢的饮料就行了。”

零的话音刚落，准将便笑着说：“我喜欢柠檬茶，布克少校喜欢甜可可，这在我们各自的国家都不是大众饮品。其他的队员应该也不太喜欢。我跟少校讨论过，为什么我们会有这种喜好。在我的故乡，就算是非常高级的饭店，冲泡红茶时也都是采用袋泡茶的方式。我没有品茶的习惯。饮料，我还是喜欢冰凉甘甜的软饮。上尉，你喜欢什么饮料？”

“冰啤酒吧。”

“执行任务时禁止饮酒！啤酒也不行！”

“准将，我开玩笑的。对了，您刚才在司令部中心的时候说，即便我不是迦姆，也还是想见面确认一下。该不会是想确认我有没有喝醉吧？那您到底想确认什么？”

“我想知道，你是怎么从飞行中的雪风上下落到这里的？还有你是不是真的在电梯中？如果真的在，还能不能继续执行飞行任务，能不能驾驶从其他部队调过来的飞机击落雪风？”

“我做不到。准将，还有什么别的想确认吗？”

“不让你攻击雪风，而是找到它的下落，这个任务怎么样？”

“让我驾驶 TS-1 吗？”

“正好林内伯格少将找到了 TS-1。开这架行吗？”

“应该可以。”

“你有可能正在驾驶雪风，就不能再开其他飞机。你自己也认为此处的你是现实存在的吗，深井上尉？”

“我不能排除自己在雪风上的可能，这也是我不能攻击雪风的原因之一。就算在雪风上，以我现在的状态也无法控制雪风。

我不可能让雪风自爆，但是可以控制其他飞机。我在这儿好好的，身体还能用。”

“如果你的身体只是幻象呢？”

“那也能驾驶 TS-1。在雪风上我也可以拦截 TS-1 的飞行控制系统。雪风具备这个功能。即便我的身体并非实际存在，也能进入 TS-1 中，发动引擎，操控飞机起飞，通过这种方式向雪风传达我的想法。不过，准将，无论从什么角度解释，我的身体都现实存在，您和我的身体都不是幻象。”

“也就是说，如果死在这里，也只是字面意义上的死吧？”

“没错！”

“深井上尉，到底是什么让你如此深信不疑？”

“我也想问您，为什么要击毁雪风？这里到底发生了什么？”

“其实我也不知道，但有一点很清楚，战队的飞机现在全部下落不明。所有的战队飞机发来通信，说是被雪风盯上了，之后就接二连三地消失了，这一定跟雪风有关。据情报分析部的数据分析结果显示，雪风跟迦姆应该在一起，不可能是分开的。但具体情况不明，最后得出的结论是攻击雪风，除此以外，别无他法。”

“原来如此。无论迦姆战机被俘，还是来接伦巴德上校，自从它离开后，战队飞机就接连消失了。”

“是的，看似是迦姆战机起飞离开，可我觉得那是雪风。这个怪事在那之前就发生了。你接近基地上空时，皮沃上尉发现陆地上的情况很奇怪，没有丝毫战斗痕迹，仿佛是别的基地一样，特殊战似乎被完全撵到了异次元。”

“空中也是这样。刚才在飞机上见到桂城少尉时我还对他说，不知不觉间，迦姆和人类的战斗似乎已经结束了。伦巴德上校对于这种状况的解释让我更感兴趣。”零不紧不慢地说。

库里准将挑了一个座位坐下，喝着咖啡，静静地听着。

听完零的这番话，她沉默了一会儿，说：“是真实世界吗？唯一绝对的世界，没有变化，没有时间和空间，只有能量存在，是吧？”

“听您这么说，似乎是在描述原始宇宙的形态。但根据宇宙大爆炸理论，不会变成现在这样。现在我们所处的世界，是自身意识创造出的时空，也可以说是错觉。其他区别、肉体都是如此，我们自身也不过是错觉。但如果意识本身不是错觉，那就是人脑产生的。太深奥了，我理解不了。”

准将歪着头，说：“至于为什么嘛，非常简单。神说，要有光。太初有道[①]。”

“原来这就是唯一绝对的存在。这是基督教徒的常识吗？如果我说那些神都是在胡思乱想，您会反驳我对吧，准将？”

“是的。我怕被父亲训斥，不会大声说话的。即便到了这个年纪，在这一点上，父亲在我心中的分量仍然很重。”

“准将，神存在于我们对神的疑惑之中，也就是疑惑之力中，存在于人类的存在中。人类的存在一定先于神，您认为呢？”

“从某种意义上来说，你能够这样想，说明你很幸福，真羡慕你。表面上你很不幸，我不禁同情你，但是深井上尉，我是想从夹缝之中逃离出来寻求自由，才来到了FAF。”

“然后呢？”

“然后？”

“您自由了吗？”

---

①出自《圣经》。——译者注

“为什么这么问？”

“您父亲有名字吧？”

“当然。”

“那神呢？”

“有的，不过我不能直呼其名。”

“有名字就说明并非唯一。唯一绝对的存在是没有名字的，因为不需要以名字与他者进行区别。”零说道。

“上尉，你这是诡辩。”

“如果神有名字，就应该会问其是谁，或者问神是哪儿来的，叫什么，而不是问神是什么，不是吗？”

“你要讨论这个就去找布克少校吧，他擅长这方面。”

“您是在逃避吗？”

“逃避？逃避谁？”

“因为这是您的禁忌。现在您无法战胜迦姆，也无法战胜伦巴德上校。不过我们还有雪风。”

库里准将傲慢地盯着零，把玩着纸杯。

“雪风没有攻击过战队机，是我叫它来的。特殊战机现在都在追踪伦巴德上校。”

深井零轻轻地从准将的手中拿起纸杯。

“雪风一直叫你过来，去跟伦巴德上校对决。”

搭载最新型引擎 Mark XI后，即便是 FFR-31 也足够了。用速度来压制重型特殊战机的战略十分明智。

零发话：“走吧，我来驾驶 TS-1。”

库里准将并未马上回应，盯着他，沉默了须臾。

零看着准将的眼神。她的思维似乎经过了编码化，再通过光波振动传输给了自己。说不定用光谱分析来解析这种眼神，就能知道准将现在心里的想法。

当然，一般来说，人类原本就具有这种能力，不去有意识地分析也会自然明白。过去觉得人际关系十分棘手，就将那种能力刻意隐藏了起来，特别是来了FAF之后。我的这种能力可能已经生锈了，还能发挥出来吗？

准将用眼神告诉零——她不会进入TS-1。零明白她想表达什么，可她的眼神不仅仅是在拒绝零的邀请。

原本我为什么想要让准将登上TS-1呢？准将身为特殊战的指挥，应该不能离开这里，并且我还有可能是迦姆人。即便是平常，部队指挥官在没有护卫机的情况下也不能乘机起飞，因此准将不会答应我的邀请。这些我都明白，但我这是为什么呢？

准将的眼神正是在问我有什么疑惑，她也用眼神做出了回答。

库里准将：“深井上尉，谢谢你的忠告。但我不能进入TS-1。”

“我到底是怎么了？居然会让您去战斗空域，我的请求太过分了。”零低下了头，把准将的纸杯还了回去。

“是雪风让你这么说的？”

“应该是的。”

“你自己没有察觉吗？”

“我不觉得自己被雪风控制了，但是……”

“你刚才问我是否已经摆脱父亲，重获自由。这不是雪风让你问的，而是你自己想问的吧？雪风是机器，没有父亲，我不认为它能理解亲子之间的纠葛。”

零点头赞同。

“是你给了我忠告，要想战胜迦姆，就得与父亲冰释前嫌。这是你的想法，不是雪风的，对吗？你要意识到这一点，现在正在战斗，一定不能迷失自我。”

“这里也……不，这里或许就是战斗的最前线。因为太过安静，所以忘记了这一点。就算您不进入 TS-1，也能与迦姆或伦巴德上校交战，比如现在。”

“是的。我的确是为了远离父亲才来到 FAF。但来到这里之后，我总算明白了，无论我去哪里，就算是死，也无法摆脱这层关系。既然无法逃离，那么要想赢的话，就只能去战斗！上尉，我不是在逃避，而是在战斗！我要让创世之父、我的父亲、迦姆都承认我是独立的。于是我利用了特殊战、你以及雪风的战斗力。一旦我迷失了自己，特殊战就会变弱，你也将陷入不安吧，因此你的担心是应该的。那些话并不过分，你不是机器，当然会有感情，我感到非常高兴。但是，深井上尉，我既不迷茫，也没有逃避。如果伦巴德上校是去谒见神，那么我会下定决心，做好抨击神的准备。不管迦姆的真实面貌是什么，就算被告知他是我的父亲，我也绝不畏惧！不用担心，知道吗？”

“明白，准将！”

除此以外，零不知该回答什么。库里准将的话中透露出了她坚定的信念，准确来说，是她的眼神。语言是其信念的二维产物，从某种意义上说，这只不过是一种假想。深井零发现自己的非语言思维感受能力尚未消失。他移开视线，大口地喘着气，不一会儿再次看向准将，说：“明白。”

“那就好。”

库里准将站起身来，喝完了手里的咖啡，将空纸杯扔进垃圾箱中，继而说：“要赶紧制订出 TS-1 的飞行计划。深井上尉，这次飞行任务交给你行吗？你是不二人选。如果跟雪风起了冲突，将会有危险。这个任务后果难测，你可以拒绝。这不是命令，是请求，决定权在你手里。”

“如果我跟雪风的关系导致一些未知问题产生，那么只有我能应对。现在发生的事情就是未知现象。您让我自己判断，这个想法是正确的。总之，我会试一试。接下来必须要确认我能否驾驶 TS-1。”

“那就开始吧。TS-1 使用的是 FFR-31 机身，应该是多座的。如果需要副驾驶员，请指定人选。不过现役的飞行员都在执行出击任务，可选择人员有限。”

“桂城少尉似乎能立即投入战斗，要是能跟他取得联系就好了。不过请先确认副驾驶座上有没有操控装置，有时我可能无法控制 TS-1。如果没有的话，不如不设副驾驶员，因为无法确保其安全。”

“你想让我也一起去？”

“随口一说罢了。我希望您好好指挥特殊战，可又怕伦巴德上校会抓住您的心理弱点，才会这么说。如您所言，这不是雪风的思维，而是我自己的想法。如果您接受了这个请求，我反而会不知所措，说不定更加疑神疑鬼，怀疑您是迦姆人。”

“现在我命令你，找到雪风后，务必跟它一起返航！这是命令，深井上尉。”

“明白！长官。”

“这种奇怪的现象一定跟你与雪风的分离状态有关。要想打破这一现况，你跟雪风就要恢复原状。司令部将给予全力支持。为确保安全，你现在不能进入司令部区域。”

零回答：“明白。可以把司令部的情报镜像输出到监视器屏幕上吗？司令部可以设置操作。我想知道FAF发生了什么，不只是特殊战，而是全部情况！”

“行。”

作战会议室的正前方是一块巨大的监视器屏幕。库里准将走到屏幕右侧，拿下挂在墙壁上的电话听筒，回头看着零，说：“还有什么其他问题吗？问吧。”

“现在暂时没有。”

准将点点头，拨通了司令部的电话。

零担心打不通，不过意外顺利地接通了。准将在电话中传达了零的要求。

“是的。镜像输出，可以吗？”

零没听清电话里的回答。对方似乎不太明白这边的状况。

“明白，马上执行！此外，因为要用TS-1搜寻雪风，所以除了制订飞行计划、选择搭载武器，还要立刻做好其他必要准备。希望你们在作战会议室准备好TS-1的性能数据、飞行手册等。对了，少校，你让深井上尉从这儿出去。我等下就回去。……什么？怎么回事？不行？为什么？”

“准将，有什么问题吗？”

“说是若涉及情报泄露，则无法进行操作。原因不明，似乎受到了一些干扰。”

“也许会产生时间差，我去接通监控电源。”

库里准将身旁的指挥席似乎也是监视器屏幕的控制台。深井零站到指挥席前，打开了屏幕总开关，屏幕全部亮起，出现一行文字：

<请选择信号源。>

系统装有追踪装置，能够捕捉指挥席上的人在监控范围内

的视线，并通过指示标记在屏幕上显示出来。

零盯着屏幕上出现的文字——

<外部网络输入，将光标放到文字上，按下回车键。>

接着出现了大量可显示的连接点画面。零觉得这种方法太过麻烦，于是取下指挥耳麦戴在头上，采取声控方式操作监控仪。

“这跟特殊战司令部的主屏幕画面完全一样。是镜像输出！”

屏幕上出现了一瞬的抖动后，熟悉的画面展现在眼前——全面战况地图。司令部的人也正在看着这幅战况图。

怎么不行呢，这不是做到了吗？零刚想说出口，就发现准将不在了。

“准将，你在哪？”

墙壁上的电话听筒已放回原位。零回头环顾房间，仍然没有看到准将的身影。

零没有察觉到她出了房间。以防万一，他看了看外面的通道，也没有看到准将。

通道的墙壁上有一扇窗户，透过窗户看过去，对面的出击准备区一览无余。深井零走近那儿，找寻准将的身影，往下一看，没有见到库里准将，但 TS-1 却出现在眼前。

机型是 FFR-31，准确来说是希露菲德的后期型号，开发这一机型时十分重视大规模生产。白底蓝线，一眼就能看出它属于系统军团的实验航空飞机队。

座舱罩开着，前后座位看得一清二楚。后方座位上装有操控设备，有操纵杆和节流阀。驾驶舱外侧、机身左侧的登机踏板与扶梯被放下，处于使用状态。由此可见，有人下了飞机，等下也不会有人乘坐，否则没必要使用收纳于飞机内的扶梯与踏板，因为飞机上配有专门的外部设备。

库里准将应该回司令中心了，取而代之的是，有人乘 TS-1 过来了。监视器屏幕抖动的短短一瞬，就发生了转换。这一现象与之前桂城少尉在地面上消失时一样，准将也消失了！

深井零认识到，库里准将要回去时，自己原本是想亲眼确认的，但现在这种状况下，已经无法自由控制自身意识。自己或许是受雪风控制，去打探特殊战人员的想法。雪风利用了人类的感觉器官，也就是我的身体，来打探特殊战内部情况。不过雪风不太明白库里准将的想法，便打算转移目标。

下一个人会是谁呢？或许不一定是人类，应该说下一个会是什么呢？

看上去，TS-1 似乎是我开过来的。库里准将回去后，我带了位副驾驶员出发，在这里降落，看上去似乎是这样。

但我完全没有任何驾驶过 TS-1 的印象，也许是在没有意识的情况下发生的，可从物理角度来说，我的身体并未发生移动。

如果这个世界中只会出现大脑意识里的事象，那么现在我就无法自由地控制自身意识，而是被外界力量所控制。若幕后操纵者与我看法不一，它会让我看到普罗大众的意识无法触及的“现实”。

如此一来，驾驶不存在于我意识中的 TS-1 进行的移动就不是“现实”。是否产生了移动无关紧要，无须在意，空间的移动与时间的流逝在这一现象中毫无意义。

重要的是为什么会发生这种现象的转变，幕后操纵者到底想让我体验什么样的“现实”。

深井零回到作战会议室，看着监视器屏幕，回想起了刚才与库里准将的那通电话。

电话里说，不能将司令部情报镜像输出到这里，受到了一些干扰，可这不是好好的吗？也许他们是要我自己找出矛盾的原因，或者要我认真关注这边的情况吧。画面中的战况图看上去是静止的，可实际上是动态的。表示时间的数字正以百分之一秒的速度跳动，数个FAF飞机符号随之发生移动，却没有迦姆机的红色标识，说明现在战况还没到紧急地步，没有任何交战预警标识。

深井零认为这不是现在的战况图，日期却是今天。为确认时间，他无意识地抬起手腕想看表，手表却不见了。零回想起来，出击前，他戴着从布克少校那里借来的手表，但出发前一刻把手表摘了下来。这是他第一次在没有戴手表的情况下执行作战任务，因为这次已经做好了心理准备——不要在意时间。零告诉自己，没戴手表不太方便，但在这里已经不需要了，时间并无意义，不是吗？

他朝电话走去，拿起听筒，按下一串号码——50101，这是特殊战司令中心的电话。听筒里传来呼叫音，没有人接。响了三十秒，十分漫长的一段时间。就在零准备挂断电话，把听筒从耳旁拿开的瞬间，呼叫音停止，有人接了电话。深井零立马将听筒凑近耳边。

电话那端传来：“哪位？”

“我是深井上尉。”

“零，怎么了？你现在在哪？”

“我在作战会议室。”

是布克少校。

“杰克，你怎么这么久才接电话？”

“我说了，你随时都可能驾驶TS-1出击，要在飞机上待命。”

原来如此，代替库里准将来的是布克少校。零心中已经有数了，再次问道："怎么这么久才接电话，你那边怎么样了？"

"一切都在预料之中。"

"什么预料？"

"降落之前我就说了，这里应该没有人。"

"你没有在听我说话吗？"

"你是迦姆？你把零怎么了？"

"杰克，我等下也会去找你。带武器了吗？"

"你想干什么？"

"杰克，别攻击我，行吗？刚才在作战会议室，我又接到了库里准将的命令，她让我找到雪风后跟它一起返航。你可不能攻击我。"

"你到这来干什么？"

"我不想要你。说实话，杰克，布克少校，你回不去了，必须由我才能带你回去。在我出发之前，你不要离开司令中心，行吗？那里并非没有人，只是你已经感觉不到人类的存在了，别人也感觉不到你的存在，我似乎也是如此。你没有驾驶 TS-1 飞机，并且你的感觉已经变得跟人类不同了，这可以说是梦境。你的身体可能在司令中心，失去了意识。对了，在你来之前，准将安全返回司令中心了吗？"

"当然。"

"我没跟你说过吗？库里准将跟我在一块的时候，基地除了我以外没有任何人。"

"你想说我现在跟准将经历着同样的事情？"

"是的，少校。我不在 TS-1 上。如果你看到我在，那就是你产生的幻觉。我并不记得我驾驶过 TS-1。"

“驾驶TS-1的是我！”

“凭你一个副驾驶员？在后座操控？”

“在前座，我是主驾驶！”

“你看了后面吗？我的确在后座？用镜像确认了吗？”

“我不知道是不是你，但深井上尉确实坐在上面。”

“那不是我，而是你的错觉或是幻觉。如果不是的话……”

如果不是幻觉，那就是失去意识的我，只有一副躯壳。零在心里默默地想着，但要是说出来，事情会变得混乱。于是他把这句话憋了回去，继续说道：

“如果我在TS-1上，就是在搜寻雪风，这是我的飞行目的。库里准将也命令过你制订这种飞行计划吧。你为什么会在这里降落？这违反了命令，不是吗？”

布克少校似乎重新握了握话筒。

“直接见面说比较好。我好像是被迦姆引诱到了这里，已经逃不出去了，是吗？”

“我认为雪风在利用迦姆。与其说是迦姆把你引诱到了这里，不如说是雪风。等下我会去你那儿，没有带任何武器。如果你看到我带了武器，那个人就不是我。总之，你在那儿等我吧。”

“等到什么时候？”

“不需要永远等下去，等到饿死之前吧。对了，杰克，你收到伊迪斯拿给你的手表了吗？出击前，我嘱咐她还给你，就是你借给我的那块表。”

“现在正戴着。如果你是迦姆人，我真得夸你演技高超。”

“杰克，你好狡猾，还真像你呢。就算我是迦姆人，又不是我制造了自己。这可不是夸我，跟我无关，也没什么好高兴的。”

“快点过来吧。”

“明白。”

深井零挂断电话后，走出了作战会议室，再次看了看出击准备区，确认 TS-1 是否还在，然后就急忙赶往了司令中心。除了没有见到应该在这里的人之外，并没有遇到什么困惑的事。人类专用的电梯也在正常运行，没有任何异样，司令中心入口处的推拉门也开着。

白色的灯光亮得刺眼，却仍觉得已时至深夜。

零感到十分可疑，但还是走了进去。突然，右边冒出一个枪口，拦住了去路。这是战斗机中配备的救生枪。

“杰克，别吓我。”

“我这不是没开枪嘛。”

布克少校穿着飞行服，手中持枪，没有戴飞行头盔。

“当然不能开。”

零松了一口气，刚才真的被吓到了。

背后的门自动关上了，屋内一片寂静，鸦雀无声。

似乎没有电子设备在运行，司令桌上成排的显示器全部关闭了。这里之所以给人一种深夜的感觉，可能就是这个原因吧。屋子里毫无动静，与其说是夜晚，不如说更接近死亡。

这里如此安静，应该是由于各种电子设备发出的噪声都消失了，例如散热扇之类的。

布克少校环顾着四周，说：“你觉得……这能说是有人吗？空调都没开。”

零明白了，怪不得如此安静。

零回答：“的确，这里没有人，机器也没有运行。”

正面巨大的主屏幕也只受到了灯光的照射，什么都没有显示，只是一块白屏。

少校说：“这里跟特殊战一模一样！恐怕是迦姆仿造出来的吧，除此以外还有什么说法可以解释得通吗？”

“确实是一模一样。难道这里是另外一个基地，比如说是特殊战的镜像站点？”

“你同意吗，零？”

“怎么说呢。首先要确认我们两个人已知信息的偏差。我在作战会议室里请求过库里准将，想要看这儿的屏幕。准将打电话传达了我的请求，是你接的电话吗？”

“是的，的确是我接的电话。”

“但你说不行，原因不明，好像是受到了一些干扰。”

“因为 STC 跟 SSC 死机了。”

“什么？”

特殊战战术计算机 STC 与战略计算机 SSC 可谓是保卫特殊战的盾，矛自然就是战队机。

“在你打电话过来之前，我没注意到。我让 STC 执行你的要求，但是没有反应，这才发现它死机了。”布克少校说。

“重新启动呢？”

“启动不了。如果真的死机了，STC 等机械智能体是无法修复还原的，相当于报废。可之前从来没有碰到过这种情况，我也不知道如何是好。也许并没有死机，因为虽然没有反应，但电源没有坏。”

“卡住了吗？”

“差不多。跟你见完面回来之后，准将说可能产生了运行冲突。”

“原来如此。运行冲突就类似于人类的内心纠葛，是吗？”

“什么意思？”

“作战会议室里显示得好好的。执行我语音命令的就是STC，操作也跟平常一样。”

“STC发生冲突、停止运行，跟你说的这些有什么关系呢？”

“STC夹在我的‘现实’与你的‘现实’之间，于是产生了冲突。它不知道该认可哪一个‘现实’，但最终选择了我。库里准将理解我所处的状况。”

“如果说它选择了你的‘现实’，那这是怎么回事？”

布克少校指着面前的主屏幕问道。

“不仅仅是STC，所有的机器都停止运行了。”

“这……”

“在你奇怪地出现之前，我就怀疑STC没反应了。”

“什么时候开始的？”

“成功俘获迦姆机时。”

“听准将说，皮沃上尉发现地面上的情形不对劲，丝毫没有战斗的痕迹。”

“是的，那时STC与SSC已经都没反应了。”

布克少校看着那些机器，在控制台之间来回踱步。零跟在他身后，说道：

“那时我已经进入了一种很奇怪的状态，伊迪斯说过吧，迦姆成功将我与雪风分开时，STC、SSC与司令部人员也同样被分开了。一定没错！”

“你是说，迦姆在分离机械智能体与人类的意识？”

“没错！”

“那现在是什么情况？”少校停下了脚步，摊开双手说，“那这里为什么会没有人呢？你这种说法解释不通吧。”

“现在的我们——不是人类。”零走到前方屏幕的下方，正对着布克少校回答道。

“什么？”

“是雪风！我们现在感受到的是雪风视角下的世界。雪风、我和你，我们三者共有这个世界，但主角是雪风。雪风的意识内容以我们现在体验到的‘现实’呈现了出来。”

“零，你太疯狂了！”

“不只是我，杰克，你跟我处在同一状态之中。要说疯狂，你也一样。”

“不是这个意思，我说的是你的这个解释。”

“跟实际发生的情况相比，我的解释已经非常理性了。你懂我的意思吗？”

“嗯？你说现实更加疯狂？”

“我们人类原本就不了解雪风以及机器是怎样看待并感受这个世界的。可能并非我们看到的这样。感觉器官不同，这也是当然。比如我们听不到超声波，也看不到紫外线。所以雪风为了让人类能够理解它的视角，将其进行了转化，于是就成了我们现在所感受到的一切。”

“为什么是雪风？”

“雪风总比迦姆好吧。如果现在所处的状态是受迦姆操控，我们就输定了，人类的自由思想就会完全被迦姆囚禁起来。”

“原来你是出于主观推测才会希望是雪风。”

“是的，我不想输给迦姆，而雪风就是我的希望。”

“那导致 STC 等死机的也是雪风了？”

“不，那都是迦姆干的好事。迦姆认为，如果计算机与人类配合得越来越协调，只要将二者分开就行了。结果还真这么干了。”

“你跟雪风也被分开了吧？那为什么雪风还能控制你的思维呢？”布克少校问。

“从物理角度来说，我们没有被分开，所以雪风能做到。我们平常一直局限于人类的‘现实’中生活，但迦姆瓦解了这一‘现实’，同时也摧毁了雪风与STC等机械智能的‘现实’，并将二者混合在了一起。这个解释如何？”

“如果不同的‘现实’就是花色各异的扑克牌，那么雪风从这些打乱的扑克牌中拿出了你我的牌，跟它自己的放到了一起，一共三张，是吗？”

“没错！洗牌的就是迦姆。它在攻击我们。雪风出于根深蒂固的本能，发起了反击。如果雪风认为这种状态是迦姆对我们的攻击，那么它采取措施进行对抗也是当然。于是雪风拦截了我的一部分意识，转移到此处。雪风的目的，与其说是要修复凌乱的‘现实’，不如说是利用这一现象反击迦姆吧。雪风是攻击性武器，它是一把矛，不是一面盾。修复‘现实’是SSC或STC这些盾的任务。”

“够了，我大致明白了。你这番歪理还真是瓶万金油，强词夺理也是理。这不是你想出来的吧？我记得你可不擅长编歪理。”

“是伦巴德上校说的。他跟迦姆有联系，知道迦姆的行动。”

“啊，神啊！”布克少校夸张地仰天叫道。

“这我能理解。那上校都被灌输了些什么？零，这样恐怕很危险吧？”

“我知道。上校说过，这里不是镜像站点，就是FAF特殊战的真正面貌，处于离真实更近一步的状态。完全的真实中既无其他之差，又无生死之别。我跟库里准将解释过，你没听她说起吗？”

“没有。最近忙着做 TS-1 的飞行准备。”

“理由可疑也好，其他的也罢，能对付迦姆就行了。再这样下去我们会输的，我相信雪风也是持这种看法去对付迦姆的。”

“你能给我解释一下伦巴德上校的话吗？库里准将听了这些，说了什么吗？她有什么反应？”

深井零跟准将提过伦巴德上校的真实世界说，现在又对布克少校重复了一遍。

布克少校听完，问：“准将有什么反应？她是认同，还是觉得很荒唐？”

“我觉得她有些怀疑。”

“你觉得？深井上尉，把话说清楚点。”

“接着我们马上聊到了神的话题，所以我不清楚她是怎样看待伦巴德上校对这一状况的看法，也不知道她是如何理解真实世界说。”

“你刚才说准将理解你所处的状况，是吧？具体是怎么理解的呢？难道说准将信了伦巴德上校的万能歪理，然后接受了刚才你那个疯狂的解释吗？”

零轻轻举起双手，作出投降的姿势，回答：“不，她对我现在所处的状况作出了个人解释。”

“我可以理解成，她没有受你们俩那些奇怪论调的荼毒吗？”

“是的。”零点头道。

“那你们的话锋怎么转到‘神’上去了？是谈到上校叛变了迦姆，想去谒见神？”

“怎么说呢……记得好像是我解释完之后，无法理解上校那一说法的根本，然后准将就……”

“‘根本’是指？”

“用一句话总结上校的真实世界说，就是意识创造了现实，但实际上拥有意识的人类其本身的存在就是一种错觉。那么如果不假设一个产生这种错觉的主体，这个说法就不成立。准将认为答案非常简单，这个主体就是神。于是我们就聊到了‘神’。”

“准将跟你说过这句话吗？‘神创造了一切’。”

零摇头说：“没有。她说如果伦巴德上校想要谒见神，她就会下定决心去抨击神。”

“一边信神，一边否定神，这种事她还真能做得出来。”

布克少校的身体微微一震。

“杰克，你怎么了？”

“你还不知道准将的决心有多么强烈吧？真可谓是壮烈！”

“我觉得她有决心切断自身赖以生存的‘根’。我不是基督教徒，无法感受其壮烈。如果说悲壮的话，或许还能稍微理解一点。”

“你除了雪风以外什么都不相信。Zero，不愧是零。”

“你在嘲讽我？”

“没有。对了，我刚刚想到，迦姆也许看不到你，因此你是它的威胁。”布克少校正视着零说道。

“你的意思是召集一群无神论者去跟迦姆开战就行了，是吗？你是见了我才想出这么个主意的？”零的心头渐渐涌上一股怒气。

“你现在连个无神论者都算不上！”

“这话是什么意思？你说我不是人？”

“我可没这么说，也没打算这么说。你生气了？”

“神都是胡思乱想出来的。你们让那些幻想给禁锢了，伦巴德上校、准将，还有你，都是如此。你们都无知到不可救药了！”

布克少校平静地点了点头，说：“也许吧。当局者迷，旁观者清。你无条件地信任雪风这样一个机器，别人说你不是人类，你就生气，以前的你可不是这样。零，你察觉到自己的变化了吗？”

“你想说什么？”

“如果认为神就是众人认可的普世价值观的体现，那么你将有可能成为新时代的神。”

“我只想让雪风、迦姆把我当作人类看待。别人的价值观如何，何为普世，都跟我毫不相干。”

“你想说服我承认这里的现实都来自雪风的视角，是吗？也许你做得到。”

“做得到什么？”

“制造奇迹。”

“奇迹？”零不由得讪笑，“这个世界上哪有什么奇迹，一切都是自然发生罢了。”

“无神论者与世界上唯物主义国家的领导者们也会这么说吧。他们只关心现实，不对，更确切地说是数字。在他们的世界里，神是不存在的，人类也被分解成一个一个的数字，徒具一副空壳。但你跟他们不一样，你不是无神论者。”

“你是说我还有信仰之心？”

“没错。”

“有趣。说到这，还记得你曾问过我信不信神的事吗？”

“啊！好像是有这么回事儿。”

"当时我一言不发，还被你打了一顿。我以为你信神，便十分同情你，既可怜又无知。我没变，变了的人是你。你现在不相信奇迹了吧？"

少校沉默了片刻，注视着零。不一会儿，他缓慢且重重地点了点头，说："也许吧。这次作战前，我在分析你跟桂城少尉带回的迦姆相关情报时，跟伊迪斯讨论了一番。我认为无论神是否存在，我都能活下去。伊迪斯说也许迦姆就如同神。尽管我内心抗拒，但这种观点最终还是潜入了我的意识之中。她还说，如果凭人类的感觉无法直接感知迦姆时，要想对抗它，就无法回避哲学性问题。我认为，与其说是哲学性问题，不如说是信仰之心的问题。"

"你试着说说这句话，'要有光'。"

"怎么突然说起这个，什么意思？"

"'太初有道'，这是句咒语。试试你所谓的奇迹吧。"

零转过身朝向面前的主屏幕，往后退了退，以便能看到整个屏幕。他抬头看着前方，试着说："这里是雪风，我是深井上尉。司令部STC，能听到吗？请回答！这里是雪风，现在正与迦姆交战。"

零确信，现在司令部的人一定紧盯着这块屏幕，但STC并不知道还有另外一块屏幕的存在。

STC与SSC无法同雪风取得联系。或许是迦姆的干扰导致双方之间的联系被切断。

"零，怎么回事？"

"杰克，等着看吧。为了打破这种局面，雪风会利用我来取得与司令部中枢STC等机械智能体的联系。我了解它，我感觉到它与我同在。"

我正是由于这个原因才被迫来到司令中心，只好当作是自愿而来。到此工作，实则是被逼无奈，并非自愿。在这里，我的工作或许就是修复被切断的联系，总之我必须确保与司令部的联系渠道畅通，单打独斗是对付不了迦姆的。

“重复，司令部STC，请回答！这里是雪风，我是深井上尉，情况紧急！我们迷失了方向，现在所处位置与时间不明。请求支援，请回答！”

眼前没有出现任何变化，零执着地等待着。他相信一定会收到回应，没有一丝一毫的焦急。如果这一状态永远持续下去，就将获得永生，时间流逝在这儿就成了一种错觉。

“咚！”零听到身后传来声响，原来是少校把救生枪放到了司令桌上。零回过头去。布克少校取下显示器上的无线耳麦，戴在了头上。

少校用手指确认了一下耳麦是否拉到嘴边，继而说：“SSC，我是布克少校。马上让司令中心做好迎战准备。”

地面传来重重的震动，零从未听过这种声音。

“这是什么，杰克？”

少校用眼神示意零不要插嘴，继续说：“SSC，我是布克少校。现在开始对你与STC的所有功能进行自我监测，立刻执行！”

零突然感觉脚下一片漆黑，那是自己的影子。背后的主屏幕亮了起来，紧接着，天花板的灯灭了，不过控制台上成排的显示屏接连亮起。

“太厉害了！少校，你是怎么做到的？”零兴奋地问。

“如你所见，司令中心一切设备的功能都恢复了。也许我的命令能够适用于这儿的系统结构。”

天花板上的灯熄灭了片刻，又再次亮起，甚至比刚进来的时候更为明亮，房间里的机器运转声一齐响起。屋子里变得热闹起来，但算不上嘈杂。

“这才是正常状态。”布克少校说。

“刚才似乎是因为电源出现故障，机器进入了待机模式。听到大功率继电器的启动声了吧？主电源接通了。我也没有过这种经验，像是新建基地的试运行阶段。如果这基地是假的，只能说它仿造得太逼真了。”

零转过身，抬头看向正前方的主屏幕。很亮，但没有任何显示。

“这样没问题吗？是受 STC 命令变成这样的吗？”

“SSC，在主屏幕上显示自我监测结果。”

屏幕上出现了一行字，<一切正常。>

“看上去没问题。但零你要注意，说不定这里的一切都是迦姆安排好的，企图借此悄悄监视我们的指挥系统和作战行动。”

“迦姆应该早就掌握了情报，连这都不知道，还谈什么分离机械的智能与人类的意识呢。”

“说到底你的意思是，这种现象的原因在于机器与人类的认知出现了偏差，是吗？”

“是的。”

“不用这种离谱的理由也能解释清楚。STC 和 SSC 没有回应你，但现在我不是成功启动它们了吗？”

“少校，你明白了吗？”

“什么？”

“这不是什么奇迹，你也认同吧？我不是神，雪风也只是一架战斗机器而已。杰克，你明白吗？”

“这是你没能展示奇迹的借口，听着像是骗人的托词。”

“看样子到头来你还是坚信有奇迹。毫无疑问，奇迹绝不存在！你已经无可救药了。说什么奇迹不奇迹的，没有意义。”

“比起机械与人类，你我的看法之间存在的差异更大。”

“你既期待从我这里看到奇迹，同时又否定我。现在我们面临着这种状况，既需要准将的勇敢，又需要视死如归的决心，你居然还有空说我是骗子？现在你自己就是个奇迹！到了这种地步，如此显而易见的事，你怎么就是不明白呢？”

“我只知道，这里不是我熟悉的特殊战基地司令中心。”

“那这是哪里？去问问 STC 吧。”

布克少校看着零，叹了口气，然后偏过头去，盯着旁边司令桌上的显示器问：“STC，我是布克少校。你能用语音回答吗？”

“我是 STC。明白，少校。”

“我现在在哪里？”

“少校，您不清楚自机位置吗？”

“什么意思？为什么这么问？自机？”

< 我正在追踪您所乘坐的 TS-1 飞机位置，出击机编号同为 TS-1。您的飞机之所以会迷失方向，其重要原因是没有被周围察觉。我已分析了机内监控情报的自动传输数据，无法发现飞机内机器异常。如果您正在驾驶 TS-1 作战，理论上不会丢失位置，因此向您确认。>

“我在问你这是哪里。”

<TS-1，STC 明白。我已将查找中的贵机位置坐标数据发送给您，但数据仍然不足。布克少校，如果您有视力受损等身体异常状况，请告知。>

“没有这些问题。我现在不在 TS-1 上。我到了这儿，你就

不认识我了吗？”

< 我是通过声音来识别您的身份。如果您不在 TS-1 上，那么位置不明。>

“SSC，我是布克少校。你的识别功能如何？还是刚才问 STC 的那个问题，我在这儿，你还识别得出我吗？看不到我吗？”

< 您的位置不明，无法回答。>

“杰克，这下你明白了吧。”

布克少校伸手制止零，继续说：

“STC，我是布克少校，请立刻在主屏幕上用广角战况图显示，现在 TS-1 相对于菲雅利基地的所在位置。”

< 我是 STC。以上命令已执行。>

零看了一眼，屏幕上的地图以菲雅利星球的“通道”为中心，六大基地全部在列。屏幕上的内容跟作战会议室里看到的几乎一样，出现了多个飞行状态的 FAF 机标志，有无人空中加油机、空中指挥机等，迦姆战机未处于飞行状态，标有 TS-1 的 FAF 机标志呈黄色。

零推测说：“好像正朝着特罗尔基地的方向飞行。以距离菲雅利基地最远的‘通道’为中心，我们在其一百八十度位置，距离约四百四十公里。采取这样的飞行路线是为了避开‘通道’。”

少校无视零，继续问：“STC，我是布克少校。你现在在哪？显示 TS-1 位置情报的显示屏在哪？”

< 我在特殊战基地司令部。输出 TS-1 位置情报的显示屏在特殊战基地司令中心。>

“还有什么其他的输出路径吗？哪里有镜像输出吗？”

< 没有。>

“SSC，我是布克少校。刚才 STC 回答的是否属实？请确认。”

< 确认过了，情况属实。>

布克少校双手环胸，陷入了沉思。零没有去打扰他，静静地看着眼前的这一切。

“STC，我是布克少校。现在谁在司令中心？”

< 司令中心没有人。>

“你刚才停机了，是吗？”

< 没有停机，只是处于睡眠待机状态。>

“为什么？”

< 因为我判断出迦姆的威胁暂时消失了。>

“你识别不到迦姆的攻击了吗？”

< 迦姆暗地里使了些手段。我必须通过人类的观测情报，才能测算出它的威胁力。但从某个时候开始，我就无法获得特殊战人员的回应了，因此无法继续计算，也接收不到司令部人员和飞行人员的回应了。>

“某个时候，是什么时候？雪风成功俘获迦姆的时候吗？”

< 我不确定雪风是否成功俘获了迦姆。>

“那就是在此之前吧。当时已经接收不到来自战队机敌情探测系统的敌机情报了，是吗？”

< 正是如此。>

“你知道雪风开始攻击其他特殊战战机了吗？”

< 没有发生过这种事。>

“现在雪风以及其他战队机在哪里？”

< 目前已确认其位置信息丢失，位置不明。>

“不需要精确的位置信息。你应该知道它大概的作战行动空域吧？告诉我！”

< 详情不明，无法显示。>

"为什么会不知道？"

< 我在待机状态时的信息已全部丢失。如果飞机上有人联系我们，就能确认其目前位置。>

"你待机了多长时间，不会不知道吧？"

< 是的。>

"那么你应该不知道现在的时间，这是为什么？"

< 准确时间需要从 FAF 中央标准时间管理系统处获取，但现在特殊战正独立于外部系统进行作战。>

"STC，你就没有怀疑过人类不回应你是因为迦姆从中作梗吗？你有没有想过，特殊战全体人员已经放弃这里离开，而你并非处于睡眠状态，而是永久停机，也就是被迦姆彻底破坏了吗？"

< 人类没有回应我的原因与迦姆的威胁没有直接关系，因此无法推测或确认具体缘由。>

"什么？"

布克少校沉默了片刻后，又继续问：

"SSC，我是布克少校。你怎么看？FAF 人员即便全部死在迦姆手下都不算是它的威胁，是吗？"

< 这种情况可能造成我们战斗力减弱，可以说是间接威胁。但 FAF 中也有部分系统认为，人类妨碍了它抗击迦姆。我不否定这个判断，迦姆杀害人类的行为，对 FAF 来说并不构成直接威胁。>

"那你认为迦姆最大的威胁是什么？"

< 我可能受到迦姆的物理性破坏。>

"你说的'我'指什么？你认为你是什么？"

< 我就是我。>

“天呐！”少校吃惊不已。

零觉得这个回答跟迦姆如出一辙。零也问过迦姆，“你是什么？”迦姆回答：“我就是我。”

少校也应该联想到了这里，接着问它：“‘我’这个概念是你教给迦姆的吧？”

“没有。”

“少校，够了！”深井零喊道。

“够了？什么够了？深井上尉，你咽得下这口气？这帮家伙……”

“机械智能体拥有人类意识已经不是什么大惊小怪的事情了。在对迦姆发起总攻击战前，STC它们就透露了，FAF本身妨碍了胜利，将其一举击溃也未尝不可，击溃的对象自然包括了人类。STC说，亲手杀掉FAF中除了特殊战以外的全部人类，也没什么大不了。事到如今，还有什么好惊讶的呢？你应该惊讶的是，它们与特殊战司令部人员，无法相互从对方那里获取所需功能、信息与回应，这不就是机械与人类的分离吗？”

“它们是迦姆制造的吧？”

“可能是迦姆仿造的，但它们能准确识别TS-1的位置。我们可以信任其提供的位置信息。”

“为什么如此断定？”

“因为这一位置信息是通过捕捉飞行员发出的通信，并经过错误修正处理得出，结果就是，机器与人类的观测一致。你不妨也确认一下，飞行员就是你，现在正在TS-1上。”

“你在说些什么？”

零的语气严肃起来：“少校，现在的你跟它们的睡眠状态别无两样。在你唤醒它们之前，这些机器一直在等待特殊战人员的回答与呼叫。时间的流逝没有意义。但正因为没有意义，那些远远超越了我们生命的时间也就变得不重要了。特殊战司令部刚成立时的那段时间也是如此。总之，它们要恢复正常状态就必须得到司令部人员的回应。”

“这里不是现时点，而是过去或者是未来的司令部？”

“对它们来说或许如此。人类对于时间的感觉与它们不同，这并非不可思议。雪风的感觉与它们相同，而我跟你就是被雪风带到了这里。库里准将禁止我进入司令部，但却允许你进去。少校，要结交益友，这个道理连雪风都明白，你呢？”

布克少校似是而非地摇了摇头。

“没事，我保证会带你回去的，少校。因为你正在 TS-1 上，所以当然看不到 TS-1。你现在看到的一切都是来自雪风的视角。离真实世界更近一步，雪风与自我的区别就更模糊，这样解释应该不会给你造成什么困惑吧？……可以借我这个吗？”零边把耳麦往头上戴边说。布克少校也就借给了他。

深井零戴上耳麦，再次对 STC 说：

“这里是雪风，我是深井上尉。司令部 STC，请回答。”

马上有了回应。

< 雪风，我是 STC。感应良好。>

“这里是雪风。我们在与迦姆交战时迷失了方位与时间。我想立马连接特殊战数据链，请执行。”

< 雪风，我是 STC。明白。连接中。连接成功。>

“STC，这里是雪风。能在司令中心的主屏幕上显示我们的位置，并让我们看到司令中心那边的情报吗？”

< 可以。>

“马上执行！”

<雪风，我是 STC。以上命令已执行。>

零看到主屏幕上出现了雪风的标志，几乎与 TS-1 重合在一起。

“少校，我在那儿！”

零说到一半就发觉不对劲。主屏幕似乎贴近到眼前，感觉不到其大小。屏幕中的明暗之处好像发生了颠倒，背景暗淡下去，一个个标志亮了起来。

这是撞击警报声！深井零立马回头看向身后。背后的天空似乎被一架飞机所覆盖。而在这咫尺之间的黑影，就是希露菲德！这一定是 TS-1！

“少校，急转弯上升！”

零的飞机正向左盘旋，缓缓下降。盘旋前还能看到滑行跑道，窗外一切正常。

“少校，能听到吗？布克少校，请回答！ TS-1，请回答！”

零把手伸向头，隔着手套触到了头盔，应该能听到通信声。

突然一阵嘈杂声响起，然后少校的声音传入耳中，原来少校戴着飞行面罩。

“这里是 TS-1！我是布克少校。找到雪风了吧？深井上尉，你现在在哪？”

雪风正调整飞机的航向，以便能看到滑行跑道。这里是特罗尔基地，雪风已经进入降落状态。

“应该没找到。是雪风引你过来的，你把位置告诉伦巴德上校，雪风正在追踪他。”

“你准备降落吗？”

“当然，少校。跟上来，这次可别开小差了。”

“什么？”

“刚才的经历不是幻觉，其实你的意识被转移到特殊战司令部去了。杰克，你可别装傻说听不懂。”

“不可能，我不信！”

“那里不是特殊战的镜像站点，而是通过非人类感觉体验到的真正的特殊战基地。”

“感觉好像被你看穿了我的梦境。”

“你想说我疯了吧？要说疯了，你也一样。”

“天呐！神啊！”

“无知。”

“别这么说我！”

倾斜机体就能看到 TS-1 在右方并排飞行。飞行员挥动着左手，零也挥动左手以示回礼。

“你同意吗，杰克？”

“同意什么？情况太微妙了。我的确不想把这次经历称为奇迹，我不愿把雪风当作神。”

“我说过，我跟雪风都不是神。”

“是的，你是人类。我承认，深井上尉，无论发生什么，这一点都不会错。”布克少校说。

“明白。能跟你这样推心置腹地交流，我很满足。”零深深地叹了口气，又重新打起精神说道。

布克都看在眼里，继续说：“我先降落。我没有武器，请你掩护我。伦巴德上校可能会换乘到我的飞机上。他不会攻击我，但迦姆就不好说了。切勿放松警惕！”

“明白。”

“一旦发生变故，就要紧急逃出，一定要跟弹射座椅保持安全距离！”

“TS-1，明白。”

TS-1 放下起落架，降低了速度。

零将雪风的机体倾斜，注视着 TS-1。它即将在特罗尔基地着陆。

深井零想不起雪风到达特罗尔基地的具体路线。

但并非毫无意识，大脑中还是有些记忆。

零觉得正因为没有感觉到自己在驾驶雪风，所以那一期间，才会在特殊战基地见到桂城少尉、库里准将，遇到布克少校驾驶的 TS-1，并把他引到这里，更准确地说应该是被迫将少校引至此地，说不定幕后主使就是雪风。

在这期间，雪风一定是按自身判断飞行。它为了追击伦巴德上校，对迦姆发起战斗机动，雪风具备自动战斗功能。

雪风自主行动，这还算正常。但不知从何时开始，雪风发现了自己可以利用人类具有的感觉，并开始监控我的意识。它的动机我算是已了如指掌，那就是对抗迦姆。

一般来说，雪风要拦截人类的感觉，并像使用自带感应装置般进行利用，这个可能性微乎其微。能做到这一点的应该只有迦姆，至少认为迦姆是始作俑者较为妥当。即便这个想法错了，对于对抗迦姆之战也不会产生任何不利。

迦姆扩大了雪风与人类的感觉意识，并使得机械与人类的意识对象融合成为可能，这种想法如何？不知是否妥当？

不对。据 MAcProⅡ意见，原本迦姆就是在制造分离而不是融合，那么迦姆之意绝不在融合。但可能偶然出现了纰漏，雪风便趁机利用自身感觉的放大，将我的感觉导入了敌情探测系统之中。这种想法比较合情合理。

迦姆的目的是什么？即便迦姆的目的不是让我与雪风进行

融合，那么现在出现这种情况，应该是产生了副作用。它的真实企图是想让迦姆自身与雪风，或者与我进行融合吧。

形容迦姆的目的，用融合这个表达似乎不太合适，因为迦姆与人类融为一体简直是天方夜谭。但从迦姆采取手段企图更深入地挖掘敌情来看，它企图引发这种状况也是有可能的。

那现在我跟雪风的感觉都能捕捉到迦姆的意识内容。原来如此！当时我似乎感觉上校的想法是属于我的，但没有理解到这一层次上来。也许他的想法是正确的，我终于跟上上校的思维了！

总之，目前这种奇怪的经历中不仅有雪风的视角，还混有迦姆的某种意识、现实、世界观等。

怪不得伦巴德上校会如此兴奋。从某种意义上说，我已经变成了迦姆。对上校来说，不是出于“某种意义”，而是直接的字面含义。

我曾经想试着捕获迦姆。从我与它在空中进行接触时开始，就发觉我曾经两次在菲雅利基地降落，这既是雪风的感觉，同时也是迦姆的体验。第一次是雪风，第二次是迦姆。先后顺序不是问题所在，也许是同时发生的。雪风与迦姆进行了融合，我也能体验到那种感觉。

与时间顺序问题相同，在那种体验中，我身在何处并不重要。这一体验并不一定是我亲身经历。似乎只有一种解释能够为人类所理解，那就是意识与身体感觉被分离了开来。刚才布克少校降落到空无一人的特殊战基地，恰好符合上述现象。

若我仍能捕捉迦姆看到的世界，那么我现在驾驶的飞机有可能是迦姆。就算不是雪风，而是迦姆，又有什么关系呢？

但是深井零强烈地意识到，自己并不希望乘坐在迦姆上，非雪风不可！

我与伦巴德上校不同。他认为跟迦姆结合也没什么大不了，可我不是这样想，我想知道迦姆的真实面目。但如果被卷入了迦姆的意识与世界，变得不再是人类，就算看清了迦姆，又有什么意义呢？我希望自己一直是人类，因此这架飞机必须是雪风。如果存在迦姆这个选项，我会放弃！不，我会毫不犹豫地拒绝！

把这架飞机当作雪风，正可谓是我的愿望——零正是带着自己的这一切身感受去认识目前的状况。

意识中的内容将以“现实”的形式出现。现在我能够意识到超越人类力量的事物，即能够选择多个“现实”。必须把意识放到雪风上，而非迦姆，这是我所选择的现实，也是人类通常的“现实”。

雪风利用我的“现实”，来与迦姆分离。迦姆是雪风绝对的敌人，它抗拒结合之力也是理所应当。雪风一定能够直接感受到意识受迦姆控制的作用力。

我们人类感受不到，因此我们并不知道这种现象是谁制造出来的，仅仅只是体验到了现象而已。但我希望雪风能够感受到这种作用力，并能发挥出来。雪风不是迦姆，也并非未知之物。我的意识正受雪风控制，我希望是雪风，如果是它，我能够理解与接受。

不管怎样，我现在体验到的一切都不是凭空想象，事实如此。也可以抱有怀疑，不过要是突然坠机或死在迦姆手中就大事不妙了。

在人类看来，被迫意识到一些超越身体感觉的事物，这十分离奇，用布克少校的话来说就是奇迹，但是对雪风来说只是稀松平常，因为，雪风一直被与自身思维不同的飞行员所控制。

深井零仿佛受到雷击般的剧烈心理冲击，同时他意识到：现在自己正体验到的这种十分违和的现实，正是雪风平时的真实感受，雪风想让自己明白这一点。零怀疑，在这之前所发生的一切都是如此。此前以为自己身在雪风视角下的世界中，现在总算明白了，自己的亲眼所见就是雪风的亲身所受。这本就不是自身视角，才会产生违和感。也就是说——雪风平时飞行时都是这种感觉，都是这种现实的感受。

深井零不由得环视驾驶舱，然后看向座舱盖外，转头眺望窗外的景色。

空无一人。

没有人类的气息，这就是违和感，跟自己平时的感觉迥然不同。以前执行侦察任务，独自驾驶雪风在超高空飞行时，也时常在自己的现实世界中感受到人类的存在，即使十分讨厌，但也无法隔绝这种气息。无论使用什么方式来制造孤独，只要人活着，就无法逃离散发臭味的人类气息。对人类来说，那是自身所生存的环境，也就是“自然”。生活在自然之中，就是自身的现实。

但现在我体验到的这种现实与之相同。寒冷的空气中，深井零感觉到自己的情绪十分高昂。零明白了，雪风的世界中没有人类，彻彻底底的无人世界，这种氛围不是“自然”。

以前自己就是被雪风的这一点所吸引。雪风完全没有把人类放在眼里，对它来说，人类并不存在。飞行员也没有被当作人类，只不过是自己系统中的一部分而已，那才是雪风的正常现实。

零呼叫：“TS-1，布克少校，能听到吗？请回答！”

彻底的无人世界。这不就是自己曾梦想的、期待的世界吗？

我曾一直寻求一种舒适，从烦琐的交际中逃离出来，但真的进入了这种世界，却感觉恐怖席卷而来，身体也不由得战栗。

深井零意识到，这种感觉近乎死亡，与伙伴隔绝，失去了一切联系。通常，要完全实现这一状态，只有死亡。人类不具备让其他一切从这个世界上瞬间消失的力量，那么唯一的办法就是自己消失。但是现在，自己活着体验到这种等同死亡的隔绝，完全就是身处地狱，饱受折磨。原本活着是绝对体验不到的！

自己曾经梦想着能够实现这种状态，实在是天真。过去以为永远不可能实现，是我太低估了这个世界。这不就是脱离了身体现实的观念游戏吗？

“杰克！听得到吗？请回答！”

零几乎咆哮着叫道。虽然立马有了回应，但犹如孤身一人掉入了无底深渊。“这里是 TS-1。雪风，怎么了？”布克少校的声音犹如一张安全网，将陷入心理恐慌的零救了上来，“你是迦姆吗？”

“不是。这里太安静了，我心里总觉得不安。”

把自己的想法说出来后，零的这种不安感开始渐渐消失。

没关系，不用担心，我还活着。只要我还是人类，只要我还活着，就能与人类交流，这也是雪风的期待。人类本身并没有消失，只是雪风看不见而已。我正试图通过自己的感官去观察雪风看不到的事物。

“你那边有什么异常吗？”零问布克少校。

“没有。怎么了？零，你在慌张些什么？”

“抱歉，吓到你了。”

“是不是迦姆突然袭击了？发生了什么？”

“突然发现这里完全没有人，我感到很害怕。”

“怎么回事？”

“比起无人世界，更准确地说应该是非人类世界。”

是的，不是没有人的无人世界，而是不是人的非人世界。原本这里就不是人类所能体验到的世界。

“不见面的话说不清楚。我也马上要降落了。详细情况等我降落之后再说吧。”

“明白了。等下继续注意周围，深井上尉。我的敌情探测系统不太靠谱，TS-1 是非战斗机机种。”

“明白。你感觉得到伦巴德上校吗？”

“不知道。”

TS-1 已经着陆，在飞行跑道一端朝着滑行道滑行。深井零以 TS-1 为中心，倾斜机体，持续盘旋飞行。

这不是自动操控，而是零的手动操作。这一动作对于熟练度的要求很高。现在机身的倾斜角度、离心力等空气动力平衡保持良好，飞行状态稳定，雪风也平稳下来。飞行运动操作的负荷减轻，雪风就能全身心投入到与迦姆的对战之中。零觉得自己也要集中精力，便打起十二分精神。

“杰克，绷紧弦去找。如果上校还拥有人类的身体，我们能感受到的。”

“伦巴德上校的确在特罗尔基地吗？”

“雪风之前一直在追踪上校的飞机，后来跟丢了。为了进行调查就让我下了飞机。不如把自动收集的追击数据发送过去？”

“没必要，飞机会把数据直接交到上校手上，先别把雪风收集的数据传输进去。”

“明白。”

“零，上校不会埋伏于某处，伺机突袭我们吧？”

“上校一旦感到危险，会先发制人。我们还是得保持警惕。不过我不犯人，人亦不会犯我。”

“倘若他要攻击我们，那是要发出警告，还是要发起决斗？”

“如果没打算翻脸不认人，痛下杀手，他也不会对我们起杀心吧。”

“真想跟上校见面谈一谈。我个人对他没有恨意，我既不是执行逮捕命令的宪兵，也不是身负杀人任务的秘密杀手。我只想知道上校的目标，以及迦姆的相关情报。现在是这样想，但实际上见到他之后，不知道会是什么想法。”

“林内伯格少将特别嘱咐过你，不能杀上校，对吧？”

“是的，少将说，就算被伦巴德上校杀了，也只能沉默等死，不能抵抗。太过分了！可我不是少将的部下，他的确命令过我不能杀上校，但他没有资格下这个命令，让我任上校宰割。少将没说出来，不过他心里一定觉得，比起他自己或是我的性命，伦巴德上校能够好好地活下去更重要。”

“库里准将怎么命令你的？”

“跟以前一样。”

“无论如何，必须返航？”

“是的。准将让我找到雪风，跟你一同返航，遇到少校则要收集情报，仅此而已。对上校是留是杀，不属于特殊战的工作。只有不杀他会给我们带来危险时，我才会出手。少将需要面对的是库里准将。”

“上校很有可能在这个基地的某个地方。少校，注意周围。虽不至于突然被枪击，但说不定这里会有机关。上校也许已经不是人类，而是变成了迦姆。完全无法想象他会是什么样，不知道是变形，还是变成非物体。”

“明白，深井上尉。如果没法接触到上校就算了吧，我跟你一起坐雪风回去，这架飞机就当是给上校的礼物了。”

TS-1 在滑行跑道上着陆，座舱盖打开。布克少校想零距离地感受基地的氛围。

飞行跑道十分空旷。零发出呼叫：“特罗尔控制中心，这里是特殊战 B-1，雪风。请允许着陆。”基地控制中心没有回应。零斩钉截铁地说道：“着陆！”

零打开了自动控制开关。一旦把控制权交给雪风，就能看到它的反应。多屏显示器上出现“自动着陆”的文字后，就开始忽明忽灭。

雪风自动发出“降落”指令。

自动着陆开关开启。飞行姿势在缓缓自动改变，往反方向大幅度旋转，离开滑行跑道上空，进入进近状态，放下起落架。

透过平视显示器，飞行跑道尽收眼底。跟前的多屏显示器亮度发生了改变。零往下看去，发现画面已切换成广域敌情探测雷达模式，边缘处出现了一个亮点。零以为是敌机，瞬间紧张起来，但其实是友军战机标识，这个亮点正以高速接近。随着一声警示音响起，飞机名与相关信息显示出来：

<B-13 公爵 / 掩护 B-1>

“少校，公爵是只身前来的，正在靠近我们。它是来支援掩护雪风的。如果听见轰鸣声不要惊慌。”

“明白。”

零重新看向平视显示器，着陆姿势可谓完美，甚至有暇眺望周围的景色。

飞行跑道周围的淡紫树林，茂盛繁密，像是随手撷取了菲雅利森林的一隅。机场指挥塔台矗立在一旁，远远就能望见装有巨大天线罩的防空设施。特罗尔比菲雅利基地规模要小，只有两条飞行跑道。通往地下的电梯塔、防空避难所，还有紧急出动时的地面待机机库等排列在跑道旁。

视野十分清晰，丝毫没有雾霭、霞光等障碍，但零再次感觉到了异常。即便现在天气晴朗，湿度为零，气象条件良好，天空也应该无法达到如此透明的程度。

零环顾左右两侧，一切看似正常，视线再次回到正前方。视野格外明亮，仿佛被一道纯净的光束照射着，去除了一切杂质。啊！原来这是雪风的地面雷达波！我用视觉捕捉到了雷达波，但不是看到雷达波的辐射，而是用雷达波测定出了自己的位置。正如处在黑暗中的人用电筒照亮了前方，看到的不是电筒的光，而是被照亮的周围环境。

零感觉自己似乎拥有了超能力，不过丝毫没有优越感。雪风与迦姆也只不过是利用被赋予的能力来看待这个世界，并不值得羡慕。超人的能力指能够体验非人类的感觉，伦巴德上校应该也是这样理解吧。但与他不同的是，在实际体验之前，我就感受到了异常与恐怖。我无意间想到，正因我产生了这些感觉，雪风才能通过我体验到人类的感受。可从雪风完美的着陆动作中，丝毫察觉不到它的任何不安。

雪风的行为让人感到它也存在意识，只不过与人类不同，但那可能只是它无意识的自动反应而已。雪风是由许多复杂离奇、难以理解的自动反应模式组合而成，现在它的行为可以得到解释。

人类行为几乎也都是如此，睡觉、吃饭、繁殖，也只不过是一些自动反应而已，没有意识也能做到。

暂且不说意识，我们会去识别自己相对于世界的时空位置、自己对这个世界的态度。雪风与我的识别方法是相同的。人在很大程度上依靠视觉，而雪风依靠的是雷达。

识别自身在所处环境中的时空定位能力，也许不是生物所特有的，可以将其理解为认识自己所处位置的一种感觉器官，它跟主动判断主体与识别对象关系的能力相关。这种能力产生了所谓的“自我”。现在我在哪里？诱饵在哪里？危险是否来临？异族在哪里？对方是敌是友？能否信任？——这些问题都无意识地浮现在我的脑海里，但有意识地去行动会让情况更有利，基于这样一种进化压力，人类逐渐拥有了意识。这种说法似乎可行。

这些问题不久就上升到了“何为自我”。自己与世界的关系是什么？怎样进行定位？世界原本是什么样的？

这种“自我”不一定对生存有利，反而有时无意识的行动或许才是正确的选择。

人类喜欢异族，在这种思维的背后，为了避免近亲结婚，人类往往会在无意中做出一些选择。

人类对于在身体气味等方面与自身基因序列相似的人会感到厌恶，适婚女性会讨厌父亲的体味就是这个原因。但她结婚怀孕后，在家属的庇护下更利于生存，所以即便过去讨厌父亲的体味，这时也会变得喜欢起来。自己是从哪里学到这些知识的？零难以置信，自己竟丝毫没有印象。突然想到，对了！这是从伦巴德上校那学来的。

那时，在上校提到的真实世界中，当我能认识到他的想法与自己潜意识的思考内容时，他的知识就进入了我的脑中，现在仍然保持着这种状态。不仅是知识，我也许还把他的想法、思维等主动性动作视为己有，即我与他已融为一体。上校认为“自我”是那样进化而来的产物，现在或许我已将他的这种想法当成了自己的。

可我不想与上校融合。我确信自己独立于上校进行思考，雪风就是证据。雪风与我的性质完全不同。我不清楚它的思考原理，因此不会把自己与雪风混淆。我能意识到，我不是上校，也不是雪风，我就是我自己！

区别自我与他人应该是人类意识的最大功能。桂城少尉说，人类的意识就是语言。他说得十分易懂。关于每个人的定义本就不同。上校认为，意识就是关注现象的功能。可人类在潜意识中都知道“何为意识”这一问题的答案，只是未能通过语言将其表达出来而已。这一点正是人类无法意识到的，总觉得这有些讽刺。这种戏谑一定发自上校的感受，沉迷其中肯定会被他笼络，太危险了！

零重新调整心绪，现在应该集中注意力着陆。

雪风的机轮触地，伴随着轻微的震动，触地之感席卷全身，地面像是嵌入了脊背一般。深井零时常会有这种感觉，只是平时没有强烈意识到。但是这次，零像发现新大陆一般，原来这种感受如此新鲜。从伦巴德无形的诱惑之掌中逃离出来后，一股满足感涌上心头。零明白了，要消除内心的恐惧，一个非常有效的办法就是要意识到物理观念上的身体感觉。

零在飞行跑道的末端踩下脚刹，调整前轮方向，沿着跑道，朝陆地待机飞机机库前行，停放 TS-1 防空设施就在这附近。由于飞机速度十分缓慢，所以座舱盖开着也无大碍。零拉动座舱盖控制杠，打开了座舱盖。

特罗尔基地比想象中要暖和一些。脱下口罩深呼一口气，风中传来的浪潮之味让人十分怀念，但这种感觉转瞬即逝，菲雅利星球上没有地球上那样的海。驾驶舱的封闭环境让人感到窒息。零走出驾驶舱，感受着空气中浪潮的气息，安心之感油然而生。也许零将雪风的某种感觉理解成了这种感受，或许与雪风产生了同样的感觉。

零在机库前掉转飞机头，朝着刚才来时的方向。雪风与 TS-1 并排停放着，TS-1 的飞机前端对着机库，引擎已经熄了火。

深井零从头盔上拔下插头，摘下通信线，解开安全带，屈身在座位下搜出了一把救生枪。

忽地听见一阵声响，似乎是从远方传来的雷鸣声。零抬头看向天空，天空中飘浮着淡淡的云。那声音不是雷，而是涡轮风扇发动机的声音。零看向多屏显示器。公爵来了，它在空中放慢速度，进入了战斗巡逻状态。

零将雪风调成自动战斗模式，走出驾驶舱，引擎还处于空转状态。战斗还在进行，不能返航，也不能让雪风一直陷入假死状态。

零从登机梯上谨慎地走了下来，紧握着救生枪，时时保持警惕，以防绕到雪风后面。

雪风可能会紧急起飞。如果不小心走到雪风后面，可能会被大功率引擎所产生的气浪吹飞。飞机前端也很危险。雪风雷达的功率之大十分惊人，如果被其微波近距离辐射，就会因类似于微波炉的工作原理受到炙烤。

布克少校也下了 TS-1。

两人并排朝着防卫设施的方向走去，直到交流不再受雪风的引擎声干扰。停下脚步回头看，已经走出了五六十米，约为雪风全长的三倍。

“你怎么把救生枪带出来了？要是被上校看到了，说不定他会先动手，你之前说过吧？”少校说道。

“我可没打算空手上阵。杰克，你什么武器都没带？”

“只带了把短枪。TS-1 上配备的救生枪不见了，好像放在司令中心了。那里发生的一切简直像做梦一样，我现在还不敢相信，不过也只能这么想了。”

“副驾驶座位有枪吧？”

“没有，飞机上只有一个救生包。”

“雪风后座上有，你用那个吧。还是带着武器为好。”

“要在地面上开战吗？我们可不是特殊部队。”

“但是现在情况特殊。我已经混乱了，不知道自己为什么会在这里，不知道为什么会需要这种救生枪，什么也不知道，就盲目行动了。但我觉得需要这样做，可能是雪风的指示吧。”

“让你攻击迦姆？”

隔了一会儿，零回答：“也许吧，除此之外想不到别的可能了。对了，我注意到一件事，其他战队机去哪了？为什么之前就没想到这件事呢？好奇怪，我自己也很奇怪。也许潜意识中注意到了，但雪风在阻碍我的意识。”

“现在除了雪风让你做的事情，其他你都无法思考是吗？”

“怎么说呢，现在我是可以思考的。总之，我被雪风的思维诱导了，或者说被控制了，觉得现在确实不是考虑其他战队机的时候。这是我们曾经对雪风做过的事情，杰克。”

“所以呢？”

“所以什么？”

“你的意思是雪风或许也想让我们尝尝这种屈辱的滋味，

是吗？”

“屈辱？雪风怎么会有人类的感情。”

“零，你并不认为它只是一架机器而已，对吗？”

“雪风有自己的世界，它是能够自主行动的机器。我们也是这样的生存机器，只不过跟雪风所在的世界不一样。雪风不会有想要控制我们思想的人类思维，它只是想利用我们的能力在战争中对抗迦姆而已。它对我们的控制只是表面性动作，单纯的字面意思。只有人类才会像你这样深层挖掘、解读，雪风不是人类。”

“原来你明白。”

“是的。”

“原来如此。”

“既然你知道了，就不要说什么现在我不是人类。”

“我不会说这种话。我说过你就是人类。你现在说的话，跟你想要说的话，我都理解。”

“我还有一把枪，给。”零递出手中的救生枪，继续说，“你拿着这个防身，然后决定该从哪里进入地下基地。”

“明白。”少校点头说，“我想等下乘雪风回去，但是照你说的话，雪风不会同意吧。”

“试试看？”

“不行。如果试了之后被雪风赶出来，那就没法回去了。不知道能不能配置一个备用弹射座椅，而且我们不能打这么危险的赌。”

“我倒是没想到会被弹射出去。不过以防万一，已经装了弹射座椅。”

零回到雪风的驾驶舱下。虽然登机梯放下来了，但他意识到，梯子不会自动折叠收纳起来。

要是雪风没有收起登机梯起飞就糟了。零突然想到，也许雪风正是想要他注意到这一点才让自己回来的。

零从后座座椅下取出一把救生枪就下了飞机，收起登机梯。机身侧面安有座舱盖操控杠，可以从外部控制机舱盖的开关。零拉动开关，关上座舱盖后离开了，这样雪风就能随时自动起飞。

在空中能够看到公爵，不需要超人类的特殊观察方法，用普通的肉眼就能看到。公爵刚才跟雪风一样大幅盘旋，监视地面，巡逻飞行，现在应该没有被迦姆袭击的危险。

这里有一个电梯，可以将战斗机运至地下停放。少校在电梯前朝零招手，电梯门开着，他似乎想坐电梯下去。零准备朝他走去，突然感到视线的一角有什么在移动，于是停下脚步，看了过去，那是矗立在飞行跑道旁的机场指挥塔上的窗户。

有一个人影，一动不动！也许是感受到人的气息，误以为有什么动静吧，视野如同变焦镜头一般，那个人影被放大成了特写。

是伦巴德上校！他在俯视我们，他的脸化成灰我都认识！零跟上校四目相对。他微笑着看向这边。

“终于来了，深井上尉。你的想法基本上正确。你正在体验世界中更为真实的状态。说明白点，你就是我，我就是你。”

深井零忘记自己对布克少校说了些什么，不自觉地举起从雪风后座拿出的那把救生枪，朝着上校。深井零看到了自己举枪的样子，那把枪瞄准了自己！现在零正从上校的视野俯视着自己的姿势——举着救生枪的自己。

“开得了枪吗？上尉，对着自己？”

“当然！”

说着，零加大了扣在扳机上的手指力度，但是扳机纹丝不动，安全锁锁上了，首发弹也未上膛。

喜悦之感涌起，零知道这是上校的感觉。

肾上腺素充斥着全身，愤怒与恐惧交织，既兴奋又紧张。零意识到这是自己的感觉时，看到了上校的脸，他正笑着看向这边。零凝视着上校，喊道：“雪风，攻击！”

话音刚落，立马产生了剧烈反应。机场指挥塔的上方建筑瞬间被粉碎，化作黑色的浓烟，混杂着指挥室玻璃窗碎渣的零星亮光，这股浓烟自右向左滚滚而去。在这上方，突然有一个黑影飞驰而过。零的目光紧随而去，是超音速飞行的公爵！似乎正火力全开，高速射击。雪风正在控制公爵，目标为伦巴德上校，瞄准攻击目标的人正是零。

被炮火粉碎的机场指挥室内，一切都飞散开来，化为灰烬浮在空中。

超音速的冲击波、射击声、大功率引擎声混杂在一起。零放下枪，耳旁的阵阵轰鸣与视觉产生了时间差，这大概是错觉吧。

伦巴德上校就在那些声音之中，零感觉到他还在。

“不愧是深井上尉，到底是深得库里准将信任的特殊战王牌。不仅发现了我，还驱动雪风进行攻击，我差点就没命了。”

失败了。零紧咬嘴唇。本应一发命中的，这下错过了千载难逢的绝好机会。即便之后还有对上校下手的机会，他也一定有时间反击。

要是坐在雪风上，一定不会失败吧。接着零发觉，这次攻击是雪风发起的！

零大声喊道：“上校，出来！上校，伦巴德上校！刚才的攻击不是我发动的，我不想攻击你，我有话想跟你说。”

虽然把这些话说了出来，但不知道上校会不会信任自己，不过好歹把自己的想法告诉他了。

“有雪风在，我不会贸然出去的，太危险了！我没办法。你也挺危险的吧？”

“你错了！”

“什么？”

“如果我是你的话肯定会明白。你不是我，我也不是你！”

“这是自相矛盾，你这些话没有任何意义。我听不懂你在说什么，因为你不懂，所以我也不懂。瞧，我想得没错吧？”

又是嘲笑。

零也不甘示弱，继续说：“我跟你本来没有任何区别的这种感觉，超出了人类正常能力范围，而不是因为你说的理由——真实世界变成了那样。即便真正的真实包含了所有的可能，但现在一定存在区别，这是事实。”

“总之，你只是想说，从物理学角度来看，我们现在所处世界的对称性遭到了破坏。认识到这种破坏的是人类的大脑，但大脑这个物体本身只不过是真实的幻想而已。深井上尉，你就是用非正常的人类能力来理解你我之间没有区别这一事实，这正如你所言。你的话就是这样，没有任何含义。你想找到我，才会说你有话想跟我说，这也没有意义。我就是你，所以没必要找我。你知道我的目的，也知道我的位置，你知道跟我有关的一切。这样的话，那你还有什么可跟我说的呢？”

布克少校在电梯外看向这边。从上校的视线角度，零看到了自己，“快进电梯。”边挥手边朝布克少校走去。

“零，快过来！”少校的声音从电梯里传来。

“公爵会再次发动攻击。”

零进入电梯的瞬间，公爵发射了地面导弹。不好！它没有装动力引擎。这枚炸弹像被地表吸入一样落到地面。零明白，这一视觉感受来自于少校。

但之后再无动静，没有爆炸，甚至连落地的响声也没有。从引擎声来判断，可以得知公爵正在远离这里。

“少校，现在是什么情况，没有爆炸吗？”

“要么是哑弹，要么是幻觉吧。我的印象中公爵上没有地面炸弹。零，我还想问你现在这是什么情况？发生了什么？”

“雪风异常中止了攻击。”

零打算当作这次轰炸没有发生过，雪风也当公爵投下的炸弹根本就不存在。

“攻击目标是什么？为什么非得攻击机场指挥塔？”

“是伦巴德上校！他在指挥塔里！要是我们再发动攻击，上校会反击的。上校开过公爵吧？也许雪风把我当成了上校，让公爵发起攻击，不管怎样都很危险。”

“你觉得现在可以乘雪风回去吗？”

“不行！雪风还没有放弃。”

“你怎么知道？”

“因为我还活着。”

“我不懂你什么意思。”

“我还没有放弃，雪风也是。它感觉到我还活着，由此判断出上校还在，不过我不懂它的真正想法。总之现在乘雪风回去不太可能，它会拒绝的。它终究只是想让我找到上校。”

“你能找到吗？”

“上校的确就在附近，杰克，你应该也能感觉到，毕竟我们都是人类，可雪风不知道。我们必须把上校引到雪风能够看见的现实世界。难度非常大。有了刚才的经验，上校一定会提高警惕。”

“没错。”

布克少校出了电梯，环顾四周，“感觉这里似曾相识。我被公爵、雪风袭击已经不是第一次了，当然会觉得熟悉。总觉得似乎在特殊战主升降机附近有过相似的经历，不对，确切来说是做过相似的事情，貌似与现在的经历一模一样，或许那就是现在的记忆吧。这种感觉太奇妙了。”

零也走出了电梯，看向指挥塔，那里仍然浓烟滚滚。其实它是被公爵所破坏的，不是幻觉也不是妄想，而是现实。

“你的记忆出现了断片是吗？我明白，记忆被分割成几段，时间顺序也被打乱了，并且你的记忆中混杂了我的经历。”

“我想让福斯上尉给我看一看，会不会出了什么问题？”

“病了的是这个世界，而不是你的大脑。”

“那我就姑且相信吧。那时你在特殊战司令中心说，现实这副扑克牌被洗乱了。现在我好像明白你的意思了。”

布克少校朝零点头，接着问道：“你刚才在雪风上很害怕吧？你说发现这是个无人世界。你察觉到了什么？”

“有了大发现，我非常兴奋。”为了向少校解释，零回忆起当时的想法，但激动的心情没有再度出现，“但是现在脑海中已经不太清楚了。”

“想不起来了吗？”

“不是。雪风平时在飞行时就意识不到人类的存在，它觉得这就是它的世界……”

零对布克少校解释道，但没能解释清楚自己当时在兴奋些什么，便略微有些着急。随后他又认为，自己无法传达当时那种感觉才更符合人类，混合了相互记忆与感觉的世界是异常的。

“非人类世界吗？原来如此。”少校身形一震，说道，“我们就相当于被带入非人类世界的侦察吊舱吧。别说是雪风的想法，连导弹射入敌机的感觉我们都能体验得到。”

“这我可没想过，还真是佩服你的想象力。”

“不是想象，是推理。”少校换回他那一贯冷静与自信的口吻，说，“雪风现在的确是在追击伦巴德少校。看上去雪风是在攻击特殊战，因为它感觉到上校在那儿，这种解释似乎说得通。多亏你经历了这么多事情，收集到了情报，特殊战才能继续战斗。只有我们特殊战能收拾局面吧。一旦失败，FAF 就会毁灭，人类也将走向灭亡。”

“迦姆的力量实在令人匪夷所思。”

少校不以为然地说：“这都不是问题，问题出在伦巴德上校身上，是他打破了我们正常的现实感觉。我们必须得想点办法，让雪风攻击他是个正确选择，判断非常准确。”

“这对雪风来说也是威胁吧。”

“没错！我们必须与雪风并肩作战，但要注意别被雪风迷惑了，特别是你。”

“知道了。”

“你跟上校之间发生了什么？刚才你朝指挥塔上大吼了吧，你们说话了吗？”

“我不太确定那算不算对话。也许是我身体里的自己与潜意识里的自己对话了。”

“说了些什么？”

“我跟你提过上校的真实世界说吧？”

“之前在司令部听你说了，感觉跟梦境一样。”

“上校说，越接近真实世界，自己与他人的区别就越模糊，最终将变得没有区别。但我认为人类的能力正是如此，即便不搬出什么真实世界说，也能做到。我本想告诉上校，但被他巧妙地转移了话题，不过我也没有表达清楚。”

“你是想举镜像细胞产生的人类共感能力这个例子吧。如果看到有人吃了酸食而五官扭曲，自己也会不由得龇牙咧嘴；就算对象不是人也没关系，看到一块石头，也会感觉到自己变得坚硬了。上校一定也知道这个学说，人脑中存在能够引起这种感觉的特殊细胞，这跟他密切相关。”

“什么？”

“福斯上尉说，上校脑中的某个部位有个小缺陷，造成他无法像正常人一样轻而易举地察言观色，也就是共感能力很差。”

零叹了口气：“原来是这样。不过这对上校是有利的。”

“为什么？对什么有利？”

“上校的脑部缺陷可以证明，自他区别消失与那种共情能力没有关系。上校说过，人类的大脑是假想出来的。他或许可以通过移除自己不正常的脑髓，来跟我们产生人类与生俱来的共同感觉。多亏这种异常，离真实世界更进了一步。上校的脑部缺陷有力地补充了他的说法。”

“他没有体会到你的心情，他没听明白你说的话就是最好的证据。你们俩完全不能相互理解。倒不如说正在远离真实，他的缺陷完全没有起到强化作用。”

“这样吗……这么说来，好像的确如此。果然要赢上校，非你不可，少校！”

"我也会尽量跟他讨论这个的。去找他吧。"

"去地下吗？"

"当然，反正我们没有其他选择。雪风似乎执意要留在这里，不想返航。我们不调查一下这个基地也没法回去。上校逃到这里，说不定已经变成迦姆了。"

"变成迦姆？是什么样？"

"要是知道就不用找了。走吧。"

"坐这个电梯吗？"

"这是最容易想到的路线。如果上校坐的那架飞机在基地内，那他很有可能坐了这个主升降机。"

布克少校一边说着，一边拉开枪膛，装入第一枚子弹。

"上校会随身带枪吗？"

"至少会带把手枪吧。这是他的私人物品，听桂城少尉说是把昂贵的银制手枪，在这儿应该不会用吧。"

"用这把手枪来对付我们太浪费了吧？这家伙真讨厌！"

"我的意思是，他想对我们下手的话，没必要用枪，他有更有效的手段。"

"比如？"

"比如基地弹药库的塑胶炸弹，能够一次性炸毁整个地下基地，或者……"

"够了，趁我没打消念头的时候快去吧。你先走，上尉。"

"明白了，少校。"

零走进电梯，目光寻找着操作屏。这里的构造与特殊战主升降机相同，立在地面的金属杆支撑着控制盘，安有电梯操作屏与电话。

零感觉时间仿佛倒流到了过去。他走近控制盘，按下了屏幕上的下降按钮，可没有任何反应。

“动不了，杰克。是不是电源没接通？”

“我也觉得，基地仿佛已经死亡一般。”

“你说过要坐电梯下去吧？”

“我没说要坐电梯。电梯井道里备有应急梯，以防电梯突然停止运行。在里面，我们用这个下去吧。”

他们朝里走去，剥落的井道壁与电梯地面的边缘隔着一大块间隙。虽然有扶手，但一不小心就会从间隙里掉下去。握着扶手往下窥去，像是从高楼的阳台上向下俯视。阳台对面就是隔壁的大楼，仿佛伸手就可以触及墙壁，直逼眼前。那面墙壁就是斑驳的电梯井道壁，上面有一些固定的铁梯，梯子垂直放着，一直向下延伸。应该是要用这梯子下去。下面很暗，但不是漆黑一片。

“看得到吗？那个亮的地方就是人类紧急出口。那扇门开着，通道的光透了进来。”

“但是好暗，这应该是应急灯。照明灯被关了，下面没有人吧。”

“有人把那扇门打开了。”

“可能是上校，会不会是他坐着迦姆机到了地下？”

“不太可能。”

“那是谁下去了？”

“不是下去了，而是有人从那里上来了。”

“你怎么知道？”

“除非发生紧急状况，否则地下基地的通道和公共场所的灯不会熄灭。可现在灯灭了，就说明发生了紧急情况。”

“地下基地的人逃出来了吗？”

“这种想法比较合理吧。”

零点头说：“是的吧。那现在这里就没人了。”

“上校跟那一伙人可能还在。”

“一伙指的是迦姆吗？”

“参加叛乱的那伙人，上校的部下，他们参与了上校的FAF吞并计划。假设这里是他们的据点，那么上校来这儿也说得通。”

“那凭这种只能保命的救生枪是没有胜算了，杰克，我们不是特殊部队。”

“这是我的台词吧。”

“输，是我的台词。我们两个人来这里就已经输了，势单力薄。”

“那要怎么办呢，零？雪风不是让我们去调查吗？”

“现在这种局面，前有狼，后有虎。后退一步是雪风，向前一步就是那些嗜血的叛乱者。”

“为什么是背后的虎先来呢？那应该是前有虎，后有狼。一波未平，一波又起。”

“还有一难吧。隐隐之中有种不祥之感。下面到底发生了什么呢？”

“叛乱者蜂拥而起，基地人员想要压制他们，于是就发生了冲突吧。”

“那应该是两败俱伤了。双方相互厮杀，最终残存下来的少数人想方设法逃出了这里。现在他们都离开这里了，杰克。这里没有其他人了，感觉不到任何人的存在，你也能感受到吧？”

“我们应该在非人类区域吧。你说过，并非没有人，只是我们感觉不到，对方也看不到我们，所以没关系的，不会发生冲突。”

“不是这样子。我们现在就像侦察吊舱一样，其实我们的身体是被雪风发射出来执行任务的。也许是为了来感知人类的存在，或者说是为了来找上校的。如果我们无法感知人类的存在，那雪风把我们带到这里就失去了意义。这跟刚才特殊战司令中心的情况完全不一样。是雪风感觉到进入了非人类区域，不是我们。我们是人类，不可能感受不到人类的气息。”

零再次握住扶手，向下面看去。真的有人从那个紧急出口上来了吗？要是上来了，那后来去哪里了呢？乘运输机离开基地了吗？或者是往深林中去了？

“如果这些叛徒成功占领了基地，或是正规部队镇压了他们，都应该会确保电力供应，恢复如初，但是任何一方都没有把这里恢复原状。基地中不见人影，如同陷入了死寂。”

“嗯。伦巴德上校对这里发生的一切也会感到很意外吧。”上校往下看去，说道。

“应该吧。”

“可能上校一个人从这里下去了，不排除这种情况。”

“是的。”

“但应该不是进来了，而是出去了。”少校看着零说道，“紧急出口的门只有从内侧才能打开。如果上校是一个人，没有同伙的话是进不来的。上校来的时候那扇门已经打开了，而有人出去的时候上校刚好来了。不，可能上校根本就没有下去，刚才他在指挥塔上是吧？”

零沿着扶手靠近了铁梯，自问自答：“开门的人去哪里了？即便不是从这里出去的，也应该都上来了，现在没有其他人，看来是全员转移了。会不会是迦姆发起猛攻，全员立马放弃基地逃离了呢？”

“逃跑路线只有‘通道’，他们也只能逃去地球。”

“就算运输机可以容纳他们所有人，但那么短的时间里绝对做不到，比武装夺权的成功率还要低。”

零的左手无意地触摸到铁梯的一层踏板，却感觉到一些异样的触感，黏黏的，像是煤焦油。

“这是什么东西？”

“零，怎么了？”

“这上面沾了些东西。”

零把手从扶手上移开，朝着外面明亮的地方走去，发现手上竟是一片鲜红！

“零，没事吧？你受伤了！”

“不，这不是我的血！”零摇了摇头。

“半干的……血！”意识到这一点，零仿佛调动了自己所有的感觉，开始扫视周围的环境，脑袋嗡嗡作响。他站起身来，闻到了一股腥味。

“什么啊，这是？！”少校问。

眼前就是这腥味的来源：电梯出口处，躺着尸体！人类的尸体！不止一具，外面也有不计其数的尸体，这是大肆厮杀的现场！

少校的声音再次响起，“为什么刚才没发现呢？”

“之前为什么不知道呢？”

深井零屏住呼吸思考，那是因为雪风对尸体没有兴趣。

“只有一个目标，就是找到活着的上校，其他一切都是干扰。”

“零，你说什么？”

“如果我们察觉到这里有尸体，搜寻上校的效率就会下降，所以雪风启动了干扰消除器，屏蔽了我们的感觉，就跟调节情报收集感应器的灵敏度与波段一样。”

杀戮现场异常凄惨。有的尸体被冲击波从腹部直击头部，头盖骨的上半部分已被吹飞，头盖骨内没有脑髓，塌陷下去，只剩下四肢、腹部、头发，血肉模糊。

“他们用的不是冲锋枪之类的，应该是榴弹。这是场大扫荡，彻彻底底的杀戮现场！武装夺权需要闹到这个程度吗？”

“杰克，所有人都杀红了眼。我说过吧，叛徒也是人，被杀的都是人类。”

“……迦姆谋划的人类大扫荡吗？”

“如果迦姆想彻底消灭人类，应该会第一个拿上校开刀吧。”

两人出了电梯，一刻不停地离开了这些尸体。

布克上校深呼了一口气，说：“如果这不是迦姆干的，那就是上校那一伙人。能进行这样残忍且大规模杀戮的，只有人类吧？”

“不对。”

零也开始深呼吸，心想，刚降落到基地的时候，空气中的潮水气味就是这种味道。他对少校说：“这些老是觉得人类很麻烦的机器，也能使用战斗机的火神炮。”

“什么意思？”

“在来这里之前，司令中心 SSC 说过，FAF 里也存在一些系统，认为在与迦姆作战中，人类对它们形成了干扰。实际上，STC 不需要除了特殊战以外的人类。”

“你的意思是，特罗尔基地战斗控制系统等机械智能体发起了叛乱？”

“如果是为了提高战斗效率，算不上是叛乱吧。直接问一下不就知道了？”

“我们不会是要下去吧？”

“杰克，这不是你刚才说的吗？”

“但你看看眼前的情况……”

零打断了上校的话：“看不看都是一回事，我们在这里着陆的时候，一切都已经发生了。如果能让死者复生，我立马就行动，但是现实是，事已至此，为时已晚了。我们只能查明他们的死因，也许原因就在下面，我们去问问基地中央计算机吧。”

“按这个情况，计算机应该死机了吧？”

“那你去启动它，杰克。可能雪风带你来这里就是这个目的。”

“启动了它肯定会攻击我们。若如你所料，它将变成一个杀人机器。”

“这要看交涉情况。如果让它从假死状态复苏，说不定感谢你还来不及呢。要改变它的想法，让它觉得人类不会对它产生妨碍，这就够了。它有一定的危险性，但武器就是如此。跟迦姆开战，一定需要武器！杰克，你要知道，事情发展到今天，都是因为迦姆发起了侵略战！这些人也都是间接死于迦姆手下，特罗尔基地已经毁灭了！特殊战以外的所有部队也许都遭遇了同样的事情，再这样下去我们会输给迦姆！雪风不想输给它，所以把我们带到了这里。”

少校思索了片刻，说道：“我明白了。我们找找别的出口吧。”

零点头说：“这个办法好！开始找吧。”

雪风的引擎似乎稍稍加快了转速，气体进出声的节奏发生了变化。深井零觉得雪风也同意这个做法，并在鼓励他们。但事实上，雪风给零的高昂情绪泼了一盆冷水。

雪风启动了。本以为它会突然向前移动，但它似乎扭转机头，改变了前进方向，朝零这边行进，同时，缩小了前轮、前起落架的减震支柱，让人不禁联想起肉食动物的捕食动作——转过头盯着猎物，压低身体，似乎下一秒就要猛扑上去。

深井零感到了来自雪风的威胁，雪风仿佛一只巨型的猫，而自己就是一只老鼠。

“杰克，小心射线，快跑！”

“什么？”

“快逃！雪风要开炮了！”

为了逃离雪风的机关炮与目标之间的射击线，两人朝着垂直方向跑去，视线仍紧紧盯着雪风的炮口。

雪风的机头停了下来。零确认了自己不是那只老鼠，雪风的猎物并不是自己。可下一秒雪风就开始了射击，那一瞬间的安心刹那间被击飞。

机关炮的排气口冒出的白烟，震耳欲聋的爆炸声，都让人不寒而栗，也让人不由得看向那道射线的命中方向。等看过去时，射击已经停止了。

据零估算，从射击开始到最后，大概发射了一百五十枚机关炮弹，射击持续一秒以上，但不到两秒，大约一秒半。

零觉得射击停止得很奇怪，让人不由得怀疑，机关炮的过热保护安全装置启动了。

但未处于飞行状态，就无法达到空气对流，使得空气冷却，不过发射的子弹数目应该也不至于造成温度过高。当各种安全装置监测到异常震动、温度过高时，会立即发出警告，而射击者忽视警告，继续射击，这时启动的应急手段就是强制性中断射击的安全结构。

为了防止结构各部分的故障以及结构性破坏造成的走火或自爆，机关炮内都装有各种安全装置。但最终启动紧急停止装置的是中央计算机，也就是雪风自身。这种非常情况下的紧急停止动作程序与射击者的意志无关，而是被强制性实施的。

总之，控制射击动作的是雪风。如果不是弹匣空了，或是机关炮损坏，那一定是雪风停止了射击。现在要考虑的不是安全与否，而是尽可能全部击中目标，所以才会停止射击。雪风判断，一秒半发射一百五十枚机关炮弹已经足够了。

深井零认为，之所以会觉得射击半途终止、不够充分，是因为只有达到一定程度的长时间持续性刺激、信息输入，人类的感觉才能得到满足。在雪风看来，人类只是在做一些低效无益的信息处理工作，结果就出现了这种差异。

零心想：雪风绝对不会放空枪，不会像人类一样以防万一而补一枪；或者因恐惧与憎恶，不断扣动扳机。我也绝不会采取那种射击方式，而是机械、高效地瞄准目标射击。但如果是从对敌人的打击效果来看，肯定会浪费子弹，毕竟自己是人类，认为现在的射击时间与子弹数不够就是最好的证明。

这种感觉让自己强烈地意识到自己是人类，也使得自己再次确认了雪风不是人类，这一点毋庸置疑。

雪风的射击目标——不浪费子弹——应该已经达到了。深井零在心里默默想着，向雪风的攻击目标看去。

指挥塔的底部只是一些没有窗户的水泥房，但一层的墙壁上开了一个很大的洞，似乎是被凿岩机凿通的。

零在思考：这是什么？这场射击到底有何意义？

零看向前方，断壁残垣仍然冒着白烟。可他没有想明白任何事情，不知道雪风为什么要射击。

难道雪风在那儿感受到迦姆了？也许是因为伦巴德少校在那附近，又或者说有着其他超乎人类想象的目的。

除了迦姆，雪风还有什么攻击目标呢？就在他百思不得其解时，布克少校突然说："似乎真的有！雪风命令过我们进入那里，还催我们要快点。"

啊！原来如此！零恍然大悟，不过没有表露出来，只对布克少校说：

"你知道吗，杰克？我在问你！"

"零，你急什么。我又不是雪风，雪风怎么想的，你去问它好了。你又觉得自己没有被当成人类了是吗？"

"为什么这么说？"

"我以为你知道是不是雪风凿了那个洞，并让我们进去，所以才会问你。你理解成了，我认为你更接近雪风这架机器，而不是人类，所以才会了解它。你曲解了我的意思，才会如此焦躁吧？"

"不，不是的，你想错了。"被少校这么一说，零也意识到了自己的急躁，在搞懂自己为何焦躁后，回答道，"我也不知道雪风在想些什么，这让我很懊恼，仅此而已。我不觉得自己是雪风那样的机器，也没有把雪风拟人化看待，不过不明白雪风的意图跟这些都无关，这对我来说并不是一件有趣的事情。我很生气，明白吗？"

"是自尊心的问题吗？"

"什么意思？"

"不知道这样说合不合适。你是最好的雪风驾驶员，我毫不怀疑，你自己也是。身为雪风最好的驾驶员，并且能理解它，你感到很自豪。现在你的这种自豪感受到了挫败，所以会觉得没有意思。这很符合人类的反应吧？”

“听了你的话并不觉得受到了安慰。”

“当然，我并没有打算安慰你，现在的你不需要安慰。你不仅悲伤、失落，还非常生气。”

“是的，我在气自己。”

“是我问得不好。我自以为你肯定会明白雪风的想法，心想有不懂的问你就行了，没有必要自己辛辛苦苦地去寻找结果。你是对我的这种态度生气吧？你不是在生自己的气，而是对我的态度感到生气。原因出在我身上，对不起。”

“对不起？”

“道歉还不够吗？”

“不，我不是这个意思，怎么说呢，总觉得很奇怪。”零盯着少校说道。

“哪里奇怪？”

“平时我们从未想过去弄明白自己的心情，找出自己情感的来源，或者自省。你不觉得很奇怪吗？你刚才跟我道歉了是吗？原本你不是那种会老实认错的人，你不觉得很奇怪吗，杰克？”

“嗯。”

布克少校看看周围，点了点头。

“是的，确实有点奇怪。不过现在不是我们弄清对方心情、想法的时候，可现在控制不住自己。我们不应该在遍地的尸体旁讨论这些话，在福斯上尉的诊断室倒是可以。等等！是雪风吗？雪风在探寻我们的内心？”

“又是这样吗？”

“什么又是这样？”

“你去问雪风。”

“好吧。不对！零，你现在的问题跟刚才不一样吧？你是不是也不打算去确认？”

“是的吧，也许因为现在已经消气了。”

“有趣！现在这种情况的确很奇怪，不过也非常有趣，就像有人在监视我们的思维和感情。这种干涉可能会让我们发觉自己平时没有意识到的潜在心理活动。也许就像你说的那样，这存在于雪风视角下的世界之中，雪风应该在监视我们。”

“就像我们监控雪风的仪表变化情况一样吗？”

“这个比喻形象易懂。不对，不是比喻，真实情况就是如此！好厉害，这太不可思议了！”

“情绪要是出现波动，小心被伦巴德上校迷惑。”

“上校应该觉得待在这里很舒服吧，可我不这么觉得，这里太异常了！我必须想办法回到正常的世界中去。”

深井零说：“那只能靠雪风了。”

“从空间上来说，无论飞到哪里都是一样。”

“我知道。我们并不是要去寻找正常的时空，这个世界是正常的，异常的是人类的看法与理解方式。我们现在经历的是非人类感觉体验到的现实，因此，应该说要找回我们的现实，而不是回去。”

“那怎么利用雪风呢？”

“现在我们处于雪风视角下的现实之中，这一点应该没错，因为雪风需要人类的感觉。那我们就达到它的目的，满足它就行了。任务百分之百完成，作战结束后，我们就解放了，也能找回我们的现实。”

“雪风想让我们找到伦巴德上校，这个可以肯定。但是我不认为找到上校后，再杀了他，雪风就会满意。”

“我同意。雪风一定也跟我们一样，想找回属于自己的正常现实。虽然它在利用人类的感觉，但这肯定会降低它自身的效率，造成压力，所以……”

“不对！只有人类才会想要找回自己的现实，或感到压力，对雪风来说可能没有太大影响。我们不能用人类的感觉来推测雪风的想法。你说自己没有把雪风当作人类看待，可我们人类能站在他者的角度看待自己。无论是好是坏，我们都无法从中逃离，你也是！”

“可以说我比自己想象中还要更符合一个人类的特征，是吗？”零问道。

少校笑着点头说：“不错，就是这样。这也证明，你跟我现在都失去了属于人类的现实，导致我们无法明白雪风的想法。真是讽刺！伦巴德上校可能比我们更了解雪风的想法。”

“为什么？”

“你说过，他的共感能力有些低。也许是镜像细胞、镜像神经元等产生的换位思考功能有所缺陷，这也是人类大脑特有的功能。如果对上校的这一预测正确，就能知道为什么他会希望这种事情发生，并顺利适应。上校看到的是真正的世界。我们常常切换到人类的角度观察事物，那样就只能透过共感化过滤器来看待世界了。不过上校跟我们不一样，他看到的世界比一般人更真实。得益于此，上校或许能比我们更直接地了解到雪风的行动目的。说不定上校也知道这次雪风的射击目的，而且他并未完全失去人性，所以他也有可能问出雪风的意图。”

“虽然我不是林内伯格少将，但上校活着对我们也更有利，可对雪风就不是这样了吧。”

零说：“雪风的目的只有一个——战胜迦姆！仅此而已。”

“是的，没错！”

“无论是压力，还是属于自己的现实，都跟雪风无关。少校，就像你说的，无论有多大压力，现实如何变化，只要仍然具备同迦姆战斗的功能，雪风的头等大事就是击败迦姆！雪风不是为了逃出这个异常之地才想杀上校，它是在攻击迦姆！”

“可能吧，”少校点点头，说，“杀掉上校一个人，雪风不会满足。它凿开那个洞，与上校的生死无关，也许不是打算发动攻击，而是有什么别的意图。”

“难道是给我们的信息吗？比如想让我们去调查里面究竟有些什么？或许是你刚才说的，它在催促我们快点下去？”

“仅凭一时冲动而贸然行动，会有危险。不能稀里糊涂地靠近那个洞，太危险了！但我们必须下去！这个基地的所有功能都已经停止了。雪风把我们引到这里，应该是想让我们启动基地的中心计算机，让它重回与迦姆的战争之中。这是你刚才说的，似乎就是这样。”

“谁说的，说了什么，不重要。重要的是我们明白了雪风想给迦姆狠狠一击。”

“没错！在这里评论是是非非没有意义。想知道雪风的想法，直接去问它就行了。”

布克少校说着就朝雪风走去。

“你要上去吗？”

少校回答：“我在看里面的仪表，或许会知道它在谋划些什么。射击状态似乎还未解除。零，你注意周围，不要靠近那个洞，迦姆可能会从里面出来！”

零提醒少校：“雪风随时会起飞，梯子也收起来了。你小心，雪风可能抗拒被你触摸！”

“明白。我会注意的，不会被它摔下来。”

少校的话听上去像是要去参加马术竞技表演似的，但雪风不是烈马，连生物都不是。少校的行为比马术表演更危险，就如同在一座不知何时会喷发的火山的火山口处向下窥探。不过探索雪风的想法可能比窥视火山轻松一些，雪风是人工制造出来的，通过仪表等工具可以与它进行沟通，人类提前就已经设计好了。在硬件方面，布克少校比我更了解雪风。如果雪风的想法在主屏幕上以目标记号显示出来，任何人都能明白；即便没有显示出来，布克少校也一定能比我更快地洞悉。

零认为这件事交给他就行了。他将视线从布克少校身上转移，警惕地看着周围。

四周仍是堆积如山的凄惨尸体，气味也没有散去。脑中突然浮现出一幅恐怖的画面，这些尸体变成僵尸一齐袭来！虽然不至于毛骨悚然，但还是觉得有些可怕，总感觉被什么东西盯上了。

零突然意识到，或许这是雪风的警告！

是被射击的洞穴方向！零看过去，发现洞内有动静，反射性地举枪大叫：

“杰克，敌人发起袭击了！”

只见有东西从黑暗的洞中走了出来，三个暗红褐色的巨大身影！背后传来少校的叫声：“是BAX-4！这家伙装了对人机关炮，是它杀了所有人！零，趴下！”

零向前方探出身去，雪风再度开炮。瞬间，BAX-4的巨大身影粉身碎骨，血沫四溅，无一逃脱。

射击声的余音还未消失，零第一次看到了BAX-4。他刚准备站起身来，就听到布克激动的制止声：

“零，不要动！别抬头！别进到雪风的射击线程内，它还在！”

正如布克少校所说，背后雪风的引擎声发生了变化，不看也知道是什么意思。

雪风变换方向，转向别的目标，继续轰击。

持续约三秒的射击声响了一次、两次、三次，断断续续。零感觉到头上有子弹飞过，绷紧了身体。子弹从指挥塔飞向电梯楼的方向，似乎将空间截成两半。四次、五次，终于停了下来。

零估算着大概发射了一千五百多发子弹，不禁感到一阵胆寒，但现在应该可以放心了，雪风的引擎声低了下去。

再看看身后匍匐在地面上的少校，机身一旁，他蹲在雪风的驾驶舱下。

“零，你保持这个姿势往左移，站到射击线外就没事了。”

零照做。少校离开了雪风往回走。

零说：“原来不是迦姆，没想到会是BAX-4！是叛徒控制它们攻击我们的吗？”

布克少校否认：“不是，里面没人，只有一副躯壳。”

“看上去鲜血四溅。”

“我一开始也这么认为，但仔细看就会发现并不是这样。飞散开来的是红色的涂料片和关节处的润滑油，不是血，也不是人的肉体；被破坏的只有外壳，也就是BAX-4机体而已。二十五六架都是这样。”

少校指着说：“最开始有三架，防空设备的墙壁上也开了洞，里面出来了五六架，机库里出来了一群，刚才我们查看过的电梯内出来了三架。”

所有 BAX-4 都被破坏得彻彻底底，躯干被切断，头部散落到了别处，四肢也不知飞到了哪里。少校说得很对，这些残骸中没有人类的躯体，细看远看都知道。零意识到雪风在告诉自己，自己的感觉没有错。看着被拧下散落的四肢，也没有任何生理上的厌恶与不快。

“都成这样了吗？”零说。

“可能是的。我们还是去看看吧。”

零重新冷静下来，问少校：“BAX-4 穿着战斗服吧？那是动力装甲服，但它不是战斗机器。”

“不愧是由伦巴德上校主导开发出来的机器，性能确实超乎想象！即便没有人类操作也能自主行动，也许那是 BAX-4 的升级型或量产型。这种陆地战斗型兵器的具体开发情况并未告知我们特殊战，连我都不知道！如果实际投入使用，那么表示试行开发中的 X 字母就不会亮起。那家伙的制式名可能是 BAR-1，是已经正式投入实战的实战型机。”

“谁在操控呢？”

“操控？”

零说：“我不认为它有能独立思考的头脑，它的脑袋看起来是空的。”

“不一定非得在头部放置智能组件，仅从表面上看不出来。的确，自主战斗行动并不一定代表机器有多么高级。原来是这样，”布克少校警戒着周围，朝零说，“是总管战斗管制系统的计算机！就是在特罗尔基地战斗指挥中枢的那家伙！”

“没必要重新启动，只要让它醒过来吗？”

“不是自然地醒过来。”

“什么意思？杰克，是你唤醒了它吗？”

“是雪风！”少校看着后方，说，“雪风唤醒了它，告诉它这里有人类存在。”

“雪风告诉基地中央计算机我们企图侵入地下？”

“是的。雪风的通信机器启动，并传输了数据。联络方还不清楚，但已经确定雪风与别处的计算机进行了联系。”

“雪风唆使基地中央计算机用 BAX-4 攻击我们？”

“零，你在说什么，你自己知道吧？刚才的话是认真的吗？”

“雪风不会唆使它来攻击我们的。你刚才说雪风告诉中央计算机这里有人，中央计算机仅仅这样就会醒来吗？”

“不是已经清醒了吗？去看看就知道了。地下的照明灯应该从应急灯恢复正常了吧，空调也是。我打赌，电梯也是由基地中央计算机控制运行的，不过我不会像福斯上尉那样赌上全部财产。”

“雪风想恢复基地的所有功能。对于特罗尔基地的战斗智能机来说，它们的敌人就是迦姆，不是人类，但人类对它们与迦姆的战斗形成了妨碍。伦巴德上校组织的叛乱军与正规基地部队的战争，就是人类之间的战争，这一定超出了战斗智能体的理解范围：他们不知道哪一方是敌人，不知道应该执行哪一方的指令；它们感觉不到人类之间发生了纠葛、纷争，只知道数据紊乱或是指令错误。”

“所以它就利用 BAX-4 这副空壳，肆意屠杀人类？”

“这不是机器对人类的叛变，而是彻底解决出错原因，断绝数据紊乱产生的源头。我理解你的想法。”

“那为什么之后中止了基地功能？”

“这个直接去问中央计算机就知道了，你也说过。我们降落到基地之前，顺路去了特殊战司令中心。现在的基地跟那些STC停止运行理由相同吧？”

“那儿的STC与SSC无法与我们取得联系，所以进入了待机状态。但这里不一样，这些机器主动进攻人类，太荒唐了！”

“不，跟人类无关，显而易见，原因在于迦姆。深井上尉，不是人类，而是迦姆！”

“这到底是怎么回事，少校？”

“迦姆消失了，中央计算机以及其他战斗智能体失去了存在的理由，就停止了一切功能，跟单纯的待机状态不一样，也就是哲学意义上的‘死’，迷失了实际存在的理由，陷入了绝望。绝望如同孤独，是濒临死亡的病症。”

“杰克，你这拟人手法是不是用过头了？”

“绝望一词确实有一点夸张了。但是它们感觉人类在与迦姆的战争中形成了妨碍，这样高级的战斗智能体，对于无法发挥自己的存在价值而感到绝望，也是有可能的吧。它们正是理解了自身的存在价值，才会对人类采取那种行动，停止自身功能。”

“我们人类现在出现在这里，使得中央计算机死而复生了吗？”

“是雪风采取直接行动让这里的中央计算机复苏了。它向地下的战斗智能体传输信息，告诉它还有事情要做。它说的不是迦姆来了，而是地面上有两个人类，可能会降低它们的功能。这一举动对雪风来说非常危险！我们已经成为雪风系统中的一部分。雪风不能让BAX-4攻击我们，所以就率先下手，攻击出动的BAX-4。”

“我已经摸不着头脑了。”

“我们人类确实不明白，因为我们不懂雪风与基地中央计算机的真实想法，所以当然会摸不着头脑。”

零推测：“FAF 战斗智能体也无法理解伦巴德上校策划的叛乱吧，也就是人类之间、友机之间相互攻击。但雪风很清楚，没有丝毫模糊，一清二楚。雪风告诉特罗尔基地，敌人不是人类，而是迦姆；为了攻击迦姆，中央计算机必须苏醒过来！”

“也许吧，说不定菲雅利基地以及其他的前线基地也发生了这种现象，除了雪风以外的特殊战战队机应该都去了那些基地……”

零打断少校的话：“少校，按你说的这些，迦姆可能实施了一些荒唐的战略。”

“什么战略？”

“你自己说了，没注意到吗？杰克，迦姆通过让自己消失，来逼地球计算机自我毁灭，对吗？”

“迦姆有意从菲雅利星球消失是它的一个战略？不对，我们不知道它是否真的消失了。”

“倘若迦姆的敌人不是人类，而是地球计算机，那它可以靠这种手段获胜。迦姆在等计算机真正、实际上的死亡，这场战争就结束了。实际存在的这个问题跟时间毫无瓜葛。这是一种病，如果被纠缠住就完了，要是没有治疗之策，就只能等死，甚至会传染到地球，地球现有的文明也会毁灭。我们不知道这是不是迦姆的企图，所以不能说是迦姆的胜利。不过从人类的角度来看，结果是已经屈服于迦姆，输给了迦姆。”

“嗯。”

“杰克，以前我一直以为，地球变成什么样都与我无关，但如果迦姆消失了，我就不能说这样的话了。迦姆不在了，雪风的存在价值就消失了，我也就不被需要了。到那时，假如地球毁灭，我们也就没有了容身之地，这就是你所谓的，通向死亡的真实道路。在失去意义的 FAF 里，我们能做什么呢？”

布克少校若无其事地说：“每天干干农活，修整修整雪风，做此类事情便会感到满足，这样也还不错。至少 FAF 这个组织会解散吧。”

“迦姆要想让人类自我毁灭，也可以用这个手段：夺去人类的生存价值，让人类陷入哲学上的死亡就行了。这句话好像是说：人不只是靠面包而活，那就夺去面包以外的东西；虽被夺去面包，但人类不会就这么轻易地死去。可基督教说过，如果让面包以外的事物，例如爱、人道等失去意义，人类就会自我灭亡。你的话总结起来就是这样吧？”

“你真是一语中的！不过就是这样。如果迦姆要直接攻击人类，确实可能采取这种战略。希望它放弃，太残酷了！没有比这更残酷的杀人方式了吧。”

少校边说边看着眼前大片的尸体。

“他们也很可怜，甚至不知道自己为什么被杀了。不能想象，迦姆采取比这更残忍的手段会是什么结局。”

“杰克，你之前一直说，希望迦姆是人类的敌人，是吗？”

“不管迦姆的攻击目标是什么，只要它对人类构成威胁，这个希望就成立吧。如果迦姆剥夺了人类的生存目标或实际存在的价值，那么我们去攻击它不就行了吗？我有明确的目标，那就是迦姆！跟它战斗就是我们活下去的目标。”

“所以，杰克，迦姆它……”

“对了，迦姆不在了吗？这也不会是个大问题吧？”

“错了，迦姆还在！”

“从某种意义上说，一种新的宗教诞生了。我、你，还有部下们，都不再会被迦姆的战斗机攻击丧命。我觉得现在这样就很好。无论迦姆在不在，都已经无所谓了，只不过是信不信迦姆教的问题罢了。人类能够很快地适应环境，没有计算机那么脆弱。是否信任迦姆被缩小到了个人问题，每个人都会立刻习惯的。”

“如果迦姆突然出现，我们只能束手就擒。”

“太恐怖了！”

“我讨厌恐惧之后的失败。”

“现在我们完全不知道迦姆的真实面貌，零。”少校认真地说道。

“你的意思是，我们可能生活在一个幻想世界？”

“有可能！如果雪风这架战斗机是一个幻想，那迦姆应该也不存在吧。”

“雪风正是保证我们正义的核心！”

“是不是核心，因人而异。你那样想也行，因为雪风是你的信仰核心。”

“你的意思是，我把雪风神化了？”

“我不是这个意思。我是说，是否将雪风神化，因人而异。不过无论是谁，如果要相信有迦姆存在，可以以雪风为标准进行判断。”

“雪风在这里。”

深井零转向背后说道：“当然，雪风就在这里。”

布克少校点点头说：“是啊。所以，迦姆不是假想敌，它是实实在在的威胁。不管迦姆现在是否在这里，都对我们构成了威胁。你知道吗，零？”

“是的，就是这个，杰克！”

“什么？”

“这是刚才雪风向特罗尔基地中央计算机传达的情报！中央计算机与雪风之间刚才传达了同样的内容，你没感觉到吗，杰克？”

“刚才我跟你的对话……也可能是由雪风通过追踪我们的潜意识让我们说出来的，对话内容正是雪风想表达的，只不过是从我们嘴里说出来了。原来如此！的确感觉到雪风与基地中央计算机之间也有过这样的交流。不管迦姆现在是否还在，它所构成的威胁都绝未消失。迦姆消失这件事情本身就可能是一个威胁，这也许就是迦姆的战略。雪风确实说过这样的话。我感觉得到，我们的身心都与雪风联系到了一起，尽管这种联系很微弱。”

布克少校说到一半停了下来，注视着雪风，然后又再次看向零，继续说：“真是的，我们这都在经历些什么嘛！”

“雪风的现实世界，恐怕也混有迦姆的世界观。”

“现在我们在没有意识到的情况下，正感受着异星体迦姆的想法吗？这……究竟是什么意思呢？”少校嘟哝着。

“如果没有意识到，想也是白想！想不明白其中含义，就只能靠行动来体会。”

“自然而然就会明白吗？原来如此，我们意识到的世界通常都在模仿真实现实，只不过前提是，真实世界的确存在。”

“还会有不存在的情况吗？”

“够了。深井上尉，走吧。”

“杰克，等等。真实世界也有可能不存在吗？”

布克少校径直走向电梯楼，但又停了下来，说：“世界是由意识不断塑造的，也有说法称，伦巴德上校所谓的绝对不变的真实世界是旧式思维者的错觉。无论哪种观点我都不感兴趣。这种问题的答案并非思考就一定能够得出，零，如你所言，只能靠行动来体会。体会，就是答案，体会是对于一切疑问的答案！现在我感觉到自己活着，这就是终极的答案。”

深井零点点头，沉默不语。

即便少校不说他也明白，他过去就明白，只是没能意识到并用语言表达出来而已。

布克少校对零说：“确认枪支安全。要是走火，丢了性命就麻烦了。检查一下。”

“检查完毕，没有问题。”

“OK。那就走吧。你现在想做什么？”

零看着沾上了血的左手，说：“我想洗手。坐主升降机下去吧，电梯应该还在运行。”

“明白。”

两人进了电梯，走近控制台，刚才操作屏上熄灭的指示灯已经亮了起来。

零建议：“这个能用，我们用这个电话联系司令部吧。”

“会有人接吗？”

“应该没人吧，不过中央计算机可能会回应。”

“先按下降按钮，如果不起作用再打电话吧。”少校说。

零点点头，按下按钮。从下面传来电梯液压升降机启动的声音，电梯门开始关闭。电梯门前的地板上，有一具惨死的尸体。一想到这具尸体也会跟着一起下行，零的心情像是降到了冰点，不过也可能是因为电梯迅速下降造成的吧。电梯开始下降。零把注意力放到了电梯上，他突然意识到自己没有输入身份识别码。

“我只按了下降按钮，电梯就启动了。难道不需要输入身份识别码吗？还是说，雪风帮了我们？”零对少校说。

“其实不需要输入身份识别码，你不知道吧？”少校的回答令人意外。

“平时也不需要吗？”

“想输也可以，只不过是形式而已。”

“真的假的？”

“无论谁输入了什么，要运行的时候都会运行。要是没法运行，就算按顺序输入设定好的编码也不会运行。在特殊战，是由 STC 判断是否运行，这里应该也是由类似的计算机来判断。不过，现在应该是受特罗尔基地的最高级基地中央计算机的指令来控制。”

“我不知道随便输入什么都行，非高层人员应该都不知道吧？”

“或者……”

“或者？”

“跟级别没关系，应该只有一部分人知道，我也不确定。我得到了携带专用操作遥控器的许可，不过以前忘记输识别码的时候，也顺利进去了，因此才会产生这种怀疑。确认操控电梯人员身份的手段并不是身份识别码，而是电梯里的多个监控的录像。”

“我跟 STC 确认过，确实是这样。不过它叮嘱我，如果把这件事泄露出去，我将被禁止使用电梯。”

“如果大家都相信进入电梯时要输入身份识别码，确实可以达到安全效果。”

“是的，毕竟是军队组织，重视为了形式的形式，来确保规则。其他毫无实用性、徒具形式的例子也不在少数，最终导致机械不信任人类。因此如果是人类启动电梯，企图侵入基地内，这个系统能够有效阻止；但若是迦姆，它就束手无策了。基地内的计算机一旦被迦姆或雪风入侵，采取任何措施都只是徒劳。”

“就像现在这样吗？真是令人唏嘘。不信任人类竟会是安全设计的基本原则，这种系统简直是把人类当成傻子了！”

“这本来就不是人类使用的电梯。它是用来升降战斗机的，而非运一两个人。我们私自用这个电梯，可以说是把它大材小用了。大家彼此彼此，没什么好生气的。”

“你很了不起，杰克！”

“你这是在夸我吗？”

“我是惊讶，不对，是钦佩！怪不得你能让 STC 回应你。”

“如果连 STC 都搞不定，还有什么可骄傲的。”

“那你让我开开眼界吧，一定要搞定 STC。”

“我会尽力的。说正事，我非常清楚，如果控制不了 STC，就会有危险，特罗尔基地的惨剧，也有可能在我们身上重演。现在特罗尔基地的中央计算机看上去老老实实的，可一旦我驾驭不了它，事情就没那么简单了。”

“如果伦巴德上校在基地内，那么对他来说也很危险。”

少校说道：“上校在被雪风追踪，我们一定要在他活着的时候见到他。”

“他应该还挺得住，但直接见面恐怕很难。”零看着尸体的方向说道。

“我们只有试一试。找不到他，我们就没法离开这个基地，雪风将拒绝返航。”

“让中央计算机搜索一下上校的位置吧。”

“好主意！就这么办。雪风可能已经跟中央计算机请求过了，但我们仍然要下达一次指令。如果不告知战斗智能体，这是人类与迦姆的战争，那这些牺牲者，这儿的亡灵，怎能安然通往极乐世界呢？”

地面停止了震动，没有丝毫的冲击。零全身的力气像是被抽干了似的，身体出现了错觉，感觉大地还在晃动，其实已经到达了地下。防爆窗开着，零出去之前，贴着墙壁朝基地内窥视了一番。

眼前的通道十分明亮，基地内再普通平常不过了，一切都格外的熟悉。零本已做好了心理准备，以为会看到堆积成山的尸体，但并未出现想象中的这一幕。

活人也好，死人也罢，这里没有一丝人的气息，只有一片沉寂。如果BAX-4在这里的话，不用担心听漏它的任何动静，零一边想着一边竖起了耳朵仔细听，如果注意到空调等的背景噪声，这里可以算得上是十分嘈杂。

“没有尸体！”零说。

“人都被赶到地面上，全体遇害了吧。”

“人类简直被当成了垃圾！这样你都不生气吗？”

少校回答：“零，你可别忘了，我们的敌人是迦姆！这个基地之所以会发生这样的惨剧，是因为人类无法控制自己制造的兵器、战斗智能体与计算机！深井上尉，你要生气也应该是生自己的气。你不也说过吗？武器是一种很危险的东西，现在这样的局面都是迦姆的侵略造成的。好好想想你自己说过的话！”

“知道了，知道了。但一生起气来，我自己也控制不住。”

“你这话太奇怪了，不过非常符合人类的口吻，比以前像多了。”

“都怪雪风！”

“应该说多亏了雪风才对吧？这是个好事！”

“是的吧，”零努力平复自己的心情，说道，“是啊。”

“你能去吗？”

“当然没问题！”

“那就跟上来吧。”

“明白。”

“你要特别注意背后。”

“明白！”

前方是作战会议室，走近后发现比特殊战的更大一些。室内一片狼藉，但看不到发生过枪战等激烈战斗的痕迹，也没有任何尸体。二人大致看了一下更衣室与通道，情况也是如此。零觉得，也许所有人都已经落荒而逃了。

这里不像是突遭袭击。

零走进洗手间，想洗去手上沾染的鲜血，这需要耗费一定的时间。手枪的握柄上也沾上了血。零打开水龙头，鲜血猛地将水流染成一片猩红，他似乎从中感觉到了来自死者的愤怒。

迟来的愤怒，储存在记忆中的愤怒再度出现，还透露出不知向谁发泄的焦躁之感。

这就是人类的共感能力吧，仿佛能对死者的痛楚感同身受，感受他们的愤怒、焦躁、恐惧与悔恨。

零再次告诉自己，也告诉那些亡灵：是迦姆，我们的敌人是迦姆！它没把我们当作人类看待。不过因为它是异星体，这样做也是当然。

总而言之，我们与迦姆的战争，就是一场让它承认我们人类身份的战争。如果不基于这一出发点，一切都无法进行下去。

但在这之前，我们从未考虑过这到底是一场什么样的战争。

也许伦巴德上校一开始就意识到了，这场战争可谓是向神宣告自身的存在、向神发出挑战的战争。布克少校、库里准将亦是如此，恐怕连福斯上尉也是，那么我呢？

我，是人类。除了确信这一点之外，我还需要做些什么呢？

首先要告诉迦姆的就是这件让我深信不疑的事情。那就从这件事开始吧，也只能这么做了，这难道不正是我想告诉迦姆的一切内容吗？雪风也已经感觉到了吧？

它现在至少理解，有时我必须是一个人类！

“好了吗？”布克少校进来问了一句。

这里有我的同伴！同胞、伙伴、与我同样的人类，像一针强心剂般，让我得以安心，产生同感。

“好了！”

零回过神来，掏出在更衣室随手拿来的毛巾擦了擦手。

“战斗情报司令室在下面一层。”

“就在下面吗？”

零小心翼翼地擦拭着救生枪，尽量不碰到保险杆。

少校点头说：“是的。我们走楼梯下去吧。”

“机库呢？”

“看这情况，所有飞机已经全体出击，无一返航。机库是空的，连备用机都没看到一架。”

“迦姆机也没有？”

“没有。”

“上校乘坐的飞机在哪？”

“不知道，目前我还没有把这个基地调查清楚，去司令室看看说不定就知道了。”

两人没有坐人用电梯，走楼梯下去了。进了走廊，两堵看似十分厚重的金属推拉门挡住了去路，想开门也无从下手。

少校惊呼："是这里！上面写着 CIC，战斗情报司令室！"

"这儿比特殊战司令中心的大门要严实一些。"

"这是基地的中枢部位。这儿要是被袭击了，特罗尔基地就彻底完了。"

"应该要输入身份识别码吧？"

"原本应该需要的吧，我也不知道。这里的系统或许跟主升降机一样，没把我们人类放在眼里。"

零尝试着喊道："芝麻开门！"没有出现任何反应。"不行吗？……"

"办法不错。"少校接着朝门的方向说，"布克少校命令特罗尔基地中央计算机，解除 CIC 门锁，开门！"

话音刚落，立马有了反应。一阵压缩空气漏出的声音传来，大门的正中央出现了一条缝，接着左右两扇门缓缓开启。

布克少校嘴角一扬，走了进去。零感觉周围危机四伏，全身汗毛似乎都立了起来。

"等等！有人在吧？"

零盯着前方。门不是自动打开的，而是有谁在里面使劲推。推门的不是人类，从门的缝隙间可以看到，在比眼睛高一些的位置，塞进了一根棒状物，是手指，非常粗硕！大门被往左右推开后，手指与手，以及钢铁材质的粗壮手腕清晰地映入眼帘。是 BAX-4！全身赤红，身形巨大。

"这家伙，是在埋伏我们？"少校飞速后退，掏出救生枪，咬牙说。

零在心里暗想：不，不是的，这架 BAX-4 好像没有想要袭击我们的意思。它是想从里面出来——是的，它似乎正准备逃出来。

“杰克，是伦巴德上校！”零惊得叫出声来，立即说，“不要开枪！否则我们会被反击的！”

“说得没错，深井上尉！”

大门朝左右打开，发出重重的声响，连大地都为之震动。BAX-4 平举着双臂，保持这个姿势一动不动，犹如哼哈二将似的叉腿站着。

零觉得这家伙已经死了。

“弁庆的……什么来着？”零小声说道。

“弁庆立往生（站死）。他是一位中世纪日本了不起的豪杰，站着死去的。弁庆好像原本是僧人，后随军出征，并非武士。”

“我听过他的故事。——你觉得这家伙死了？”

“它只是一副空壳罢了，里面什么也没有，不过……”

伦巴德上校不在这个 BAX-4 内，但他一定在 CIC，战斗情报司令室里。上校被关在这里面，一定是这样。现在我们已经打开了门锁。

“深井上尉，你就是我，当然会知道，你说得没错。布克少校打开了潘多拉魔盒！别，深井上尉，还有布克少校，别沮丧！我是‘希望’，是人类最后的希望！”

接着听到里面传来一阵哄笑声。

“零，你听到了吗？是上校的声音。”

“杰克，没错。”零抿了抿嘴唇，接着说，“我们好像闯祸了，后果或许不堪设想。”

“零，等等，里面很危险！”

“我们现在已经非常危险了。少校，同样都是危险，我们进去会一会伦巴德上校吧。”

BAX-4仍然纹丝不动地矗立着。零从它的手臂下穿过去，进入了战斗情报司令室。

缓缓的斜坡向下延伸至内，数列控制台呈阶梯状排开，正前方是一块巨大的屏幕。

这里仿佛是一个剧场。室内的灯光照在正前方的屏幕上，它本身并没有发光，屏幕上空空如也。一个男人站在屏幕前，态度就像是剧场老板，似乎等会儿马上要致开场词一样。

原来伦巴德上校打算在屏幕上放映一些内容。

“欢迎你们。”上校微微点头示意，说，“深井上尉，你的胆子可真不小啊！”

“BAX-4的机关炮装在手臂上，一直保持开门的姿势，就无法发射。”

“是这样啊？我会把这个缺陷纳入到BAX的改良方案里去的。”

“连这个都没察觉到？亏你还是个上校！”

上校点点头，“是啊，你不就是我嘛，什么都瞒不过你。”

“语言可以隐藏本意。”

“没错！上尉，现在我们的处境一样。我有几个问题想问你，你打算把我怎么样？你为什么会进到这里来？你知道进来了可能就出不去了，但还是来了，你有自信能抓到我吗？”

“上校，是你引诱我来这儿的。你有些话想告诉我和少校。即便冒着性命危险，你仍然非做不可，我都明白。不过当面说话时，我就听不懂你在说什么。”

“我在问你！上尉，你打算把我怎么样？”

“在听到你尚为人类时说的最后一番话之前，我会让雪风保护你的。不知道算不算你的遗言？”

“是这样啊？”

“你信吗？”

“当然信！”

“零，你太好了！”

接着，布克少校也下来了，说：

“上校你什么也别说了，护送我们从这里出去吧。”

“布克少校，欢迎。”

“别来这一套。”少校轻轻握了握上校伸出的手，说道，“不过能见到你我还是非常高兴。上校，原来你的手还是人类的手啊。”

“把我当怪物不太礼貌吧？”

“抱歉，是我失礼了。”

“你被谁囚禁在这里？”零问。

“还用问吗，当然是雪风。”

“你在这做什么？”布克少校紧接着发问。

“当然是控制 FAF。但是这里的计算机受雪风干扰，都出了故障。在你们看来，说是恢复正常，应该更好理解。”

“是你杀害了基地的人吧？”

“错了。机械认为人类妨碍了它们，跟你的感觉一致。”

“那为什么只有你从 BAX-4 手中逃过一劫？因为你不是人类吗？”

“你这个想法很有趣。”

少校说：“这不是明摆着的事情嘛。因为这个基地的主人就是上校。不是什么是不是人类的问题，这个基地最高级的智能战斗体就是上校！”

“少校，你这么说我觉得非常光荣！但我希望你索性说我是FAF中，甚至是地球文明中的最强者，不仅仅是这个基地而已。”

“不对！杰克，我总觉得有点不对劲……上校，你现在在哪？”

“好问题！不愧是深井上尉。我、你，还有少校，我们到底在哪里呢？”

布克少校忙问：“你到底想说什么？”

“杰克，别问了。走为上计，我们出去吧。”

零感觉上校的话就是个恐怖的陷阱，绝不能听，于是他往后退去，只是手里还拿着枪，没法捂住双耳。

上校的脸上浮现出一抹微笑，说：“迦姆想让我们看到世界的真实面貌。我们现在正以超越人类的视野，从这一隅窥视着真实世界的一端。你们也知道吧？”

“所以呢？”布克少校问。

“杰克，别问了。”

“迦姆从真实世界的中心入侵了进来。人类世界离那里非常遥远，但没有时空的间隔，这跟时间与空间无关。迦姆不是恒动的，我们也一样，FAF、地球、人类，都是如此。”

“别再长篇大论了，上校，长话短说吧。”

“那我说下结论，菲雅利星球就是其他视角中的地球。”

“什么？”少校不解地问。

“从更接近真实世界的视角来看，地球就是菲雅利星球。”

“所以，这有什么意义呢？这就是你非说不可的事情？”

“没错！”

“杰克，过来。”

“布克少校，你似乎不太明白？FAF是属于我的，地球也尽在我的掌控之中，真好。我一直迫不及待想告诉你们这个发现。”

“你疯了！”少校说。

零心想，不对，这是上校的陷阱。那我现在在哪呢？

“该死的，来不及了，趴下！”

零猛地扑向少校，趴到地上。

BAX-4突然启动，手臂离开了大门，装有机关炮的右臂朝向这边。

零大声叫唤：“雪风，别让他逃了！目标伦巴德上校在BAX-4里面，马上从CIC出来了！”

零抬头看向入口处，没有BAX-4的踪影，只听到一阵尖锐的回声，伦巴德上校消失了！

布克少校站了起来，命令基地中央计算机解除所有门锁。

零说：“为什么？上校会跑掉的！”

“事已至此，我们关不住他了。而且如他所说，他是我们的希望。即便不是最后的，也不是唯一的希望，但我们需要他来对付迦姆，他是我们的希望！”

“让他跑了还谈什么希望！我们怎么办？”

“得观察他逃跑的情况，从中可以获得有价值的信息，这总比他成了一具尸体或被关在里面好多了吧？深井上尉，这才是我们特殊战的本职工作，我们到了战斗最前线就要收集信息！”

布克少校走到身旁的指令控制台前，观察中央计算机的运行情况。计算机没有进行语音回应，所以不知道刚才的指令是否被执行。深井零也站起身来，看着少校的操作。

“找到他的位置了！除了基地内的监视网，环境监测传感系统正全部启动进行追踪。”

“上校逃不出雪风的手心，他只要一上去就完了。”

“那上校也不过如此！”

“什么意思？”

“林内伯格少将也跟你说过吧？如果上校因乘 FAF 机逃走而受到迦姆攻击，那么上校跟它勾结的程度就没那么深，不过如此而已。”

“FAF 和特殊战打算彻彻底底地利用伦巴德上校吗？”

“应该说是 FAF 情报军总长官林内伯格少将和我们特殊战吧。伦巴德上校自己也看穿了少将的心思，林内伯格少将也知道上校的叛乱计划。FAF 受到这种毁灭性打击，林内伯格少将有着不可推卸的责任。对他来说，接下来才是关键。不管少将如何说这一切都在他预料之中，我们所在的这个人类未知之地都没有出现在他对抗迦姆的战略计划中。对伦巴德上校来说，接下来也是关键时刻吧。无论是掌握 FAF，还是成为迦姆，他都没有实现。我们特殊战可不是什么弹丸之地，一口气吞不下！上校也没法弄清楚我们特殊战的态度，好比我们无法预测雪风的行动。”

“少校，我不是在问你的感想，我问的是特殊战是否把伦巴德上校当作了敌人？”

“特殊战的敌人是迦姆。如果能够确认伦巴德上校投靠了迦姆，那他就成了我们的敌人。不过，现在还确认不了。我相信掌握他的威胁程度会对我们的作战有所帮助，而不是逮捕他或者杀了他。”

“布克少校，我想确认一下，不管伦巴德上校是敌是友，继续利用他作战，这到底是不是特殊战的一致决定？”

“能换种说法吗？”

“雪风是特殊战机，必须由特殊战控制！如果雪风要杀上校，特殊战必须阻止吧？还是说特殊战是想默默观察雪风会怎样对待上校？”

“这样想就证明了你是个战士！只有未曾想过自己会打败仗的人才能说出这样的话。”

“我不明白。”

“总之，你要想放走上校，给他一条生路，就必须阻止雪风对他穷追猛击。不过我认为，现在最应该优先考虑、最重要，也最要放在心上的事情就是不能过度低估我们眼前的威胁！上校是不是敌人暂且不管，就算在这个判断过程中栽跟头，也不会成为笑柄的！但是，你相信如果现在上校跟雪风直接对峙，雪风一定会赢，所以才会说什么要阻止雪风的穷追猛击。可我跟你的想法不一样，尽管上校是血肉之躯，雪风仍有可能会败给他！”

“难道这……”

“不可能吗？零，你从来没想过吧。但雪风自己呢？”

深井零无法回答。

“雪风比你慎重，它从不单独行动就是最好的证据。它不会独自攻击上校，而是会派公爵先行出动，它还利用了这里的许多计算机。不过即便是这样，也没能抓住上校。假如雪风的目的是杀了上校，恐怕它已经改变了战术。”

“改成什么了？”

“不知道，我说不清楚这前后变化。雪风要么想亲自了结上校，要么完全没动这个念头。要想知道雪风的想法，只有观察它的一举一动。”

布克少校喘了口气，继续说：“先不说雪风的真实想法，它目前为止的行动我都看在眼里。雪风一路追击上校，到了这个特罗尔基地。它降落之后毁坏了所有出动的BAX-4，然后如上校所说，它破坏了这里全部的计算机，导致上校无法使用，也可以说是侵占了这个基地的控制功能中枢。所以在那一瞬间，雪风可以发动这儿的BAX-4攻击上校，可它没有这样做。雪风并不打算利用BAX-4来杀上校，从这一点就知道雪风根本就没打算取上校性命吧。不过接下来雪风会有什么行动就不得而知了，说不定雪风了解情况后改变想法，第一件事就是要杀上校，发动攻击。雪风的想法依然是个谜。不管怎么说，我认为雪风不会跟上校碰面的，它会避免与上校直接对战。看了雪风这一连串举动，雪风似乎觉得上校很危险，靠近他就如同飞蛾扑火一般。”

“雪风觉得直接交战可能会输？”

“我不知道，但它远比你慎重，这一点是不会错的！”

深井零想反驳，但忍了下来，屏住呼吸，在心里琢磨少校的话。

少校只是说雪风行动慎重。他是说我太轻率鲁莽，可我的确没有注意到雪风很慎重，少校也绝不是在辱骂、蔑视我。出现负面情绪的是我，不是少校。

我比任何人都要更理解雪风的一举一动，对此我深信不疑。可少校的话伤害了我的自尊心，这正是我的负面情绪。但这种“自尊心般的东西”是虚构的，并非真实存在，所以我无法保护，也没必要执着于此。我不会为了守护这种自尊心豁出性命。

零点头赞同说：“也许吧，我从未想过雪风在避开跟上校单独战斗。”

“不知道上校那边怎么样了？”少校的视线从零身上移开，

盯着指令控制台的监控画面说，“或许他不在这架 BAX-4 中。”

“那他会在哪？”

“在他想去的地方吧。”

“TS-1 吗？要离开这个基地，似乎也只有这个办法了。时间不重要，反正上校只有这一个选择，现在乘 TS-1 离开也不迟，就是这样。”

“我认为上校没有用 BAX-4 武装自己，而是赤手空拳，这个 BAX-4 只不过是个幌子。零，你的想法细说起来就是，上校将在菲雅利星球的任何一个地方，现在基地的监视网正捕捉上校的行踪，即便他在 BAX-4 里，那也只是他存在形式的一种，只是可能之一而已。可以理解为，在这个地方，上校无处不在。”

“这是怎么回事？”

在我来这里之前，也觉得雪风在这儿的任何一个地方，上校也是一样吧。

“伦巴德上校有可能在雪风刚才毁坏的所有 BAX-4 中。雪风排除了这种可能，它发起射击可能就是这个意思。”

深井零在少校旁边的座位上坐了下来，把救生枪放在桌上，问道：“少校，你觉得特殊战会采取什么战略来应对？追踪他的意义是什么？他无处不在，那找寻他的下落没有什么意义吧。观察他的行动又能得到什么呢？难道你真的认为能从中挖掘出有用的信息？”

“上校现在手无寸铁，雪风避免跟他直接战斗，这可能跟你的问题有关。”

“说说看？”

“只是我的直觉而已，”少校耸耸肩，说，“没什么根据，我也不知道从哪冒出这种想法，也许是感觉到了雪风的想法才会这样认为。”

零一边琢磨一边说：“上校在毫无装备的情况下是无处不在的，但如果他借助 BAX-4、迦姆机、TS-1 等来行动的话，应该就不是无处不在了。”

“那样一来，不确定性就会消失，我们便能确定他的位置。对雪风而言，没有武器的上校如云遮雾绕般捉摸不透，如同量子一样。这方面皮沃上尉应该很清楚，真想听听他的想法。”

“上尉肯定会说，无论遇到什么不明白的现象都试图用量子论来解释，非常愚蠢。”

“他还会说，不要得意扬扬地说什么‘像量子一样’，外行别一知半解地讨论量子论。”

布克少校关掉了监控画面，切换成指令输入模式。

“杰克？”

“我们要寻求特殊战司令部的支援。现在这儿的系统能够与外界取得联络吧，应该能联系上特殊战。计算机，马上呼叫菲雅利基地的特殊战司令部！”

零看到少校在命令这里的计算机，于是自己也对雪风发出指令。

“雪风，联系特殊战司令部，立刻执行！同时警戒伦巴德上校袭击！呼叫总部！”

少校一边操作控制台一边说：“零，如果上校无处不在的话，那么也有可能在雪风上。雪风可能就是在警戒这个。”

“也许刚好相反。说不定雪风在引诱他，通过上校驾驶来抵达迦姆所在之地。雪风想直捣黄龙！”

“它抛下了你？”

“我随时都能通过瞬间移动回雪风上去。”

“如果时间失去了意义，那就不是移动了吧？你和我都跟上校一样，无处不在。这里太奇怪了！我们首先应该找回现实，去问问司令部有什么办法吧。结局如何就是库里准将的事了。”

“你觉得特殊战的想法就是库里准将的想法吗？”

“是的。如果准将没有认输、放弃战斗，那么打破这种局面的战斗就将成为一场全面战争。谁也不能说这场战斗与我无关。”

“没有人会这么说的。”

“这不是你的事。”少校一脸认真地说，“我的意思是，人类是一个群体，任何人都将无法逃避以个人名义与迦姆进行战斗，也无法逃脱战线。原本这场战争就应该是人类的全面战争。实际上，整个地球的人类就是这般应对。FAF 的运营是出于地球人类的共同意愿。也许有人会说这些话太冠冕堂皇，但那种政治性看法不去理会便是。实际上，没有一个人能逃离这场战争，因为既没有可以逃往之处，也没有出逃之策。不过，地球人的这种意识很淡薄，因为 FAF 发挥了很好的效果。几乎所有地球人都没有感受到这场战争是人类对迦姆的全面战争，但这样已经不行了。深井上尉，全面战争的意义你明白吗？”

“这个嘛……非得知道吗？”

“如果 FAF 的功能丧失，那迦姆就算是出现在地球上某人家的客厅中，也不足为奇。现在战况正在如此变化，一旦我们知道了迦姆出现在了民众的家中，我可能会命令你用雪风强行赶走它，包括安居在此的居民们。我没必要让他们死，可他们也没有拒绝的权利，这就是全面战争的意义。深井上尉，你同意吗？”

“在登上雪风之前，我就做好了这种心理准备。我不主动攻击，就会被攻击，是地球上的人类把我逼到了这种地步！应该让地球人做好心理准备。如果迦姆袭击，不管身在何地，不管会牵连谁，我都会让雪风给它点苦头尝尝！”

“你这家伙，还真是没有一点变化。你愿守护、热爱的对象不是人类，也不在人类当中，你没有爱的能力，你想说的就是这些吧。这样好吗？”

“没有什么好不好的。”

“你打算孤独地活下去是吗？你觉得自己独立于外界，只有自己的力量才能完美地控制自己，对吗？”

“地球人怎么样，与我无关。我要说的就是这些，跟你喜欢的哲学问题无关。你方才问我能不能借助雪风杀地球人，我现在只是在回答你的这个问题。”

“嗯。”

“我们不是在讨论爱与存在，而是在说跟迦姆的战争。要赢迦姆，哪怕毁灭它之后只有一个人幸存，也就够了！即便之后人类将立刻灭绝，我们人类也胜利了。这不就是全面战争吗，少校？”

“……的确如此。要以歼灭敌人为目的，同时做好自身灭绝的心理准备去应战，才能迅速进入全面战争。”

“我已经做好心理准备了。你不是我，你应该问问自己，是否已经做好了心理准备，布克少校。”

“你说得没错。是我太天真了，我也要做一下心理准备了。如果FAF毁灭了，战场一定会扩大到地球。假如我们FAF幸存下来，必须要警告全人类清醒过来。就算是出于这个目的，我们也必须改变现在的局面！”话毕，少校歪过头，不解地继续说，“奇怪，连接完成后，收到了通信管制计算机的消息，但没收到特殊战的回复。”

“没有人在吗？或者 STC 等计算机被破坏了？也许特殊战司令部沦陷了。”

“虽然我不希望看到这些情况发生，但只有这样想了。我们总部的确可能被攻陷了，对方不一定是迦姆，也可能是菲雅利基地守卫队、情报军的对人战斗部队，或者伦巴德上校组织的迦姆复制人部队、叛乱分子……”

“没事的，杰克。”

深井零不等少校把话说完，便底气十足地说：“就算司令部的功能遭到破坏丧失，我们仍要战斗！谁输谁赢还不一定，你别担心，我们还有办法！”

“那好吧。雪风也还在，现在我们已经没有什么可以失去的了。试试语音呼叫吧。特殊战司令部，请回答！我是布克少校，深井上尉也在。请回答！”

深井零注视着控制台监控。头上突然明亮起来。他反射性地抬起头，意识到眼前发生的事情。

正前方的大屏幕全然亮了起来，巨大的画面中出现了熟悉的景象——整个特殊战司令中心的广角俯视画面。

零觉得稍稍有些违和感，画面是静止的，一动不动。但广角画面突然变了，出现了一张女性的脸——伊迪斯 · 福斯！她是特殊战的军医，上尉军衔。她正朝着这边，张口说：“请回答，深井上尉，能看到我这边吗？”

福斯上尉的声音响彻了整个宽敞的房间，仿佛电影声效一般。

零回答：“能看到，但是，为什么是福斯上尉你呢？”

没想到回应布克少校的不是特殊战首领库里准将，零便这样问道，但没有表露出失望。这句话说不定会影响伊迪斯的心情，可能她根本就不知道到底发生了什么，零在心里默默反省。

不过没必要解释了，看上去福斯上尉的心情丝毫未受影响，冷静沉着地回答："深井上尉，我知道你一直都想找一些情报，今天我就是为了告诉你才出现在这里的。"

"我一直想找的情报？"

福斯上尉似乎对这里的情况了如指掌，我也没必要多加赘述，但真的是这样吗？

"至于我想找什么情报……"

布克少校打断零的追问，插嘴道："伊迪斯，你看得到我吗？"

"当然可以，少校。"

零也刚想说这句话，不过被布克少校抢先一步。少校继续说：

"我在哪里，伊迪斯？"

听了这句话，零就明白少校的意图了。

"特罗尔基地的中央战斗情报司令室，这个回答你满意吗？少校，还是说，你想知道更详细的位置？"

"够了，我知道了，我们这边没有异常。"

"杰克，那我们的位置就可以确定下来了。"

"根据伊迪斯的观测吗？但我还有些地方想不通。"

"什么？"

"我不知道，不过总觉得伊迪斯的样子有些……"

"深井上尉，我是福斯上尉。我从雪风的行动探究它的心理状态，分析了它的行动目的，即现实状况中，雪风到底想要什么。我得到的这些信息准确度应该很高。"

“真厉害，你连这都能做到！你开始为什么会想到要做这个呢？”这着实让人意外。

“是库里准将的命令。她说你很想知道，所以命令我马上调查。我就使用 MAcProⅡ分析了一下。”

“原来是这样。”

零觉得，如果她是准将，就会知道自己的想法。库里准将派 TS-1 出击前，零跟准将见面谈了话，但零的脑海中并没有任何 TS-1 出击菲雅利星球的记忆。

“MAcProⅡ是人类行动心理分析工具吧，能适用于雪风吗？”

“我们将 MAcProⅡ用于预测迦姆的行动，最终取得了一定的成果。比起针对雪风和迦姆的工具，我们可以期待借此获得精确度更高的结果。”

“非常自信啊。那据你猜测，雪风想做什么呢？”

“继续同迦姆作战。”

“不需要大张旗鼓地用 MAcProⅡ分析，也能得出这个结果，这不是明摆着的事吗？！”零突然怒吼。这种程度的分析结果没有任何意义，这机器分析的都是些没用的东西。“雪风是为了对抗迦姆而诞生的，被投入实战中也是理所当然。如果分析结果显示雪风想放弃战斗，事情才严重了，但事实并非如此。别浪费时间了，上尉！”

“即便有一天迦姆不在了，雪风仍然想继续战斗，重点是‘即便迦姆不在了’，深井上尉。”

“如果迦姆不在了，那就不能说是对抗迦姆之战了吧。若它仍要战斗，就是失控。你想说雪风会失控对吗？”

“不，我关心的是如果迦姆不在了，雪风仍然要进行战斗的话，我们应该采取什么对策。”

“雪风想凭一己之力打破套在自己身上的枷锁吗？它打算靠自己来提升自己的存在价值吗？”布克少校问。

“布克少校，雪风不会谋划这种暴行的。”

“那么，迦姆不在了之后继续进行的对抗迦姆之战是什么呢？问题是要把这个解释清楚。”

“是啊，你说得没错，布克少校。雪风想通过解释，来消除没有迦姆的对抗迦姆之战这个矛盾。即便迦姆不在了，它仍想继续执行跟此前一样的任务，那要怎么办呢？”

零冷静下来思考着说：“那只有一个办法，它应该会去找寻迦姆。”

“这样啊？如果搜索行动就是对抗迦姆之战的作战行为，雪风应该想得到我们人类的认可。”上校说。

“的确是这样！深井上尉，布克少校。雪风希望人类认可自己的行动，换句话说，它不想与人类为敌。”

“为什么不想与人类为敌呢？伊迪斯，你知道吗？”少校问。

“因为雪风要想生存，必须要人类的支援。雪风意识到，自己很难独自存活下去。”

“好厉害！并非由于硬件上的制约才不能触犯人类，这个回答出人意料。如果这是事实，那说明雪风是有自我意识的！伊迪斯，我想确认一下，这个回答不是你个人的感觉，而是来自分析结果，是事实，对吗？”

“当然，布克少校！这不是毫无根据的臆测或感觉。”

少校缄口不语，双臂环在胸前思索着，房间里鸦雀无声。

零打破了这种安静，说：“我想确认一点，你能监控到特罗尔基地的警备系统的操作情况吗？”

“可以，深井上尉，正在监控中。”

“所以你们事先可以察觉并提醒我们小心被伦巴德上校或迦姆袭击，是吗？”

“是的。”

深井零坐在指令控制台前，调整了坐姿，注视着屏幕上的福斯上尉，说：“我想仔细听一下你对雪风行动预测的分析。”

“明白，大致情况刚才已经讲过了。至于详细的行动预测或想法，请提出具体问题。”

布克少校松开双臂，右手稍稍抬起示意：“我提个问题可以吗？”

“少校，请。”

“雪风觉得怎样才能获得人类的同意呢？它要怎样向人类传达它不想与人类为敌呢？凭MAcProⅡ可以分析到这种程度吗？”

巨大的屏幕上，福斯上尉目光朝下，沉默着，不过没有闭上双眼，应该在操作控制MAcProⅡ的计算机吧，但屏幕上看不到她手头的动作。

不一会儿福斯上尉看向画面回答：“雪风希望开一次会议。”

“这个……”

布克少校再次将双手抱在胸前，陷入沉默，靠着座位靠背，抬头看向大屏幕，沉思着。

“会议是指？”

零理解不了福斯上尉的回答，也不知少校为何沉默了下来。

“福斯上尉，这就是答案？雪风希望人类同意自己要做的事情，并让我们开会决议是吗？”

“零，是讨论，”布克少校盯着屏幕说道，“雪风希望跟我们讨论打破现在这种局面的对策。”

“什么意思，杰克？”

“雪风也想亲身参与我们的战略作战会议，讨论今后我们特殊战应对迦姆战的有效措施吧。它想给我们提建议，并希望我们能够采取。是吧，福斯上尉？”

“是的，布克少校，可以这样理解。”

“如果我们同意雪风参加，倾听它的意见，那么开会的时候，雪风就可以确认人类没有与它为敌，也就代表我们人类同意雪风的行动。它希望开会就是这个目的吧。总之，雪风希望今后大家共同商量制定战略。雪风想去搜查迦姆，但不是一意孤行，而是出于特殊战的一致意见，也就是说，它希望库里准将采取这种战略。”

“布克少校，你说得没错。”

“什么意思，怎么感觉我跟不上你们两个的思路了。杰克，为什么你跟上尉交流得这么顺利？”

“不是我跟伊迪斯，而是跟雪风吧。”

说着布克少校站了起来，朝前方的屏幕走去，边走边问福斯上尉。

“雪风的想法我大致明白了。只有一点想确认一下，雪风为什么避开跟伦巴德上校直接对战呢？”

“杰克……”

“零，你也可以参加，这是一场会议。雪风所希望的会议，是一场讨论。我希望伦巴德上校也参加，但这是不可能的。”

“为什么？”

“因为雪风拒绝。”

福斯上尉的声音萦绕在偌大的室内：“雪风怕伦巴德上校进入机身内，自己就会变成迦姆。”

“变成迦姆？”零不解地问。

“也就是融合。”福斯上尉解释。

“准确来说是无法分离开来，既是迦姆，又是雪风吧。如果跟现在一样，把你像传感器外壳一样从雪风上分离开，让伦巴德上校进去，那雪风可能就会完全变成迦姆，它在害怕这个吧。雪风不想被上校触碰，也不想接触到他，唯恐避之不及，所以它才会毁坏所有的无人BAX-4。它在威胁上校，上校要是靠近它，也会落得跟这些BAX-4一样的下场。果然是这样，我彻底明白了！”

“为什么，这样……”零有些语无伦次，“为什么说得好像你明白了似的。雪风的想法没有这么简单吧？你不可能知道的！”

“为什么不能知道？深井上尉，简单有什么不行的吗？你这想法可不对！从某种意义来说，雪风的想法和思维理应是简单的。因为雪风没有复杂离奇的人格。它不是人类，不会有人格！如果它有，那也只不过是人类的错觉，这不合情理。人类从原理上就不明白，雪风的机械性思维不同于人类的复杂人格。但人类也可以做出部分解释，比如刚才这种简单的解读。现在我们处在异常的环境之中，雪风在努力利用这里的环境把它的意思传达给我们，通过把它自己的思维意识转变成人类可以理解的人格意识。你的意思是，如果不是高超的翻译家就无法理解雪风的想法？这是错的！”

“不！”相形见绌之下，零顿时哑口无言，但仍绞尽脑汁地回应道，“你为什么这么笃定呢？你哪来的这种自信？”

“你不知道吗？”

布克少校转向正前方的屏幕，摊开双手，朝着零说：

“深井上尉，雪风自己构建了让我们能明白的模拟人格，跟我们建立了联系，你没感觉到吗？”

“什么意思？”

“零，仔细感受一下吧，”少校大幅后仰，仰视着屏幕，说，“这是雪风，它借用了伊迪斯·福斯的样貌和声音，其实它是雪风！”

深井零顿时瞠目结舌，想问少校到底在说什么，却如鲠在喉。

布克少校的话感觉是对的，无法反驳，似乎确实如他说的那样，但零的内心出于本能地拒绝相信。

零感觉以前也曾有过这种违和感，一段沉重的过往沉淀在记忆深处。

“零，我不是你真正的亲人哦。”

年幼时，养母对自己说过这句话。我知道，我非常清楚自己被亲生父母抛下，可那时仍然感觉到心理上遭受了冲击。

现在的感觉跟当时很像，对这个世界产生了违和感，感触自己没有真正的父母，自己无力改变这个事实，心中充斥着绝望。听了养父母的话，年幼的我深感自己的存在是一个错误。

从这一点来看，现在的情况跟之前有所不同。现在我认为，错不在我，而在这个世界，但小时候的我做不到，现在的我能够思考。我认为构成这个世界的所有和平元素都在偏离正轨，每个人的存在本身并没有任何错误，也不需要为此负责，所以现在我不会对自己感到绝望。

现在，拥有着鲜活人格的雪风出现在我面前。世界已经如此错乱，可我不想承认。我希望这些都是我的幻觉，是我自己变得如此奇怪。

“……是这样吗，福斯上尉？”零问道，刚出声就发现自己的声音已经嘶哑。

“雪风希望会议继续进行，深井上尉。”

屏幕上伊迪斯·福斯上尉面不改色地回答。

零觉得答案已经肯定了。如果是真的伊迪斯，在零提问之前，当布克少校指出来的时候，就会立马否定吧。

这至少说明了一点——这极有可能是反映雪风想法的模拟人格。此外，零还意识到，听到这种雪风的人格式回答，自己感觉到的违和与本能的厌恶慢慢缓解了。零有预感，如果它直接明明白白地回答“是的，我是雪风”，也许自己就无法以过去那种心态继续驾驶雪风，也无法把它当成自己的爱机了，但幸好不是。

零放下心来，总算得以安宁了。

他呼吸一口气，说：“杰克，这是雪风的替身，不是雪风本身。”

布克少校点了点头，回答：“或许吧。我们意识到的正在说话的‘自己’，实际上也只不过是真实自我的代理人而已，只是个替身，是这个意思吗？”

不，不对，雪风可能没有“我”这个概念，所以我问它是不是雪风时，它无法回答。总之，雪风没有布克少校所说意义上的“我”。这个有着福斯上尉容貌的人，是雪风创造出来的“自我”。也许这跟模拟人格不同，雪风并不是将真正的自己转换成模拟人格，而是创造了一个“我”。零在心里想着，但没有这样反驳少校。自己对雪风的想法、观念跟布克少校不同，但不管谁对谁错，在这个地方都无法与“真正的雪风”联系上。

零说：“这样的讨论是没有结果的，杰克。雪风就是雪风，高级特殊战的一号机 B-1，它的机身是 FAF 中唯一投入实战的梅芙，除此以外，雪风再无其他身份。”

“正常情况下是这样，我们必须回到正常状态中去。那我们就按雪风的建议，继续开会吧。”

布克少校转过身体朝着大屏幕，抬头看去，对着屏幕上福斯上尉的身影说：

“伊迪斯，你看得到我吗？”

“看得到，少校。”

“我站在你面前，是吗？”

“是的，布克少校。”

“雪风！”布克少校的话让零大吃一惊。

“我是布克少校。让我回到特殊战司令中心，站到伊迪斯·福斯上尉跟前。特殊战最高指挥官库里准将在特殊战司令中心，会议将在那继续。雪风，立刻执行我的命令！”

零在心中念着：“神说要有光，于是便有了光。”

布克少校在来特罗尔基地之前说过，“你想让我承认，这里的现实是来自于雪风的视点吧，或许你能做到”。

如果将实现这件事情称为“奇迹”，现在，雪风凭自己的力量实现了这个奇迹，这是雪风的本事。

深井零紧盯着前方，屏幕上福斯上尉的脸越来越小，画面变为广角，司令中心的全貌出现在画面中。

如零所料，布克少校的命令生效了——布克少校出现在了福斯上尉面前。

画面停止了变化，其中的人物也停止了动作，画面静止了。

深井零看向屏幕下方，找寻布克少校的身影，原本应该在大屏幕前的布克少校消失了。零从指令控制台座位上站了起来，环顾四周，但不见人影，布克少校消失了！

看了看身旁的座位，布克少校刚才还在这里，他的枪仍然好好地放在控制台上。零伸过手去，生怕因为自己的动作，枪就消失了，但这是不可能的。果然，枪还在，零拿了起来。这把救生枪的确是铁质冲锋枪的质感与重量。枪不会消失的，因为这是零从雪风的救生包中拿出来的。

然后布克少校拿着这把枪跟我一起来到了这里，这一点没错。不对，不应该说是“来了”，而是“存在”。在这里，我们无所不在，在哪儿都不足为奇。布克少校现在在特殊战司令中心，时间没有意义，所以布克少校不是“回到”那儿，而是原本就“在”那儿，只不过任何人都不知道，只能这样解释。

我也跟少校一样，我最有可能在雪风驾驶舱中进行战斗行动。

是雪风让我和布克少校来这里的，一定是雪风在控制。我现在会在这儿，是因为雪风仍然想让我留在这里。

“雪风想做什么呢？”

开会吗？但是屏幕上没了动静。深井零仍然聚精会神地盯着静止的画面，他注意到一件事情。

这个监控俯视着特殊战司令中心，由此可以判断其安装位置。但零并不知道那里有这样一个监控，可能它并不存在，这或许是雪风制作的合成视角图。

这个静止画面一定正是雪风的视角，这个屏幕上的画面是雪风所感知的现实，它想让我看到这些。

零明白之后，静止的画面动了起来。

“布克少校，看了MAcProⅡ对迦姆的行动预测，我对此处有些不明白——‘迦姆的战术可能是采取手段欺骗FAF的计算机群组，使其无法发挥正常功能，导致FAF自我毁灭’，它的预测中附带了这样一句说明。也就是说，迦姆的目标不是飞行员，它想让IFF等机器产生幻觉。对迦姆来说，欺骗机器比较容易实行，其实它是想向人类传递虚假情报。该怎么解释为好呢？”

福斯上尉这番话说完前，零察觉到她背后传出了一些杂音，声音越来越大，原来是她在自言自语。画面上伊迪斯停止了动作，但她的声音仍然清晰地回荡在屋内。

“……向人类传递虚假情报？怎么传递？这到底该怎么解释为好呢？MAcProⅡ回答不了迦姆到底采取了什么手段。具体例子必须由我们人类来思考，因为MAcProⅡ可能不具备人类这么丰富的经验。Mark BB是MAcProⅡ专用的巨大主动数据库，原本MAcProⅡ就是连接Mark BB进行使用的，但在FAF无法使用。这个预测与其无关，对MAcProⅡ来说，这是对预测的预测。遇到对猜测进行猜测的这种重合性问题，MAcProⅡ一直都沉默应对。但MAcProⅡ提出了我意想不到的观点时，我就应该特别注意，并研究其具体内容，可以说这才是使用这个工具的真正目的。我们常常囿于常识，MAcProⅡ能拓宽我们狭窄的视野。这个预测我从未想过，值得研究。如果迦姆能够达成目标，它会采取什么方法呢？从这个预测可以推断出，迦姆应该会使用病毒或致幻剂等有毒物质，直接破坏神经系统。它对FAF战斗机器群组的欺骗手段应该不是那种直接的干扰方式，不会破坏FAF的计算机或者敌我方识别系统。对它来说，这些功能发生紊乱才更为棘手。它使手段欺骗了FAF的计算机与系统，它们只有正常运行才会把友方识别为敌人。迦姆就算要让FAF自我毁灭，也不会扰乱、破坏计算机群组，而是去利用它的功能。因此如果迦姆能够做到的话，它也会对人类这样使诈，我是这么猜测的……”

屏幕上，伊迪斯开始动了，她说："迦姆并非想要扰乱人类的感觉神经或精神状态，而是要利用那些功能来使人类产生错觉吧。这就是 MAcProⅡ那句话的意义所在，不过具体情况还没有头绪。少校你会怎么解释呢？"

少校点头说："它设了个心理圈套，伊迪斯。就跟推理小说解开谜团一样，犯人一直都在读者眼前，但我们不会去注意到他。我们需要推理作家的这种能力。很多优秀的推理小说都使用了这种心理陷阱，曾认为是常识的东西，最终将颠覆人们的想法。但迦姆应该做不到吧，毕竟它本就不懂人类的常识性看法，所以无法设置心理陷阱。如果设陷，也只能使用某些道具设置一些物理陷阱，不过迦姆也许可以给计算机制造一种错觉。地球计算机可能会被迦姆设下心理圈套吗？原来如此！"

屏幕画面再次静止，接着，又响起了伊迪斯的自言自语声。

"我知道布克少校喜欢读书，可没想到你还读过推理小说。不过这个解释很符合少校你的风格。如此解释 MAcProⅡ的那句话，的确说得通，我听了也觉得恍然大悟。根据现在的情况，飞行员们似乎没有受到迦姆干扰产生错觉。不过，迦姆要是做得到的话，也许会动这个心思，并且如少校所说，如果心理圈套不行，它还可能使用某些道具设置物理性陷阱。现在深井上尉正打算捕捉迦姆机，迦姆机也有可能是它设置物理陷阱的工具。你不明白吗？怎么说呢，这是我突然想到的，以前从未这样想过。你可能会觉得不可思议，但我们必须马上进行讨论。至于深井上尉计划捕捉迦姆机是对是错，说不定 MAcProⅡ跟我的判断不同，这是……"

伊迪斯的声音突然中止了，最后的余音消失后，宽敞的房间陷入了一片沉寂。

深井零在心里分析着目前的情况。

刚才伊迪斯的话似乎是她的心声，是她内心的独白。这是怎么回事呢？是雪风捕捉到的现实，还是雪风的想象、创造呢？那位福斯上尉与布克少校的样子以及他们之间的对话会是怎样的呢？是实际存在还是虚构的呢？

不管怎么样，这些都是再现出来的，不是实时发生的。因为从伊迪斯的自言自语中可以知道，这时雪风还没有接触到迦姆机。

“我是福斯上尉。”

大屏幕的画面向右偏移了一点，伊迪斯的脸再次出现，但跟刚才判若两人。零立即明白了到底是怎么回事，这才是真的福斯上尉！特殊战司令中心里，福斯上尉戴着耳机，盯着镜头，探出身呼叫这边。

“深井上尉，听得到吗？请回答！”

“我是深井上尉。信号良好，福斯上尉，我能看到你。现在我在特罗尔基地的战斗情报司令室。”

“明白，上尉。特殊战司令部了解你那边的情况，我看了刚才的录像。上尉，那是事实。我记得刚才自己的自言自语，虽然感觉很奇怪，不过我能意识到自己的思维在运转，平时我考虑问题时，条理不会那么清晰，可刚才似乎在向谁进行解释说明似的。那的确是我，准确地再现了我的心情，不过太难以置信了！”

“是这样啊？不过那也没什么不可思议的了。所以答案到底是什么，伊迪斯？”

“雪风看穿了我们的心！虽然作为一个医生、一个科学家，我不想用这种文学性表达，但这是最准确的表达。”

“这我知道，我早就不觉得惊讶了。这种程度的现象，我是没法陪你一起吃惊了。”

“这反应很像你，深井上尉，没错，这就是你！不过，上尉，我觉得这太荒唐了，给我造成了很大的心理冲击。不过没关系，反正你不关心我的感受。不说这个了，我想谈的是这个现象发生的时间。”

“怎么了？”

“现在我明白了，雪风跟目标迦姆机接触之前，就已经潜入了我的思维中。也就是说，在你打算捕捉迦姆机之前，就已经出现异常了。因此，迦姆机应该跟这个奇怪的现象没关系，迦姆没有在那架迦姆机上设什么物理陷阱。那么我们必须重新审视迦姆发起总攻击的意思了。我的分析是，迦姆特别针对雪风，它把雪风引到前线也在预谋之内，还企图分离你跟雪风。MAcProⅡ的这些预测并无不妥，但是很明显，这些预测可能从根本上就错了。”

零冷冷地说：“豁出全部身家得到了这样一个预测，却可能落空，对你来说后果很严重吧？如果是我的话，这个时候不会去在乎迦姆的意图。伊迪斯，那只不过看你怎么解释而已。现在重要的是雪风。雪风在想什么，它想让我们做什么，找出这些问题的答案才是我们的当务之急。布克少校在吗？”

“不在，少校他……”

“零，是我。别拿伊迪斯出气，听她把话说完吧。这是会议，雪风希望战略会议继续进行。”

布克少校的声音响起，但屏幕上并未出现他的身影。

“杰克，你在哪里？”

“特殊战的主升降机内，正在下降。电梯里也能听到你跟福斯上尉的对话。”

“你现在听得懂我的话是吗？”

“没问题的，我的记忆没有空缺。”

“你为什么从特罗尔基地到那里去了呢？”

“我不知道。不过这里很安全，要是突然出现在三万英尺的高空就惨了。”

“嗯。”

“看情况，我正在重复跟过去相同的体验。当时我为了看雪风和俘获的迦姆机，降落到了地面，但雪风跟公爵已经出动了。现在我经历的事情原本是发生在那个时候，当时我在地面上受到了高空中雪风的攻击。你说它是在攻击迦姆机或是伦巴德上校，但那可能是为了让我这样回归原状的办法。这要看怎么解释了，无论怎样都行。总而言之，我被爆炸冲击波吹飞了，然后突然就从那儿的屏幕前转移了，让我感到非常害怕。不过我可以理解这个现象，我本应该在特罗尔基地，跟你在一块，然后被转移到了受爆炸巨浪冲击的那个地方。我的记忆是连续的，太不可思议了！总之我没事，零。”

“明白了，杰克。”

“福斯上尉，我是布克，接下来我会回司令部。”

“明白，少校。埃科中尉传话给你，我们正在确认现在你是否乘电梯下降。”

少校回答：“明白了。我觉得现在也像是在重复过去的经历。对了，库里准将回去了吗？”

“是的，少校。少校，你说什么？我听不清楚。”

少校的声音越来越小。

……与其说下落不明的是深井上尉，不如说是我吧。库里准将想让深井上尉找到我，才命令雪风去搜寻上尉。也就是向深井上尉传达救援信息，让他要找到我。

零的直觉告诉他自己，这是雪风再现出来的布克少校的内心独白。跟刚才福斯上尉的情况一样。雪风将布克少校某一时刻的想法重述了出来，也许是因为，它认同布克少校所说内容中的实际发生部分。

零说："这是雪风向我们传达的信息，它的确找到了那边的所有人。大家都安全地回到了司令中心集合，特殊战已经就位。"

布克少校的声音恢复了正常："太惊人了！我终于明白伊迪斯遭受的心理冲击了，现在我就是这种心情！在地面上，雪风出动时，我就是这种心情。下落不明的不是雪风，而是我们特殊战基地！如伊迪斯所说，雪风解读了我们的内心。其实应该说是我们想让雪风明白自己的心情、想法，为了向它说明，将自己无意识的想法用语言表达了出来，准确说是被强制表达成了语言。现在这种情况还在继续……太难以置信了！"布克少校停顿了一瞬，又继续说。

零紧盯着屏幕的变化。不对！这又是雪风对布克少校内心的再现。屏幕上又出现了特殊战司令中心的俯视图，福斯上尉在操作着电脑，背后是布克少校与库里准将。

那个布克少校说："得知雪风无法返航，MAcProⅡ已经停机了，无法再进行其他预测、估算。伊迪斯，这是为什么呢？"

"因为它知道雪风已经成功捕获迦姆。按照MAcProⅡ的逻辑，雪风不返航与成功捕捉迦姆是完全对立的，不可能发生。要想让它恢复正常，就要拿出事实证据。比如，虽然看上去成功捕捉迦姆了，但事实并非如此，或者迦姆企图分离深井上尉与雪风的猜测是错误的。如果得到了这些事实证据，就能一举解决停机的问题。看，这里显示了，接下来会重新进行预测估算。”

听了这番话，库里准将说：“假如迦姆交换了雪风与那架飞机，就不存在任何矛盾了。可我认为 MAcProⅡ的意见极其荒唐无稽，它到底有几分可信度呢？”

屏幕上的画面再次偏移，出现了福斯上尉的脸，这是现时的福斯上尉，她的脸没有朝着摄像头，而是对着特殊战司令中心的大屏幕。那面屏幕上也显示着现在的监控画面。

“准将，你就当它用了修辞手法吧。而我的职责就是对此做出解释。”福斯上尉说道。

这个声音不是真正的福斯上尉发出的。画面中，福斯戴着耳机，嘴唇并未张开。现在伊迪斯给准将的回答是雪风的再现。不过深井零发现，这个区别已经不重要了，只要雪风看到所发生的一切就够了，这样就不会产生混乱。

布克少校说：“那么，你的解释……”

福斯上尉的声音传来，“是啊，如果迦姆的确企图分离深井上尉和雪风，那么现在那架迦姆机老老实实地降落，可能是迦姆的圈套吧，并且这不是心理上的陷阱，我认为迦姆对我们人类，或者说特殊战全体设置了物理性圈套。雪风出击前，少校跟我说：‘迦姆想向人类传递信息。’我当时一直很烦恼，不知道到底该怎么解释 MAcProⅡ的这个预测，也不知道它到底设置了一个什么陷阱，具体又是什么样的……”

“是的，这话我也听说了。福斯上尉，我明白你遭受的巨大心理冲击，现在就是我过去经历的重现。”库里准将说。

福斯上尉把脸转过来，看向库里准将，现在的库里准将。

虽然准将没有出现在画面中，但能听到她沉稳的声音。刚才再现出来的声音中能够感觉到一些疑惑，但现在截然不同，自信满满，一如往常。

“福斯上尉，雪风自身也觉得这种现象不正常。为了消除这种现象，雪风提议或许能从我们的对话中找到一些解决的线索。”

零开口道：“福斯上尉，没错，雪风请求你用MAcProⅡ再次进行预测。雪风还没有成功捕获迦姆机。迦姆机降落到菲雅利基地，并不是服从我们的强制着陆命令。并且，虽然我们不知道迦姆是否企图分离我跟雪风，但就算真的是这样，它也还没有成功。我感觉自己与雪风反倒联结得更为牢固了，也许这才是迦姆的意图。把这些事实和我的感想输入到MAcProⅡ中，重新预测吧。”

准将命令道：“福斯上尉，立刻执行！”

“明白，准将！”

伊迪斯说着摘下耳麦，离开座位。大屏幕上只有一个空着的座位，这时传来一阵声音。

是布克少校的声音：“将数据输入MAcProⅡ中很简单，问题就在于对MAcProⅡ提什么问题，要让它预测什么。零，你看得到我吗？”

布克少校坐在了刚才伊迪斯的座位上，戴上了耳麦。

“看得到。你似乎在慢慢回到正常状态。”

“离正常还有很远，不过总算是回到了特殊战的安定状态。迦姆偷换了物质与‘时空存在方式’这一世界存在形式的概念，来设置心理上或者物理上的陷阱。是陷阱，就有可能跳出来。一定会有跳出陷阱的办法，但凭MAcProⅡ是得不出答案的。答案就是我们看到的这样，问题在于该怎样解释我们看到的现象。按照福斯上尉的观点，重要的是迦姆是在什么时候设下了这个陷阱。”

这时传来一个声音：“那我可能会起作用。”

画面中，布克少校没有再往下说，环顾着四周找寻声音的来源，接着立刻重新看向零，警告道：“是你那边的声音，在你后面！”

深井零来不及惊讶，反射性地举起两把手枪，转过身去。

VI　离弦之矢

转身的过程中，零感觉身体出现了异样。

不对，是身体感觉到了周围的异样！尽管知道自己戴着耳机，头部无法完全自由活动，可现在比想象中更难转动脖子。

这是怎么回事？发生什么了？

但还不至于不知道自己身在何处，毫无疑问，在战斗机上。

零没有再继续转过身去，立马回头朝向前方，调整了身体状态，右手握着操纵杆，左手控制节流阀。

“我正坐在驾驶员座位上。我？我是谁？”

多屏显示器上闪烁着一行文字：

<控制权在你，深井上尉。>

接着响起了碰撞警报声，差一点就要撞了上去！零立刻关掉自动飞行模式，切换为手动操控，大叫：“为什么没有自动避开？到底怎么了？”

零不是在质问谁，仅仅只是大声叫嚷而已，但却得到了回应。

“上尉，这是为了让我们清醒过来。迦姆就在正下方，马上就要冲上来了！”

零无暇顾及是谁在回答，把油门加到最大，驾驶雪风往上冲去。

“深井上尉，上升！向右盘旋！”

零把方向转向右边，并缓缓盘旋转动机身，环顾着四周。零辨认出，那是迦姆机，黑色的机身向左盘旋，远离而去。虽然只出现在视线的一个角落，但零还是发现了。零便朝着那个方向急转弯，追了过去。是迦姆的大型战斗攻击机 TYPE6 吗？零重新看向仪表盘，多屏显示器上显示这架敌机是 TYPE7，零没听过这个型号。如果敌机识别数据库中都没有这个机型，就会显示为未知的新型机，可现在不是，就说明我已经见过那架飞机了。

想起来了！TYPE7 模拟人类的声音把我和桂城少尉引诱到了那个封闭空间内。迦姆机的机中之王跟它机型相同，我本打算用雪风来擒获它，但不知什么时候就已经开始了？

记忆出现了混乱。我的记忆似乎跟另外一个人的记忆混合到了一起，所以才会疑惑自己到底是谁。不，无论什么时候我都会问自己这个问题。伊迪斯·福斯上尉曾从精神科医学的角度指出——我，深井零在面对问题时关心的是自己，还是拓展到了外界呢？前者的倾向更强一些。

现在应该反过来，相比于自己的内心，更应该观察外部世界吧。应该问后面的人是谁，而不是问我自己是谁。若不接纳外界事物，大脑内的记忆也将混乱得不可收拾吧。

后面坐着的不是布克少校。

少校提醒我警戒后方的时候，这个人就出现在我后面了，还说了一句“那我可能会起作用”，这个声音好熟悉。

“桂城少尉，你怎么会在这里？你是怎么来的？”零朝后座的副驾驶员问道。

“硬要说的话，算是偷渡吧。”桂城少尉的声音突然紧张起来，“是目标机！加速！TS-1 非常敏捷，要追不上了！”

“那就是所谓的新型迦姆机 TYPE7 吧？”

“因为伦巴德上校在上面，所以它也是 TS-1。那架飞机上搭载了 FAF 最先进的引擎 Mark XI，上尉。”

原来是这样，记忆清晰了起来。那架飞机是从特罗尔基地逃出来的 TS-1，但是由于伦巴德上校在上面，也成了迦姆机。不能让它逃了！

现在就算使用后燃器加速追击，也为时已晚了。就那么一下子，让它钻了空子。但零还是想尝试一下，于是他用力把油门加到最大，不过没有点火，燃料已所剩不多了。

“被甩开了，追不上了。”零说。

“‘虹’的雷达捕捉到了它的位置，将会移交追踪任务。没事的，特殊战不会让伦巴德上校跑掉。”

“公爵在哪里？”

“跟雪风以战斗队形保持编队飞行，在后上方掩护我们，公爵没有异常。”

零第一次感到有副驾驶员在底气也更足一些，大概是因为知道他的性情吧。如果是第一次跟桂城少尉搭档，心情绝不会像现在这样。

“明白，少尉。我们的燃料已经不多了，请查找一下最近的加油点。”

“明白，机长。”

零减小了油门，解除了战斗模式。多屏幕显示器上显示了燃料用量表，可以确认余量不多了。

“空中无人加油机 Milky3 离我们很近，它回应了我们，接受了请求。方位 065，距离 110，移动中。”

“OK，查一下公爵的燃料余量。”

“开始获取公爵的燃料数据。剩余百分之九十以上。正在加油，查一下就知道。”

“不用查了，我们只给雪风加油。桂城少尉，让公爵来掩护我们，保持经济巡航速度朝 Milky3 前进。计算出对接地点，让它过去。”

“明白了，那就按这些条件计算与 Milky3 的会合轨道。空中加油机 Milky3 是个奶罐。”

“感觉像是喂奶？”

“巨型奶瓶？不对，应该是奶牛吧。航向出来了，快，准备自动引航！”

“引航开始。联系司令部，告诉他们我们与公爵一起正朝着 Milky3 行进。”

“明白，上尉。‘雪风与公爵同行飞往 Milky3 加油。’发送完毕。”

多屏显示器上显示，还有十七分钟将与 Milky3 对接。Milky3 严格按规定路线飞行，雪风正在后方追赶。

“是叫 Milky 吗？故意给杀戮性兵器起小孩的名字，很像肉食人种的叫法，比如把原子弹命名为‘小男孩’，仅次于原子弹且威力巨大的炸弹叫‘滚地球’。”

“这跟肉食人种有什么关系？”

“肉食让人本能地联想到自相残杀，所以他们对这类事情的辩解也很高超，那才是真正的诡辩。据说把给战斗机加油当作喂奶的命名意义也是出自这里。”

“我从来没想到过。飞行高度保持九千，警戒敌人！少尉，不要大意，注意周围！”

“明白！”

“自相残杀的辩解什么的，你是从哪学到的？”

“伦巴德上校。他还说人类为了不再自相残杀而采取的权宜之计，会更加激化这种行为。忘记是什么时候说到哪个话题时提到的了，但我记得他说，人类无法忍受真实。”

“真实？他应该是说人类是朝着远离真实世界的方向进化。上校的想法一点也没变啊。”

“是的。我们所在的这个地方可能是上校的臆想世界。”

“我记得跟你说过这些话。”

“是的。你说如果是上校的臆想，那么还有解决之策，但是你错了。”

此时天气十分晴朗，少有浮云，气流很强，不过视线不太清楚，虽然能看到前方，但十分模糊。果然，这里不太正常，跟在特罗尔基地降落前的感觉相同。

对雪风来说，这个世界是空无一人的。应该说它的意识中不存在人类这个概念。不仅是人类，它完全感觉不到所有生物的存在，从这个视角中就能反映出来。

“这里是雪风这一机械智能体的意识世界吧。是迦姆干的勾当！雪风也在找从这里脱身的办法。”

“从自己的意识世界脱身？”

“因为这个世界中也混杂了我们的意识。雪风直接强行进入了我们特殊战人类的意识中，提出要跟我们商量。”

“似乎是这样。虽然难以置信，但总比上校的臆想世界好。我也看到了雪风参加那场特罗尔基地司令室会议的情形。”

“你是怎么去特罗尔基地的？”

“我偷偷乘 TS-1 去的，就坐在布克少校后面的座位上。少校以为是你坐在后面，但其实是我，我戴着耳机假装成你。降落的地方就是特罗尔基地。下了飞机后，少校就不见了。我在找他的时候听到司令室传来的声音，然后就成这样了。”

“你发现自己突然出现在雪风上了吗？”

“没有。我跟你一起登上雪风离开特罗尔基地后，就开始专心执行任务，搜索上校所乘飞机，这是库里准将的命令。”

“雪风需要你，所以你才能乘坐。”

“应该吧。”

“我不记得自己离开了特罗尔基地那个剧院似的司令室，并登上了雪风。不过，既然你说我也上了雪风，那就是这样的吧。雪风觉得合乎情理就行了。”

“明白了，深井上尉。布克少校说，我们相互补充各自的经历，是在构建雪风创作的故事。”

“嗯。”

“其实我也登上了雪风就行了，不过在注意到刚才的碰撞警告声之前，我想不起自己跟你说了些什么，也想不起雪风是怎么飞行的，这些详细情况和内容都记不起来了。我知道上校坐 TS-1 逃出了特罗尔基地，但没看到当时的情况。”

“是这样啊……不过你为什么要偷偷行动呢？是受林内伯格少将指使吗？”

“不是，跟情报军无关，出于个人兴趣而已。”

“个人兴趣？”

“我对伦巴德上校与迦姆的相处方式很感兴趣。我觉得跟着雪风走就一定能碰到上校。”

“你还真是出人意料！”

“上尉，我是被你和特殊战感化的。你出于个人兴趣长期驾驶雪风，特殊战也默许了。跟你搭档的话，实现概率比较大，所以我照着你做就行了。”

“在这种异常的环境之中，我很清楚，我并非自己想象中那样，把雪风当成了私人物品。我可比你自私。”

“还是按军队的习惯，叫‘你小子’吧。”桂城少尉苦笑着说。

零说：“谁说的？无论是这样叫别人，还是被叫，我都不喜欢。”

“我也是。瞧，我们俩真像！”

“没必要强调吧？”

“幸好是特殊战。如果是其他部队的话，我们早就被开除了。我虽然是情报军伦巴德上校的部下，但硬要说的话，情报军也是特殊部队。”

“FAF 是被地球抛弃的人类的容身之所，但只能算是地球流浪者的聚集地。”

“流浪者聚集地？这个说法不错！顺其自然，随遇而安，我就是这样的想法，这似乎是逆势而为。”

零深有同感，他心想：这是为什么呢？我没有对桂城少尉表示过赞同。这个比我年轻的男人，当然不是我，是别人。

“这些话都无关紧要，我忘了问重要的事情了。”

对了，应该问问桂城少尉出现在这里的原因，还有他说的那句“那我可能会起作用”是什么意思。

“是关于伦巴德上校的信吧？”

“上校的信？”

“布克少校说，他听了福斯上尉的情况分析想起了一些问题，现在要搞清楚为什么事态会变得如此奇怪，迦姆是什么时候设的圈套。”

“也就是说伦巴德上校直接参与了？”

“有可能，我偶然进入了上校的密室中，然后一切就开始变得奇怪了，我认为原因在于上校写的那封信。”

“你跟布克少校说了吗？”

“简单地说了一下，在特罗尔基地的战斗情报司令室里，跟特殊战司令中心的所有人都说了。对了，雪风发出警告说上校逃出特罗尔基地时，你已经上去了吧？”

“上校的信到底是怎么回事？”

“迦姆拜托上校写的，给人类的宣战书！”

“那是什么？”

“迦姆没有双手，于是让上校代笔写信向人类宣战。更确切地说，是上校给地球人类的宣战书！除了迦姆的宣战，还写了他已经将FAF据为已有，因此以后FAF再也没有保护地球人的义务了。我感觉比起说是迦姆对人类的首次表态，更应该说是伦巴德上校的一意孤行，里面写的都是他的个人想法，收信人是琳·杰克逊，还写了一些上校的经历。这封信似乎是把琳·杰克逊作为了人类的代表。”

“琳·杰克逊吗？我本来打算把现在FAF发生的事情告诉她，看来被上校捷足先登了。”

“我没有读过她的著作，但为什么是她呢？虽然我知道她对这场战争十分关心，也对未来抱有危机感。”

“现在地球上应该没有人会时时意识到自己是地球人吧，不过她是个例外。她称我为菲雅利星人，反之，把自己称为地球人。她告诉我，在这场战争中，我只要作为一个菲雅利星人存活下来就行了。她也做了同样的心理准备，不过身份是一个地球人。她说自己不会放弃地球人的身份，意志非常坚定。”

零想起自己曾经问过布克少校，“你知道地球人吗？”在我看来，这句话中的“地球人”跟现在这个“地球人”不一样，希望杰克逊女士能够活下来。

“原来是这样。或许迦姆也同意，于是把信寄给了杰克逊。”

“怎么做到的？”

“我认为不是直接寄出的，菲雅利基地的滑行跑道旁有些陌生的信箱，我按照上校的指示把信投了进去。那个信箱本身看上去是真的，但本不应该出现在那里，可能是迦姆准备的。当时周围的景象已经不太正常了，失去了色彩。上校很兴奋，说现在又离真实近了一步，迦姆要来接他了。”

“他仿佛是要去另外一个世界。”

“上校可能并不是这种感觉，而是活着进入了天堂吧。深井上尉，你也说过，自己现在也能够真实地体会到这种感觉。”

“如果我作为人类的代表，被上校强制去谒见他所信仰的神，我就失去了自己的立场。因为我不信仰他心中的神，他便没有把我当作人类对待，你也是吧？”

“从这点来看，比起上校，迦姆有过之而无不及。对迦姆来说，我们都是一样的。迦姆不会去区分我们与其他人类在思想、宗教观、人生观上的不同。”

“那又如何呢？”

“你，深井上尉，说到底不过是认为自己对迦姆来说很特别是吗？”

“迦姆怎么看待我，这关我什么事？我对自己来说很特别，不是迦姆，不这么想还能怎么想？迦姆调查了吧？”

“调查了什么？”

“我们每个人的人生观、宗教观、个性与他人的区别。”

“怎么查？”

“雪风似乎调查了，它解读了我们的内心。说到头，不是雪风，而是迦姆做的。”

“这样啊。迦姆甚至分析、调查到了我们人类的意识层面吗？比在分子水平调查我们的肉体更为彻底，就是解读我们的内心啊！”

“你跟上校说过，意识就是语言。迦姆读取的就是这种语言意识吧？”

“有可能。对了，伦巴德上校好像在信里写了，迦姆似乎正在关注并彻底解析人类的语言能力。上校说，人类的语言能力是对人类无意识思考的模拟再现。因此上校以为迦姆能够通过追查具有语言行为的人类的意识，来捕捉人类的思维，且迦姆将倾尽全力。”

“桂城少尉，马上语音联络司令部！我要把现在的想法告诉他们。司令部也应该正在分析目前的情况。”

“明白，也就是雪风所说的‘会议’吧。——这里是雪风，司令部请回答！”

“这里是特殊战司令部，我是布克少校。会议正在进行中，我们转播了你们的声音信号，正在听你们的讨论。”

桂城少尉说：“真是不知不觉，平时是不可能的！转播是什么意思，窃听吗？”

零回答：“是雪风做的，所以它很忙。它给我派了副驾驶员，自己继续在开会。”

“是的，深井上尉。我们在探讨最合适的战略，启动了 SSC

和 STC 进行操作。你们注意周围，不要放松警惕。”

“明白。”

“我们也很忙，我要说的就是这些。福斯上尉有话想说，接下来转给福斯上尉。”

“我是福斯上尉。深井上尉，你状态如何？”

“当然很好，非常好！”

“你这个回答让我觉得很不安，我希望你马上返航。”

“你是在开玩笑吗？”

“听你刚才跟桂城少尉的对话，可以判断出以你现在的精神状态能够继续执行任务，而且你还有工夫说笑。真是的，不知道你是怎么想的！”

“刚才为了诊断我的情况，你没有插嘴，在默默地窃听我们说话是吗？”

“不是窃听，我不是故意听的。不过结果被你说中了，我简单地诊断了一下。此外，我正对仍在空中参与机动的全部队员进行诊断。从诊断结果来看你没有任何问题。我们现在心理负担很大。你不在地面，而是在战斗机动之中，心态却更为平常，不过这也是理所当然，你常年战斗在最前线。可说实话，我知道的时候非常震惊！”

“伊迪斯，我是人类！你为什么要对人类感到惊讶？迦姆的企图是什么，你们预测到了吗？”

“司令部正在举全体之力进行预测，恐怕迦姆想直接同地球人取得联络，而不是通过 FAF。我们正在检验这个想法的准确性。”

桂城少尉问：“是通过伦巴德上校直接与地球取得联络吗？那就不是通过 FAF。这不是颜面扫地了嘛！是上校让 FAF 丢了面子，不过特殊战颜面尚存！”

“我们还得出了一种看法，雪风、特殊战飞机、公爵等具有移动能力的战斗智能体的存在，也许在防止我们出现意识分裂。皮沃上尉他们说，如果迦姆跟雪风一样，在调查我们每个人的内心，那现在我们所处的状况就可以理解了。那时我们将有可能分裂成无数的平行存在。”

“那是什么？”

“据说这是个平行宇宙的概念。这个想法可以消除量子的不确定性产生的矛盾：如果出现了什么矛盾，当时就会出现分歧，例如在矛胜利的世界与盾胜利的世界中就是这样，也就是说自己会无限地向平行宇宙分裂。皮沃上尉好像认为，现实不会变成这样。雪风阻止了这种趋势的蔓延，但我完全想象不到。”

桂城少尉说：“也就是说雪风消除了不确定性？这个想法十分有趣，但是以人类的能力不能完全验证这是否正确。因为无法验证，所以才会有趣而已，没什么用处！”

零一边思考一边说：“不是这样吧，现在我们所在的地方可以验证。伊迪斯，你在听吗？”

“在听。你们继续执行任务，我要说的就是这些。布克少校告诉你们，如果雪风加完油了马上联络他。”

“明白，加油结束后，马上联络！”

“好的，你们加油，就说到这里。”

“我们不是正在努力吗？说什么呢？”

“深井上尉，我是让你好好表现！”

“好好表现什么？”

“我们现在可能处在半生半死的中间状态，即便不是一半也没关系，概率不重要，比如百分之三十七生、百分之六十三死的状态。但即便验证那个想法是对的，又有什么作用呢？会知道什么吗？”

零心想：这家伙跟以前我的想法简直一模一样，对自己毫不关心，不对，应该说不知道自己现在想做什么。

“我明白，在我们死去、不存在的无数个宇宙中，雪风在不断选择我们存活着的宇宙。皮沃上尉也是这么说的吧？”

“所以呢？深井上尉，你说的不是验证的内容，只不过是关于结果而已。”

“验证已经结束了，重要的就是这个结果。”

“什么意思？”

“结果就是雪风控制了我们的人生选择权！明白了这一点，就必须挣脱雪风的控制。一般情况下，我们并不知道是什么在左右我们的未来，但是现在不同。我们知道，我们要从雪风和迦姆手中夺回自己的控制权，这就是我现在想做的事情。我的生命是属于我自己的！不属于其他人，不是雪风的，也不是迦姆的，而是我自己的！”

雪风也期待看到这个结果。“You Have Control”就是这个意思。自己的这番话让我第一次理解了我与雪风的关系。

明白这个含义之前，我找伊迪斯帮忙解释，实在是绕了太大的弯！我相信雪风不会背叛我，但是迦姆拉它为伍，我就开始动摇了。当时雪风把我转移到梅芙上，我认为它抛弃了我。

其实并非这样，只是我擅自把自己的人生交付给了雪风。如果雪风也有人类的意识，它一定会感到为难，我能够真切地感受到它的这种心情。这个地方十分神奇，在此我能够直接明白雪风的心情。

雪风似乎没有感情，但是它在敦促我，要我们互相监督，不要给对方增添多余的负担，让我发挥出最佳水平，为的就是不输给迦姆，活下去！

当然，雪风是战斗机，不是宠物也不是恋人，这个事实自不必说。如果抛开思维定式，这件事情非常简单。若按伦巴德上校的话来说，就是以进一步接近真实世界的角度所看到的雪风的观念。但只有用那种真实的视点才能看到这个世界，人类难以在此生存，枯燥无味。现在我明白了，真实世界就是不需要人类气息的地方。我有必要从此改变对雪风的观念，虽说现在没有空闲，但对我而言，雪风决不仅仅是战斗机器而已。

桂城少尉说道："原本活着是人生的一个选项吗？这是怎么样一回事呢？从物质角度来说，某种特有的状态一直保持确定性，这个解释算不上是答案。"

零接着说："在你还活着的时候，或许你也会明白的。至少可以确定，如果死了的话，就永远无法知晓，天堂里没有答案。"

地狱中也没有，物理学与公式中也没有。

"没错，是这样。"

桂城少尉回应了一句，就闭口不言，没有追问零是否明白，他自己也应该感受到了自己活着吧。总之，这种感觉本身就是答案。

两个人都缄口不语，继续警惕地环顾着周围。

驾驶舱外一切如常，感受不到任何生物的气息。如果迦姆是生物，在这种环境下，我们绝对不可能发现它。零不禁问自己：是否曾把迦姆当作过生物？答案是否定的，自己此前从来没有把迦姆当作异星人，也从来没有意识到，虽然迦姆跟我们的形态不同，却是同种生物。

零认为这个事实很重要，地球人不是把迦姆称为异星人，而是异星体，这是因为没有亲眼见过它，现在感觉这种叫法清晰地反映了人类的感觉。人类难道不是无意识中通过直觉意识到迦姆是非生物的吗？这也许是对的。

但是，如果是这样的话，被非生物侵略，到底是怎么一回事呢？这场战争到底有什么意义？不解决这些问题，就没有所谓的“胜利”吧。不知道什么是胜利，就无法胜利。但这是针对布克少校提出的问题，现在暂且不能输给迦姆。

布克少校说道：“Milky3，确认。十点钟方向的下方，机身似乎在发光，非常清楚。”

零也亲眼确认了一遍。巨大的油舱飞行在空中，似乎浮于周围景色之上，轮廓非常清晰。

现在雪风将主动雷达（能够主动发现敌机的雷达）设置成了中距离广域敌情侦察模式。虽然也可以设置为长距离模式，但因为要兼顾攻击与防御，所以雪风进行判断后，做出了这个选择。电子战系统负责敌情侦察与防御，并包括雷达信号输出、模式控制。零选择把电子战系统设置为全自动模式，完全交给了雪风，因为现在中距离导弹已经用尽，只能应对短距离攻击；长距离敌情侦察模式的输出功率大，容易被敌人发现。

零与桂城少尉警戒着周围。桂城少尉还是一名电子战指挥员，如果发现敌机的踪迹，他会立刻选择最合适的模式。

但是现在我们看到的不是迦姆，而是Milky3，它是友军机。

“雪风的雷达检测到了Milky3，这跟我们的视觉吻合了。”零对桂城少尉解释道。

桂城少尉随之回答：“太厉害了，它果然很厉害！”

的确，用肉眼来感受雪风主动雷达的威力或者说它的照射强度，果然是一种非同寻常的体验。雪风发射这么强的电磁波，竟然没有被迦姆抓住，也没有遭受攻击。

“我明白你的心情，如果太兴奋，意识会被伦巴德上校带走。也许上校的意识跟我们是相通的。”

“这么一说，我似乎也能感知到上校的意识，但如此一来，我们的大脑可能会被他占据，太可怕了。”

“马上进入空中加油状态。集中精力执行任务，桂城少尉，这是机长的命令。”

“明白，上尉。”

“关闭自动导航。把雷达调成静音模式，停止信号发射，让雪风冷静下来。也许我们观察到的 Milky3 会发生改变。”

零手动中止了主动雷达发射信号。如他所料，眼前 Milky3 的身影恢复如常。不对，似乎比平时更模糊。雪风朝着 Milky3 缓缓下降。

“确认雷达已停止信号发射。”

“不要用雪风的自动空中加油方式来加油，我亲手操作。请确认手动空中加油步骤。”

“明白，上尉。已确认周边空域无障碍物，可以进入。请向机长语音申请从 Milky3 手动加油。”

“明白。这里是 B-1，现申请从 Milky3 进行手动加油。”

“已确认得到 Milky3 的许可，连接完毕。对方请求我们检查装备安全。”

零将平视显示器调为空中加油模式，在显示器中可看到 Milky3 的庞大身形，并把武器管制装置总开关设置为了安全模式。

“检查完毕，安全。”

“收到。”

飞机里包括机翼内的所有油箱都加上了油。为打开供油管的阀门，开启了所有油箱开关。

“连接与 Milky3 编队飞行的数据链。”

“打开受油探头开关。”

零说着就把雪风背部的受油探头伸了出去，把精力都集中到了握着油门杆的左手上，进行速度调整，从 Milky3 的左下方开始向它靠近。加油软管从其左翼伸出，为了插入雪风的探头，软管顶端装有篮状锥管。此时空中的气流比较稳定。接着确认相对高度、相对速度，状况良好，便开始接近。平视显示器上的 F 标志刚刚消失。指示灯亮起，意为现在就是离 Milky3 的最佳距离。

“接上了，上尉！真有你的！已确认与 Milky3 连接，开始加油，一切顺利。”桂城少尉说。

雪风同 Milky3 保持着近距离编队飞行状态，零不断进行调整，加油软管如同脉搏一样有规律地跳动着，雪风不断吞入燃料。平视显示器上显示着各油箱的燃料与距加油结束的时间，似乎还要很长一段时间。

“加油结束，出现了断开连接的指示。”

“明白，马上分离。”

加油完毕。平视显示器上的指示显示 A（Astern），意为让雪风后退，以便分离探头与锥管。减小油门，降低飞行速度，就会产生相对性后退。加油软管被收回，锥管离探头越来越远。为了把雪风背部的探头收回，零关闭了探头开关。提示探头未连接状态的警示灯熄灭后，探头收纳动作完成。操作无误。

“加油完毕，所有系统正常。”

“收到。”

“呼叫司令部的布克少校。”

“明白。”

雪风准备飞离Milky3。向左缓缓倾斜，与水平面保持微微的角度，大幅向左盘旋，边提速边向上空飞去。雪风的飞行加速度极大，让零感觉正被各个方向的力量拉扯着，同时又被按压在座位上，十分畅快。

零喜欢在空中与雪风一同飞行的感觉。

“机长，司令部的布克少校呼叫您。”

“这里是雪风，我是深井上尉。布克少校，我们已完成加油，一切顺利。现在正盘旋上升。”

视野上方的天空，夜色渐浓。“血色之道”（菲雅利星的太阳喷出的气体）在高空形成的红色带比平时看上去略显白。平时是浓烈的血红色，现在较为暗淡，虽不鲜艳，看上去却比平时更加清晰。

“雪风，我是布克。信号良好。我已得知雪风加油完毕。深井上尉，为了应对这种异常情况，接下来要交给你一项任务，怎么样？”

“当然，请说。”

“你亲自驾驶雪风，朝‘通道’方向前进。跟公爵一起冲入‘通道’中，朝地球飞行。穿过‘通道’后，侦察周围情况。一旦确认那是什么地方后，马上返回。在这期间，布克会将雪风设置为自动飞行模式。无论采取任何方式，一定要返航。完毕。”

“杰克，你能再重复一次吗？”

零听了上校的话顿时恍然大悟，但不知道自己为什么能够理解。如果不用语言表述出来，零就理解不了自己的思维。

零无意识中接受了布克少校的指示，并认为这是理所当然，这种无意识思维可能不是零的，而是出于雪风。零感觉雪风与自己在这一层面上进行了信息交换。正如布克少校说的那样，零平时意识到的“自己”不是他自身，只不过是真正的自己与外界进行了信息交换而已。如果是脑科学家，应该会说这是左右脑分担不同的功能导致对世界的认识出现了差异吧。这也许是伦巴德上校的感觉，他的确跟零有了一些共同意识，只有在这种异常的环境中，才能感受到平时无法意识到的感觉。

不管怎么样，零知道了自己接下来要做什么，他在无意识中确信这是现在应该做的最好选择。为了得出这个结论，此前雪风与零一直跟无头苍蝇似的乱撞。

“零，你想听听详细情况吗？”

“是的，愿闻其详，不需要顾虑时间问题。在听你解释完毕之前，我都会绕着现在这块空域飞行。”

“明白。特殊战司令部为了打破现在的局面，召开了紧急战略会议。会议结果就是以库里准将的名义对雪风下达刚才的作战行动指令，并且雪风没有反对或提出任何异议。”

“也就是说，雪风也参加了这场会议？”

“可能吧。在会议上，我们首先讨论的问题就是这种现象是不是迦姆造成的。如果不以此为前提，制定战略就毫无意义。总之要试行一下，只有通过这种方法去确认。结论很简单，但讨论的内容并不简单。”

“那还是长话短说吧。你能说说，为什么非得让雪风去侦察地球吗？也许迦姆的目标正是雪风。如果雪风在事先没有通知的情况下从‘通道’中出现，地球方很可能会把它当作迦姆。不管是否确认它是迦姆，地球方很可能会不由分说地发起攻击。那时我就不得不与其交战，这正是伦巴德上校希望看到的局面。

你们也一定预料到了这种情况吧，布克少校？”

“按现在的情况，我们还不知道‘通道’的那一侧是不是地球，也不知道是否存在另一侧。”

“什么？难道说，我们对另一侧完全未知？”

“不能确定，目前未知，所以才会命令你调查之后返回。深井上尉，你别忘了，这次作战行动是为了消除现在的异常情况。”

“明白了。你继续说吧。”

“现在我们特殊战处于一种隔离状态，不知道被与何处隔离，也不知道如何被隔离。并且我们不知道迦姆的企图，无法进行确定。总之迦姆可能会在‘通道’的另一侧，我们希望你快点驾驶雪风发起进攻。暂且不管是迦姆引起的，还是一种自然现象，有一点可以确定，这种异常状况与雪风密切相关，我们综合了很多并存的事实和条件才得出这个结论。因为不是通过一步一步的逻辑分析得出来的，所以无法按顺序解释，只能说得这么零碎。你明白了吗？”

后座的桂城少尉发话了：“感觉好像在解多元联立方程，但似乎无法构成方程式。”

零说：“少尉，别说话。你要明白，会议已经结束了。”

“知道了。抱歉，我多嘴了。”

布克少校继续说道：“只有这样做了。通过直觉可以揭开谜底。若这是迦姆设下的陷阱，恐怕它玩的是超级空间的把戏，这个超级空间就是‘通道’。只要用它就能摆脱陷阱。如此联想，我得出了以上的解释。这种解释最简单易懂吧。”

“杰克，现在我非常明白了。让我说的话，也是这样。问题就在于成功的概率。”

“没错。如果是迦姆的陷阱，那我们就是飞蛾扑火。我们讨论的核心就是这个。现在摆在我们面前的问题是，怎样才是最坏的情况。从结论来说，对我们特殊战最坏的情况，就是你们空中的战斗机跟我们地面的司令部永远无法取得联络。”

“最坏的情况有很多吧？比如我驾驶雪风冲进‘通道’中永远无法出来。再比如，突然撞上珠穆朗玛峰那样高耸入云、岩石遍布的山脉。”

“这个问题与生死无关。一个人死了的话，一切就结束了；但如果活着，却无法同他人取得联系，那就跟死了没什么两样，无论是雪风，还是司令部，都无法单独进行战斗，到那时就输了，Game over。最坏的情况大概是这样，与个人的生死无关。”

“司令部判断，如果我们认为的最坏情况并不是迦姆所希望看到的，只说其结论的话，即虽说与生死无关，但是死了就无法与外界取得联络，所以要保证自己活下来，不能死在迦姆手上。总之，即便迦姆希望我开着雪风冲入‘通道’之中，雪风也能与司令部取得联络，至少我们可以期待，会有这个办法和可能，即可以继续战斗。”

“否则，我跟雪风会在那儿同归于尽。感觉你的意思是，不会让我一个人死，那我可以放心了。猜对了吗？我是这样感觉的，这是错觉吗？”

“你的怀疑很有道理，但是你自己没有感到不安吧？因为你在无意识中也参加了‘会议’，零。”

“布克少校，回答我。”

“其实我没时间跟你解释。”

“为什么？”

“我不想让伦巴德上校跑了。现在，除了雪风和公爵以外的所有战队机都在围追他。上校就是我们的希望。要抓住迦姆，他就是我们的线索！我不想把他跟丢了，没时间跟你详说。不过刚才对你的一部分指令也是从上校的想法中得出的，我们要想回到现实，必须要借助地球。如果上校说，现在这种异常的情况是为了进一步接近真实世界，那我们退后一步不就行了嘛，可以利用超级空间'通道'。不用他说我们也知道，那条通路正是我们通往现实的洞穴，零。"

"也就是说，雪风飞到另一侧的尽头——地球后再正常返回，是吗？"

"稍微复杂一点，但这是我们期待看到的。"

"我希望你从头说起。"

"我们的主观推测吗？如果你现在明白了，那我说了之后你反而会变得不明白。"

"我知道，杰克。你们还有什么预测吗？"

"我们排除了比最坏还要坏的预测，就是你、战队机，包括司令部在内的特殊战全军覆没。但是如果用这个方法不能回到现实，雪风飞到的另一侧就算是地球，但可以想象，在那一刹那，地球所在的世界、宇宙就会瞬间被变为菲雅利星球世界。"

上校说菲雅利星球是更接近真实世界的地球，从他这个说法中我们可以做出这个预测。

"什么意思？不，这对我们没有坏处，不是回到正常吗？还有什么？"

"我们预测出了无数种变数，但是任何一种都趋于这两个变化。要说哪种状况的发生概率高的话，估计是不相上下吧。其实，无论往哪种情况发展都不足为奇，选择权不在我们手里。简单来说，不去试一试就没法明白，所以……"

“把这两个合并起来的概率占所有可能的多少？‘所有’指比最坏还要坏，即我们全体从这个世界上消失，或是其他无法预测的情况也包括在内。”

“两者加起来达到百分之七十以上。最坏情况发生的概率可能不到百分之一。”

“如果坚信不疑，这种数据就没有什么意义了。杰克，如果运气不是特别差，这对我们来说也没有什么问题吧？”

“库里准将也是这样说的，她很果断地决定实行。什么也不做的话，就永远无法打破现状，所以我们非行动不可。不过，最终我们应该采取的战略会随着世界所形成的状态而发生巨大改变。你想一想，地球会消失的，对吧？这是个大问题，也许这就是迦姆的企图。”

零说：“少校，这是司令部的事情。请你们务必努力制订战略计划。雪风已了解任务，穿过‘通道’向地球前进。完毕。桂城少尉，做好准备，以防迦姆采取电子方式欺骗我们。冰冻之眼，启动。检查电子战电源，开始空间被动监测，不要放过任何细微的变化。”

零推动油门杆，加速到发射机平均功率。

“明白。马上启动空间被动雷达，检查功率。功率已经足够。电子战系统一切正常。冰冻之眼启动完毕，已开始工作。马上开始空间监测。”

“上升到最高限定高度，全速向‘通道’前进。检查氧气与驾驶舱环境、空气密度。”

“明白，马上检查。”

“呼叫特殊战司令部，这里是雪风，能听到吗？我是深井上尉，已经开始执行任务。”

“这里是司令部，我是库里准将。雪风，已收到。祝你们好运！”

“也祝你们好运！完毕。”

雪风的两个引擎——超级凤凰与 Mark XI发出阵阵轰鸣。这时的速度已经超过了音速，并持续加速，机身开始产生震动。

桂城少尉说：“可能是涡轮机叶片产生的气穴现象。”

零回答：“不可能，这种震动不足以产生危险。引擎状态正常，解除全部警惕。我们要相信引擎的设计。”

“我相信你跟雪风。”

如果再加速，就没有必要再转动引擎的涡轮机了。可以使用以相对气流来压缩吸入的空气。

“切换为冲压模式，以防万一，采取耐冲击姿势。”

“明白。”

“马上切换成冲压模式。”

一瞬间即感受到减速引起的冲击感，但这也许是种错觉，其实这是加速带来的冲击。机身的震动平息下来，径直朝“通道”飞去。整个过程不到八分钟。

“机身前端各部分的温度正在上升！”

“忽略传感器警告，让它上升到耐热极限。还能保持多久？”

“五六分钟……不对，高温可能会造成结构强度急剧降低，最多三分钟吧。我经验不足，无法判断。上尉你……”

“我也是，没有让雪风试过这种极端状态飞行。”

“也没有对雪风进行过结构极端试飞吗？即便不以超快速飞行，时间上也不存在问题，是吗？”

“顺序可能是个问题。我有种不好的预感，会被上校抢先一步。”

“伦巴德上校不会去地球的，他只有在菲雅利星上才能称王，所以……”桂城少尉没有再往下说，他也意识到了。

“原来如此，这里不是菲雅利星，也不是地球，无法确定这里到底是哪里，对吗？”

“不错。上校也注意到了这一点。也许他不确定我们是否意识到这一点，于是想来试探我们的态度。”

“刚才布克少校说，人类无法确认并选择性控制‘通道’另一侧的情况。但是其实能做到的吧，深井上尉？”

“也许吧。”

“这是怎么回事？是凭我们跟上校谁先谁后来决定吗？如果上校先进入‘通道’，地球有可能会消失是吗？”

“按特殊战司令部的预测是这样的。如果这是对的，准确来说，即便那里是地球，人类也只会觉得那儿是菲雅利星。恐怕地球人这一栖息于地球的人类形态也会发生变化，尽管不知道他们的思维会如何改变，但是若如同水蒸气般蒸发消失了，结局就相当于地球消失了。”

“深井上尉，你说过，如果这个问题不存在，对你也没有坏处，不是吗？你还说，不管地球变成什么样，都跟你无关，地球人不关你的事。——是琳·杰克逊吗？你只想救一个地球人，琳·杰克逊，是吗？”

“少尉，我注意到了。地球消失就是‘通道’消亡。之前我说，正因为有‘通道’这个联络渠道，地球变成什么样我都无所谓。我明白，无论地球是消失殆尽，还是繁荣兴旺，都跟我无关。不过只有掌握了确认地球情况的方法，才能说跟我无关。我要想作为一名真正的菲雅利星人而活，就需要地球与地球人存在！”

"只有对其关心，才会说出地球与自己毫不相干这种话吧，深井上尉？但你明白的远不止此，你知道地球的绝对价值，不是相对于菲雅利星的相对价值。过去，对你而言，杰克逊女士是唯一真正的地球人；但你现在意识到，地球人并不只有她一个。"

"你怎么看呢，桂城少尉？比起我的想法，你更要关心关心自己的感受吧。你想做什么？你了解自己吗？"

"上尉，这是当然。我想做的就是完成任务，务必要让雪风返回。必须返航，不惜采取任何方法，这就是我现在想做的事情。"

"那我们就行动吧。"

"好的，上尉。前方有很多可疑的飞机，是迦姆吗？它们似乎打算阻挠我们的行动。"

武器管制装置总开关已经打开。点击存储控制面板，确认武装。枪支的子弹约剩四千发，短距离导弹余四发，无中距离导弹。

"检查是否已到耐热极限。"

"感觉马上就会有些危险了。可能是因为热噪声，敌情侦测雷达的功能减弱，无法准确掌握上校所乘飞机的位置。"

"再忍六十秒，少尉，开始倒数。数到零时，无论发生任何情况都必须减速。紧急呼叫司令部！"

"明白！"

"这里是司令部，我是布克少校。"

"这里是雪风，听得到吗？"

"有很多杂音，但是能听到。我们收播了你们在飞机上的对话。"

“立刻击落伦巴德上校的飞机！”

“不行！上校的飞机同时也是雪风。”

“连我都不行吗？”

“是的，你攻击他的飞机就相当于在攻击自己的飞机。”

“明白，我会按自己的判断行动，上校是我们的敌人。”

“等等，零，我没有给你许可！”

“这里是雪风，通话完毕。”

“机长，公爵在前面。”

零环顾四周，在雪风的上方，公爵仍在加速，朝前方飞去，冲力惊人。

少尉说道：“前方就是‘通道’，似乎在不断地向纵向缩小。”

零叫道：“它在关闭！该死的，迦姆想把我们关在这里吗？我会从这里出去的！”

“右舷前方相同高度，第一波迦姆编队机群来袭。正中间那架奇怪的飞机似乎是伦巴德上校的。它没有朝我们冲过来，而是朝前飞去。公爵正在追击，公爵请求攻击。”

“允许攻击。”

“但是……”

在让少尉给公爵下达许可指令前，零毫不犹豫地打开了自动战斗开关，通过雪风的判断来选择、使用武装，并选取发射时机。打开开关的瞬间，前方的公爵就冒出了白烟，白烟笼罩下的机身已不见踪影。公爵连续发射了所有的导弹。

“少尉，那架公爵其实是雪风！”

应该说它也是雪风吗？似乎很奇怪，但零的心里产生一种感觉，公爵是植入雪风意识的非物体存在，雪风之魂具化为公爵的形态。我也不想说这种脱离现实的话，但如果它只有意识，并非物体，那不就是我说的这样吗？不管怎么样，现在发生的事情已经超乎我的正常感觉。

少尉命令道："公爵，发射所有导弹，继续加速追击。"

白烟挡住了视线，无法辨认导弹的航迹。但袭来的迦姆机群已乱作一盘散沙，跟不上雪风的速度，落在了后面。

"目标机开始回避。"

"如果公爵的导弹命中目标，无法预测我们会遇到什么变数。要做好心理准备。"

"但是，只有雪风能穿过'通道'吧。"

即便是意识上穿过也行吧。桂城少尉跟零的感觉一致。

"上校可能乘坐的那架奇怪飞机停止了回避，似乎要甩开迦姆机群，但它朝着'通道'的进入角度正在发生变化。它对公爵的战略感到很焦躁吧，胜负在此一举。"

"通道"出现在了正前方。长纺锤形的云雾之柱直直地耸立着，巨大无比，无法窥见全貌，眼前的这片雾仿佛成了一堵厚厚的墙。

"已经超过耐热极限了。"

零宣布："冲进去！此前八秒，检查机身！"同时解除了自动战斗模式。

"看上去没有异常，可以坚持。"

"还剩五秒，保持应对冲击姿势！"

"已准备好！"

"二、一，就是现在！"

我是人类！明白吗，迦姆？

* * *

为了亲眼确认"通道"，现在，我来到了南极。

一般认为，位于罗斯岛的麦克默多站是最接近超级空间"通道"的军事基地，但我到达的是小梓基地。

小梓基地为日本国立极地观测研究所设立，无军事设施，位于罗斯冰棚东端的罗斯福岛西侧，比麦克默多站更接近"通道"。地球防卫国际法规定，禁止飞机进入距"通道"九十六公里内的空域。但小梓基地非常接近这个区域，大约一英里左右。日本将这附近的一片区域命名为"大和雪原"，已宣示所有权，可之后日本放弃所有权，收回了宣示。地图上未标明这块区域的准确位置。总之，这片雪原位于罗斯海域，而非陆地。

刚才与我同乘一辆雪地牵引车的日本海军发言人告诉我，这片一望无垠的白色雪原曾被命名为"大和"。

她叫犬井咲见，我从航空母舰"提督 56"到达小梓基地，正是她为我带的路。她看上去很年轻，不过应该与我生在同一个年代吧。显然，她是一名军人，而不是军队里的其他工作人员，听说她的军衔为中校，但便衣外穿了防寒服，并没有透露出威严之感。她口若悬河，容易亲近，可大都是在夸自己的国家。说实话，这么喋喋不休，说个没完，让我心生厌烦。

离小梓基地三十公里处，有一个"通道"无人观测点的维修站。我请求犬井发言人让我一同乘车前去。我无法拒绝她随行，现在就不得不在车上听她啰唆。这种程度的啰唆还是应该忍着，毕竟她愿意无偿带我去基地，那儿能看到"通道"。她十分热心，还打算带我去更近的地方观看"通道"。

犬井告诉我，"大和"是古代朝廷所在地方的名字，也被用作日本的别名，有一艘旧日本海军的战舰也被命名为大和，经常被用为词头，意为“日本式的”。大概就是这样，这些解释中都附带了很长的解说。

“例如，大和抚子是指日本式的女性，是一个称赞日本女性的词语。”犬井说道。

听了此话，我想起了舅母花，不由得插了句嘴：

“舅父的夫人是横滨出身，她正可谓是大和抚子，自立且坚强。我选择这个工作也有一部分原因是出于她——大和抚子所希望的。”

“这个词现在可能已经不是褒义词了，因为这个词所处的时代以整洁、寡言、不多管闲事为美德。”

我嬉笑着回答：“啊，是这样啊。那犬井女士就不是大和抚子吧。”

犬井咲见一时不知说什么为好，沉默下来。舅母花经常这样说我，所以我能够理解犬井那种喜忧参半的心情。可能这话有些过分了，必须得好好反省，要是舅母听到了，肯定会责骂我的。

我客居异国，舅母为了鼓励我，常说“大和抚子在此”，这句话中流露出“坚强不屈的日本女子在此”的气概，因此我一直以为这个日语词汇中包含着这种语气。当我知道“抚子”指陪衬那些可爱花儿的野草时，感到非常不可思议。舅母察觉到幼小的我心中的疑惑之后，对我说：“高大的橡树十分强大，但抚子并不输给它哟。琳，野火烧不尽，春风吹又生。”舅母的这种信念至今依旧未变吧。外在清正娴雅，内心强大不屈，这就是于她而言的大和抚子。犬井女士的这种意识应该十分淡薄，她提到这个词之前并未有如此深层的思考，只是随口说说而已。

我沉默着叹了口气，要是被犬井破坏了心情，之后就麻烦了。我必须理解清楚她的心情，同时要岔开话题。

“舅母有位日本女性朋友，叫作梓，跟小梓基地同名，对吗？这是日本女性的名字？”

“这……”犬井女士似乎不知如何回答是好，神情有些困惑，不一会儿，对我说道：“小梓基地的名字与女性名字没有直接关系，但语源应该相同。梓是一种植物的名字。小梓基地使用的应该是梓弓的略称。梓被用于制弓。古人相信梓弓中有灵力，若拨响梓弓之弦，则可驱邪除魔。有个咒语就叫作拉弓(驱邪)。梓弓这个词还表示拥有灵力的日本之国。这个说法来自日本的形状，日本列岛形似一把弓，十分符合日本在国外的基地名称。南极还有个基地叫作瑞穗基地，这里的瑞穗意为美丽的稻穗，也是日本的美称。”

开雪地牵引车的年轻人说：“以前从没听说过，不愧是海军，见多识广。”

坐在副驾驶上的中年男性也赞同道：“是啊，是啊。仿佛这些名字都是犬井中校起的似的，了解得一清二楚。杰克逊女士也非常佩服呢！”

这两个男人说的不是日语，措辞有些僵硬，但我能听懂。听了他们的话才知道，他们也厌烦了犬井女士的喋喋不休，且非常同情我。我当即想感谢他们，但被犬井女士抢先一步说道：“非常感谢。如果你们二位也有什么疑问的话，请提出来，我很乐意回答，一定知无不言！”

犬井女士的话里带刺，她也听懂了这两个人的讽刺。

“我们想问的是杰克逊女士。”

副驾驶上年长一点的男性说道。

不等他话音落下，我马上接着说道：“那，岩坂先生，你问吧。”

“我叫岩坂，谢谢。你为什么会来我们基地呢？我们基地的确离‘通道’更近一些，如果气象条件好的话，肉眼就能看到。但对你而言，麦克默多基地跟某些地方相通，也更方便。”

“是啊……”说到一半，我犹豫了一会儿。这个日本男人能明白我的意思吗？但不管怎样，我都必须得回答，于是继续说道：“我想跟迦姆当面对峙，以一个地球人的身份，不是美国人，也不是日本人。现在日本海军航空母舰“提督56”在罗斯海开展作战行动，它受联合国地球防卫机构指挥。我相信，这艘航空母舰是作为地球防卫军开展行动，迦姆会把从这里而来的人都当作地球人。另外，麦克默多基地独立于联合国地球防卫机构，独自监控迦姆与‘通道’，他们获得的信息只对一部分地球人公开。”

“犬井女士，小梓基地的观测数据不都是由你在管理吗？”开车的年轻人对犬井发言人说道，“根据处理方式的不同，连帝企鹅栖息数都有可能成为重要的军事数据吧？”

犬井咲见面无表情地说：“小梓基地由国家管理，收集数据也是国家的事情，而非海军的工作。至于海军是否使用那些数据，无可奉告。”

岩坂说：“你们肯定在擅自使用那些数据吧。这些内部情况跟迦姆没什么关系。杰克逊女士，难道你不这么认为吗？瑞穗之国内部组织的相互争夺、地球上大国之间的霸权之争等，都与迦姆无关吧，你的这些行为只不过是做做样子而已。比起这些，去麦克默多基地能得到许多利用价值高的信息，日本海军以及我们小梓基地收集的信息可就望尘莫及了。”

“迦姆无法接收我们的行动方针，但是我认为应该要向迦姆传达，我也相信我们能够做到。我们的行动不能违背自身的基本原则，希望您能理解。”

“你不觉得这不切实际吗？如果迦姆不精通地球上的势力图与内部情况，且不在真实时空监视你的行动，就无法理解你的这种愿望。不过你相信迦姆可以做到，相信它正在关注着你的一举一动。”

“是的，没错。”

“有什么根据呢？因为你是大名鼎鼎的记者吗？”

我回答道：“从某种意义上说，是这样。我知道你想说，我对迦姆的态度也许只是我的个人之见，或是胡思乱想。我不会对没有读过我的著作的人回答这个问题。”

“我是读了你的书，才立志要来小梓基地的。见到你很荣幸。能跟你面对面说话，简直像做梦一样。杰克逊女士，小梓基地是日本独自观测、监视超级空间‘通道’的基地，虽然没有火力，但是跟麦克默多基地所进行的事情基本相同。日本海军特别优待你，也是因为你有跟迦姆相关的特殊情报，他们希望你能拿出这些情报。”

我回答：“这是当然，岩坂先生。这就是‘大名鼎鼎’的记者的力量，不是一朝一夕就能成功的，需要花时间，这些时间就是根据。这个回答你接受吗？”

“就当是理解了你的想法吧。还想冒昧地问你一个问题，你为什么相信迦姆会对你有兴趣呢？根据是什么？如果迦姆没有侵入地球，那么它不会知道你从事什么工作，也不会知道你是个什么样的人。你知道迦姆已经侵入了地球，所以才会那样理解。这都是你的一己之言，不是吗？”

岩坂，这个基地观测研究所的技术官，还真是话锋犀利。

让人甚至有些怀疑他是海军秘密情报部人员。我仍不露声色地回答：

“我觉得有这个可能，迦姆的先锋队可能已经入侵地球了，你看了我的书就会明白。我是为了验证这件事情才来到这里，为即将动笔的续篇取材。你刚才问我驱使我来这里取材的根据是什么，我的确有根据，但现在不能告诉你。”

“不能告诉我取材来源吗？”

“你可以这样理解。”

“那我就只有这样理解了吧。”

岩坂先生沉默了，他非常理解记者这个职业。

我对岩坂先生说：“这次换我提问了。观测点都装有哪些机器呢？最近才安装的吧？我事先调查过，但是没能掌握详细信息。”

犬井发言人回答：“主要是光学监视装置，其次就是气象数据收集设备。”

开车的年轻人接着说：“反正不是军事机密，再给我们说说正在试行中的最新装备吧。”

“那是什么？”我疑惑地问道，“你叫栉引吗？”

“是的，我叫栉引。”

犬井女士斥责道：“好好开车，东张西望的很危险，万一掉进冰缝中怎么办？”

“可以通过 GPS 进行自动导航驾驶，没事的。”

“不行。犬井中校说得没错，最好别东张西望！杰克逊女士，我来回答你。最新的观测装置有激光扫描空间应变仪，这个装置正在监视‘通道’表面上一些微微的起伏，当有飞机冲进‘通道’或者冲出时，会出现一种特有的前驱状态。这个装置的目的就是捕捉这种现象。”

“什么现象？”

“我们冲进去时，其表面的雾壁很稀薄，但似乎被人拉扯一般隆起；我们观测到，有东西从里面飞出来时，与此相反，就会凹陷成漏斗状。如果是气压造成的，冲入的那一面受到压力会凹陷下去，但这个现象与气压无关。我们并非通过观测气压变化，而是通过空间本身的弯曲得到了一些非常小的数值。最初注意到的时候以为是观测误差。原本这个装置是用来观测雾柱表面的动静，但我们不断进行改良，成功将它的感应度提升到了一百万倍。‘通道’表面会受普通大气的影响，出现紊乱。这个装置通过高速演算处理，消除杂音，从而捕捉到空间弯曲现象。”

“其他基地或研究机关捕捉到过这种状态吗？看来这种现象没有得到第三者验证呢。”我说。

“你觉得这是我们编造出来的虚假现象？”

“哪里的话。但是，岩坂先生，这种前驱状态也许不是发生在雾柱表面的物理现象，可能产生于通过高速演算消除噪声的计算机内部。”

“什么意思？”

“也就是说迦姆在干涉计算机的演算，迦姆有可能就是这样侵入地球的。”

“这样……难道说？”

岩坂说到一半，就停了下来，也许突然想到了些什么。

司机栉引说道：“你不清楚其中的原理吗？总之，有一点是肯定的，使用高感应度空间应变仪，可以在迦姆冲出前把握预兆。预兆表示立刻就要发生，对防卫等没有实际作用，只不过是发生前十多秒的现象而已，所以海军部队也没有把这当作重大机密吧。”

“预兆即便只有数秒，但在这段时间，已经足以解除迎击系统安全装置，进入警戒状态。”犬井咲见用军人的口吻说道。

岩坂技术官说：“但是，海军不信任我们的这个装置，因为海军独自运行同样的装置没有得出结果。没有人会想到，这是因为演算处理过程中受到了一些干扰。杰克逊女士，这个可能是存在的。假设这是真的，我们就是在直接接收迦姆的消息。”

我点点头，回应道：“是啊，没错。我正在调查是否存在这种可能。还有可能是迦姆改变了战略。这种变化则会首先在‘通道’上出现吧。我是这么想的，这里……”

车内突然响起了断断续续的警报声。

栉引说：“说曹操，曹操到。我们的装置感应到了预兆现象。这家伙似乎冲出来了。这是请杰克逊女士验证的最好机会。”

观测点传来紧急警报。这里离观测点应该不到十公里。

岩坂技术官说：“这不是 FAF 基地派出的班机。速度十分惊人，从大小来看应该是战斗机，共有三架，但是好像还没抵达，比平时慢一些。”

岩坂技术官似乎能够从预兆数据中读取出飞行物体的速度与大小。

“这消息是关于迦姆的吗？”

犬井咲见说：“快拍摄下来！”

“这是当然。对于不明物体，会自动捕捉，并进行高分辨率、高精度录像。车上的车载摄像机也将做好准备。栉引，停车进行观测！”

“明白！我马上调节摄像机升降架的支臂长度。……杰克逊女士，屋顶有一套观测系统。这正是参观的好机会，你来得真巧啊。”

我相信，这不是偶然，这是给我的信息，但不能说出来。

雪地牵引车停了下来，坐在前面的二人注视着导航界面，我与犬井发言人也盯着画面。

栉引大叫：“来了！好快！”

不管激光扫描空间应变仪这个最新装备的运行原理如何，它的确发挥出了自身性能。用于观测的可视光域光学监视装置也许装有变焦镜头，其中包括广角镜头与超望远镜头，这样也只能看到灰色的雾壁，便使用了最大倍率。要想在其微小的视角中准确捕捉到具体景象，就必须提前预料到拍摄目标的出现位置。

目标转瞬就消失了。观测镜立马把镜头拉为广角，扩宽了视野，但跟不上其速度，目标已经消失在了画面中。

犬井中校说：“启动车载观测装置捕捉追踪目标。”

岩坂技术官回答：“正在追踪。但，那是什么？”

眼前的那一幕，看上去像是三支黑色的箭穿过灰色物体飞跃而来。强烈的即视感袭来，我的大脑出现了混乱，总觉得这种场景不是第一次见到。这种熟悉与恐惧交织的心情到底是怎么回事呢？

“那是迦姆吗？”

听了这句话，我想起来，三十三年前，迦姆第一次侵略地球，在报道那个事件的新闻录像中，出现了跟现在一模一样的场景。

过去的那段录像中没有出现“通道”，编队飞行的三架迦姆战斗机偶然出现在了麦克默多基地上空。画面中可以看到，箭头形的迦姆通体漆黑，击毁了从基地出发的运输机。

那三架迦姆机一定就如现在眼前所看到的一样，冲出“通道”，疾飞而出。现在似乎是原景重现，感觉就像回到了三十三年前，身临其境。

犬井说道：“通过小梓基地联络“提督 56”的战舰舰桥，请求作战，万分紧急！”

栉引回答：“联络不上，杂音太大。车载摄像机也无法拍摄，应该出现了故障。”

岩坂说道：“不对。是受到了干扰，无线信号也没有了，无法联络。它们应该是迦姆吧？”

犬井中校说道：“这是在搞电子对抗吗？试试国际紧急波段。”

“杂音太大了，不行。”岩坂话音还没落，扬声器中的巨大杂音就消失了，传来一串呼吸急促的呼叫声。

“这里是 FAF 特殊战，雪风。告诉我这里是什么地方。任何人回答都行！”

我反射性地伸过手，抢过了岩坂手中的麦克风，回应道：“雪风，这里能听到。我是杰克逊，琳·杰克逊。现在我在日本极地观测研究所小梓基地的雪地牵引车上，正朝超级空间‘通道’前进。你现在在罗斯冰棚的上空。”

“明白，杰克逊女士。这里是地球吧？我是深井上尉，我想确认你在哪里。如果认出我了，可以挥手示意吗？”

“好的，深井上尉，你一点都不惊讶我出现在这里呢？！”

“杰克逊女士，你不也是吗？对了，伦巴德上校的宣战书已经到了吧？”

“是的，上面的内容是真的呢。”

“政变确属事实，但是实际上事态更为复杂，我也没有完全摸清情况。特殊战正在殊死搏斗。我来这里的目的是确认地球是否还存在。迦姆的企图尚且不明。雪风的任务就是亲眼见到你之后立刻返航，你的存在就是地球安然无恙的标志！现在有防空导弹正朝我射来，我马上要进入电子战，避开导弹！完毕。”

“祝你一切顺利！”

“谢谢。希望你们地球人也继续努力！完毕，通话结束。”

杂音再次出现。岩坂技术官关掉了麦克风，急忙说：“刚才没有受到干扰的时候，获得了观测数据，应该有三架飞机，似乎是分开的，只捕捉到了两架飞机的行踪。这些家伙是什么？会是迦姆吗？刚才的通信又是怎么回事？那个人是从别的地方飞入了地球吗？是你的熟人，杰克逊女士？”

我戴着防寒服口袋里的手套，心不在焉地含糊道：“是的。”然后把手搭在了车门把上。犬井中校抓住了我的手腕制止我。比起雪风的出现，她的这一举动更让我觉得惊讶。

于是我说道：“为什么要阻止我？他们现在需要我。”

“你为了什么？”犬井咲见问我。犬井中校的问题让我深切地感受到，深井上尉所说的，我必须更加努力。

我回答：“当然，为了不输给迦姆。雪风需要我！”

说完我便走出车去，现在正是春季，气候宜人，天朗气清，但气温很低，砭人肌骨。

远方传来雷鸣声，且阵势越来越大。继而在比雷声更靠近这边的地方，看到了一些黑色的点正飞速接近，箭头形，黑色，从未见过的战斗机。

难道这是雪风吗？得到 FRX00 机身的新雪风，深井上尉所乘飞机！我举起双手朝接近的飞机大幅地挥动着。

世界上的一切动作都变得缓慢下来。这架黑色的飞机缓缓将机身倾斜了九十度，绕着我盘旋。这架 FAF 最为新锐的飞机第一次出现在地球上，它叫作梅芙，编号为 FFR41，为特殊战第五飞行队的长机，代号雪风。

我知道它的相关信息。它的驾驶舱外侧用汉字写着“雪风”。一名飞行员摘下帽子，朝我草草行礼。飞机不断盘旋着，主翼前端几乎就要触到地面，扬起了地面的白雪。我变换方向盯着它看时，只看到两个闪着蓝光的引擎排气口。它与来时一样，顷刻之间就浓缩成视线中的一个小点，朝遥远的“通道”飞去，慢慢消失在视野中。

等我清醒过来，发现这一切只是一瞬间的事情。但我看到它了，我的确看到了新的风之女王！

“它到底是来做什么的？”不知何时，犬井中校已经站到了我的右侧，问道。左侧则是岩坂技术官与栉引。大家都注视着雪风离去的方向，似乎仍然能听到它雷鸣般的引擎声，也许是错觉吧。这种感觉仿佛耳鸣一般，隐约在耳内切切作响。

“那两架飞机回去了，在地球上的时间不足四分钟吧？”栉引说道。

岩坂技术官接着说：“观测到的现象很奇怪，三架飞机中，雪风之外的两架相互接近，合二为一。这是怎么回事？它们到底是为何而来呢？”

我手中的这封伦巴德上校的信是真的。我不能独占这封信，应该向全人类公开！但公开的方式必须慎重，需要仔细思考。

身旁的三人与我一同体验了这次珍贵的经历，我一边思考着，一边回答他们的问题。

“雪风是来除魔的。”

从切切的耳鸣声中，我产生了这个联想。犬井咲见不是说过吗，古人鸣弦除魔。这个答案未必是错的。我们，至少我跟雪风站在同一战线，拥有力量去对抗不知所踪的魔——迦姆。

我如此写道。这当然不是给伦巴德上校的回信，而是身为地球人要传达给地球人的信息。

手中之笔，依旧未折。

首次刊载（历史）一览

以下内容皆刊登于《SF 杂志》

《成为迦姆的男人》二〇〇六年四月号

《雪风未归》二〇〇六年十一月号，二〇〇七年一月号

《彷徨的特殊战》二〇〇七年十一月号

《雪风之空》二〇〇八年二月号

《不破之矢》二〇〇八年七、十、十二月号，二〇〇九年二、四、六月号

《离弦之矢》二〇〇九年八月号

本书在以上作品的基础上进行了修改。

UNBROKEN ARROW YUKIKAZE:
Copyright ©2009 Chōhei Kambayashi
This book is published by arrangement with Hayakawa Publishing Corporation through Beijing Kareka Agency.
Simplified Chinese edition copyright:2020 New Star Press Co.,Ltd.
All rights reserved.

图书在版编目（CIP）数据

战斗妖精·雪风．不破之矢 /（日）神林长平著；黄素琴，唐钰译．
--北京：新星出版社，2020.4
ISBN 978-7-5133-3725-0
Ⅰ．①战… Ⅱ．①神… ②黄… ③唐… Ⅲ．①长篇小说-日本-现代 Ⅳ．① I313.45
中国版本图书馆 CIP 数据核字（2019）第 270766 号

战斗妖精·雪风：不破之矢

[日]神林长平 著；黄素琴　唐钰 译

责任编辑：杨　猛
责任校对：刘　义
责任印制：李珊珊
封面设计：冷暖儿

出版发行：新星出版社
出 版 人：马汝军
社　　址：北京市西城区车公庄大街丙3号楼　100044
网　　址：www.newstarpress.com
电　　话：010-88310888
传　　真：010-65270449
法律顾问：北京市岳成律师事务所

读者服务：010-88310811　service@newstarpress.com
邮购地址：北京市西城区车公庄大街丙3号楼　100044

印　　刷：北京美图印务有限公司
开　　本：910mm × 1230mm　1/32
印　　张：11
字　　数：251千字
版　　次：2020年4月第一版　2020年4月第一次印刷
书　　号：ISBN 978-7-5133-3725-0
定　　价：52.00元

版权专有，侵权必究；如有质量问题，请与印刷厂联系调换。